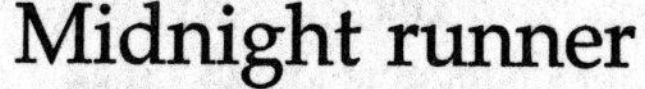

Midnight runner

Du même auteur
aux Éditions Albin Michel

L'AIGLE S'EST ENVOLÉ, 1976.
AVIS DE TEMPÊTE, 1978.
LE JOUR DU JUGEMENT, 1979.
SOLO, 1981.
LUCIANO, 1982.
LES GRIFFES DU DIABLE, 1983.
EXOCET, 1984.
CONFESSIONNAL, 1986.
L'IRLANDAIS, 1987.
LA NUIT DES LOUPS, 1989.
UNE SAISON EN ENFER, 1990.
OPÉRATION CORNOUAILLES, 1991.
L'AIGLE A DISPARU, 1992.
L'ŒIL DU TYPHON, 1993.
L'OPÉRATION VIRGIN, 1994.
TERRAIN DANGEREUX, 1995.
MISSION SABA, 1996.
L'AIGLE DE LA MORT, 1997.
LE FESTIN DU DIABLE, 1998.
LE SECRET DU PRÉSIDENT, 1999.
LE VOL DES AIGLES, 2001.
UNE TAUPE À LA MAISON-BLANCHE, 2001.
LE JOUR OÙ IL FAUDRA PAYER, 2002.
DANGER IMMINENT, 2003.

Jack Higgins

Midnight runner

ROMAN

Traduit de l'anglais
par Pierre Reignier

Albin Michel

Titre original :
MIDNIGHT RUNNER

Traduction française :

22, rue Huyghens, 75014 Paris
www.albin-michel.fr
ISBN 2-226-15090-0

La mort rôde à minuit.

PROVERBE ARABE

Au commencement

1

C'était un nom bien irlandais que celui de Daniel Quinn. Et typique de l'Ulster. Catholique originaire de Belfast, son grand-père avait participé aux côtés de Michael Collins à la guerre d'indépendance de l'Irlande, puis, sa tête mise à prix, avait fui aux États-Unis en 1920.

Il avait démarré comme ouvrier du bâtiment à New York et à Boston, mais, s'appuyant sur cette société éminemment secrète qu'est la Fraternité républicaine irlandaise, avait vite affirmé ses qualités d'homme de pouvoir. Ses employeurs avaient appris à le craindre. Moins d'un an après son arrivée en Amérique il était à la tête de sa propre entreprise, et déjà presque millionnaire.

Son fils Paul, né en 1921, manifesta dès son plus jeune âge

une véritable passion pour les avions ; en 1940, alors qu'il étudiait à Harvard, il partit pour l'Angleterre sur un coup de tête et se fit engager en tant que pilote américain volontaire dans la Royal Air Force.

Quinn père, qui détestait les Anglais, se montra d'abord horrifié – puis très fier de lui. Paul reçut la Distinguished Flying Cross pour son action pendant la bataille d'Angleterre, après quoi il rejoignit l'armée de l'air américaine qui lui décerna une nouvelle médaille. En 1944, cependant, il fut grièvement blessé lorsque son chasseur Mustang fut abattu dans le ciel d'Allemagne. Les chirurgiens de la Luftwaffe firent leur possible, mais Paul Quinn ne redevint jamais celui qu'il avait été.

Libéré en 1945 du camp où il était prisonnier, il rentra chez lui. La guerre avait considérablement accru la fortune de son père. Il se maria, mais en 1948 son épouse décéda en accouchant de leur fils, Daniel. Sa santé restant précaire, il prit un poste d'avocat au sein du département juridique de Quinn Enterprises – une sinécure plus qu'autre chose, à vrai dire.

Daniel Quinn se révéla un étudiant d'exception ; il passa lui aussi par Harvard où, à vingt et un ans, il avait déjà bouclé une maîtrise en économie et gestion d'entreprise. L'étape suivante, en toute logique, aurait été qu'il prenne part aux affaires familiales, lesquelles pesaient désormais des centaines de millions de dollars dans les secteurs de l'immobilier, de l'hôtellerie et de l'industrie des loisirs. Mais son grand-père nourrissait d'autres ambitions pour lui : un doctorat suivi d'un brillant avenir en politique, voilà ce qu'il avait en tête.

Étrange comme parfois la vie bascule sur de petites choses. Un soir, devant la télévision, tandis qu'ils découvraient au journal des images du carnage vietnamien, le vieil homme manifesta sa désapprobation :

– Bon sang, nous ne devrions même pas être là-bas.

– Ce n'est pas le problème, répliqua Daniel. Le fait est que nous y sommes.

– Hmm... Grâce au ciel, en tout cas, toi tu es ici.

– Alors on laisse cette guerre aux jeunes noirs qui n'ont aucune autre chance dans la vie ? On laisse ça aux gars des classes ouvrières, et aux Hispaniques ? Ils sont des milliers à se faire massacrer !

– Ça ne nous concerne pas.

– Peut-être que moi, ça devrait me concerner.

– Imbécile, grogna le vieil homme, quelque peu inquiet. Ne va pas faire de bêtise, tu m'entends ?

Le lendemain matin Daniel Quinn descendit en ville, se présenta au bureau de recrutement de l'armée. Il commença dans l'infanterie, puis rejoignit l'Airborne comme parachutiste. Ses premiers états de service lui valurent deux médailles : une Purple Heart pour avoir été blessé d'une balle dans l'épaule gauche, et la Vietnamese Cross of Valor qui récompensait sa bravoure. Lorsqu'il rentra chez lui en permission, son grand-père regarda l'uniforme, les décorations, et ne put retenir quelques larmes. Mais il restait vissé dans son orgueil d'Irlandais.

– Je pense toujours que nous ne devrions pas être là-bas, affirma-t-il.

Il scruta le visage hâlé et amaigri de son petit-fils, la peau tendue sur les pommettes. Dans ses yeux, il y avait quelque chose qu'il ne lui avait jamais vu auparavant.

– Moi, répondit Daniel, je te répète que puisque nous y sommes, nous devons faire les choses correctement.

– Je m'arrange pour que tu sois nommé officier, d'accord ?

– Non, grand-père. Sergent ça me convient.

– Tu es cinglé.

– Je suis irlandais, non ? Nous sommes tous un peu dingues.

Le vieil homme hocha la tête.

– Combien de temps as-tu, pour cette permission ?

– Dix jours.

– Ensuite tu retournes là-bas directement ?

– Oui. J'entre dans les Forces Spéciales.

– Qu'est-ce que c'est que ça, encore ?

– Il vaut mieux que tu ne saches pas, grand-père, ça vaut mieux pour toi.

– Bon... Puisque tu es ici, profites-en pour t'amuser. Sors avec des filles.

– Ça, tu peux compter sur moi.

Il fit la bringue – et puis ce fut de nouveau l'enfer vert du Vietnam, le bourdonnement cadencé des hélicoptères, partout autour de lui la mort, la destruction, chaque route qu'il empruntait le conduisant inexorablement à Bo Din et à son rendez-vous personnel avec le destin...

Le Camp Quatre se trouvait quelque part au nord du delta du Mékong, dans une zone de marais sillonnés par le fleuve tentaculaire, hérissés d'immenses bancs de roseaux, avec un village ici et là. Ce jour-là il pleuvait, une de ces pluies de mousson qui tombent du ciel comme un épais rideau gris, empêchant de voir à plus de quelques dizaines de mètres de soi. Le Camp Quatre servait de base de lancement aux opérations de pénétration avancée des Forces Spéciales, et Quinn avait reçu l'ordre de s'y présenter suite au décès du sergent-chef en poste là-bas.

Comme d'habitude, pour faire le déplacement il avait profité du passage d'un hélicoptère sanitaire. Le personnel militaire de la zone étant occupé à plein, il n'y avait à bord que le pilote et un jeune artilleur nommé Jackson qui, assis à la mitrailleuse lourde, scrutait le paysage par la portière ouverte. La pluie réduisait tellement la visibilité que l'appareil dut descendre à très basse altitude. Quinn se tenait debout, agrippant une barre d'appui, et regardait les rizières et le large sillon marron du fleuve qu'ils survolaient alors.

Une explosion retentit tout à coup sur la droite ; un panache de flammes s'éleva dans le ciel. Comme le pilote virait, un village se découpa à travers le rideau de pluie. Certaines de ses maisons étaient dressées sur pilotis au bord du fleuve. Quinn aperçut des barques de pêcheur à fond plat et des canoës vers lesquels se ruaient les villageois. Quelques-uns avaient déjà réussi à s'éloigner de la rive dans les embarcations. Il vit ensuite les Vietcong, vêtus de leurs fameux pyjamas noirs, et chapeaux coniques en paille. Le crépitement caractéristique des AK47 fendit l'air : sous les yeux de Quinn les villageois réfugiés sur les bateaux tombèrent à l'eau les uns après les autres.

Entendant l'hélicoptère approcher, les Vietcong regardèrent en l'air et poussèrent des cris d'alarme. Plusieurs levèrent leurs armes, firent feu, mais Jackson répondit aussitôt avec la mitrailleuse.

– Non ! s'exclama Quinn. Vous allez toucher les civils.

Deux ou trois balles atteignirent la carlingue de l'appareil.

– Il faut ficher le camp, cria le pilote tandis qu'il virait de nouveau pour s'écarter du village. Ici, c'est Bo Din. Le secteur grouille de Viets.

C'est alors que Quinn aperçut la mission, à la lisière de la localité : une minuscule église, une cour ceinte d'un mur par endroits effondré, un petit groupe en train de se rassembler là – et la troupe Vietcong qui venait dans leur direction par la rue principale.

– C'est une nonne avec une douzaine de gamins, dit Jackson.

Quinn agrippa le pilote par l'épaule.

– Nous devons nous poser et aller les chercher.

– Ce sera un miracle si nous arrivons à redécoller. Regardez le village !

Il y avait des Vietcong partout, une cinquantaine au moins qui avançaient en se déployant dans la rue et entre les maisons, pour converger sur la mission.

– La cour est trop petite. Il faudrait que je me pose devant le portail. Ça ne marchera pas.

– OK ! En ce cas vous me débarquez, vous vous tirez en vitesse et vous envoyez la cavalerie.

– Vous êtes cinglé.

Quinn baissa les yeux sur la nonne en habit blanc.

– Nous ne pouvons pas abandonner cette femme et ces gosses. Faites ce que je dis.

Il bourra les poches de sa veste camouflage de fusées éclairantes et de grenades, passa plusieurs chargeurs autour de son cou, et attrapa son M16. Jackson arrosa la rue avec la mitrailleuse, faisant détaler les Vietcong, en abattant quelques-uns. L'hélicoptère descendit, et Quinn sauta sur le sol.

– Je dois être cinglé, moi aussi, dit Jackson, et attrapant son M16, des chargeurs et une trousse médicale, il suivit Quinn.

Les Vietcong réinvestissaient déjà la rue. Une pluie de balles suivit les deux Américains tandis qu'ils se précipitaient vers la porte, et à l'intérieur de la cour. La nonne vint à leur rencontre avec les enfants.

– Reculez, ma sœur, cria Quinn. Demi-tour !

Il prit deux grenades et en tendit une à Jackson.

– Ensemble.

Ils dégoupillèrent, comptèrent jusqu'à trois, ressortirent dans la rue et lobèrent. Les explosions furent assourdissantes. De nombreux Vietcong tombèrent, les autres battirent en retraite. Quinn s'approcha de la nonne. Elle avait une vingtaine d'années, un joli visage à la peau très pâle. Il comprit, lorsqu'elle parla pour la première fois, qu'elle était anglaise :

– Dieu soit loué, vous êtes venus ! Je suis la sœur Sarah Palmer. Le père da Silva est mort.

– Je regrette, ma sœur, il n'y a que nous deux. L'hélico est parti chercher de l'aide, mais Dieu seul sait combien de temps il leur faudra pour revenir.

Jackson tira une salve de M16 sur la rue et cria par-dessus son épaule :

– Qu'est-ce qu'on fait ? Nous ne pouvons pas tenir cette fichue cour ! Ils vont nous submerger.

Le mur, derrière l'église, s'était écroulé sous le poids des années. Au-delà, d'immenses bancs de roseaux géants se distinguaient à travers la pluie torrentielle.

– Emmenez-les dans le marais, ordonna Quinn à Jackson. Tout de suite !

– Et vous ?

– Je vais retenir les Viets le plus longtemps possible.

Jackson ne discuta pas.

– Allons-y, ma sœur, dit-il, et la jeune femme ne protesta pas davantage.

Quinn les regarda s'éloigner. Les enfants étaient bouleversés ; quelques-uns pleuraient. Comme les derniers franchissaient les ruines du mur, il sortit de sa poche une grenade dont il enleva la goupille. Un bruit de moteur attira son attention du côté de la rue ; passant la tête dans l'embrasure du portail il vit une jeep cabossée venir vers lui. Deux Vietcong se tenaient debout derrière le conducteur, armant une mitrailleuse. Dieu seul savait comment ils avaient mis la main sur ce véhicule – qui faisait aussi office de bouclier pour les combattants qui le suivaient à pied. La mitrailleuse fit feu ; Quinn lança la grenade le plus tard possible. Elle tomba en plein sur sa cible, une explosion épouvantable retentit, des morceaux de jeep et des débris humains fusèrent dans les airs au milieu des flammes.

Les Vietcong qui tenaient encore debout détalèrent. Le silence revint, rompu par le seul souffle de la pluie. Il était temps de partir. Daniel Quinn tourna les talons, courut vers le mur effondré à l'arrière de la mission, en escalada les ruines et continua sur sa lancée en direction des roseaux. Ayant marqué un bref arrêt pour fixer la baïonnette au canon du M16, il s'engouffra dans la végétation.

La sœur Sarah Palmer ouvrait la marche, tenant un enfant par la main, portant le plus petit du groupe contre sa hanche, les autres la suivant de près. Elle leur parlait doucement en vietnamien, des mots apaisants, pour qu'ils gardent leur calme. Jackson leur emboîtait le pas, M16 au poing.

Ils débouchèrent dans un étang d'eau noire. Elle s'immobilisa, le corps à demi immergé, son habit flottant autour d'elle à hauteur de la ceinture. La pluie faisait un bruit de tonnerre ; une sorte de brume blanche s'était levée. Elle se tourna vers Jackson.

– Si je me repère bien, dit-elle, nous devrions trouver une route sur notre droite.

– À quoi bon une route, ma sœur ? Les Viets nous y poursuivront. Et pour être honnête, en ce moment je me soucie surtout du sort de Quinn. Depuis la dernière explosion nous n'avons plus entendu un seul coup de feu.

– Pensez-vous qu'il soit mort ?

– J'espère bien que non !

Tout à coup un jeune Vietcong surgit des roseaux juste derrière lui, la baïonnette fixée au canon de l'AK. Il poignarda Jackson dans le dos, sous l'omoplate gauche, manquant le cœur d'à peine quelques centimètres. L'Américain poussa un cri et tomba à genoux. De l'autre côté du plan d'eau apparurent trois autres combattants en pyjama noir, deux garçons et une fille, tous très jeunes, chacun armé d'un AK.

Jackson essaya de se relever en utilisant son M16 comme béquille. Silencieux, les Vietcong l'observaient avec une certaine gravité, lorsqu'un cri puissant se fit entendre : Quinn jaillit d'entre les roseaux, l'arme contre la hanche. Dans un mouvement étrangement lent et précis il abattit les deux garçons et la fille qui lui faisaient face. Le quatrième, près de Jackson, se jeta en avant mais trop tard : Quinn pivota et le tua à la baïonnette.

Il se pencha vers Jackson, passa un bras autour de ses épaules pour l'aider à se redresser.

– Vous êtes dans quel état ?

– Ça fait un mal de chien. Mais je suis encore ici. Nous avons des pansements dans le kit médical, mais je pense que nous devrions d'abord ficher le camp...

– Très juste, répondit Quinn, puis il se tourna vers Sarah Palmer. En route, ma sœur.

Elle acquiesça, et suivit les deux Américains avec les enfants. À mesure qu'ils avançaient l'eau se faisait de moins en moins profonde ; ils rencontrèrent un petit îlot, juste assez large pour tous les accueillir. Jackson s'assit ; Quinn se pencha sur lui et élargit la déchirure causée par la baïonnette du Vietcong, exposant la blessure.

– Kit médical là-dedans, c'est bien ça ? demanda-t-il.

La jeune nonne saisit le sac de Jackson.

– Je m'occupe de lui, sergent.

– Vraiment, ma sœur ?

Pour la première fois, elle sourit.

– Je suis infirmière. Les Petites Sœurs de la Pitié reçoivent toutes une formation médicale.

Derrière, dans les roseaux, ils entendirent des éclats de voix qui évoquaient des glapissements de renard.

– Ils arrivent, sergent, dit Jackson.

Il prit son arme, puis se déporta sur le côté pour permettre à la sœur d'examiner sa blessure.

– Oui, ils ne vont pas tarder, dit-il. Je vais devoir les repousser.

– Comment comptez-vous faire ? demanda la nonne.

– Je vais en tuer quelques-uns au hasard.

Quinn sortit plusieurs fusées éclairantes de sa poche et les passa à Jackson.

– Si la cavalerie débarque avant que je ne sois revenu, fichez le camp d'ici, compris ?

– Oh, non, sergent, objecta Sarah Palmer.

– Oh, si, ma sœur ! répliqua-t-il, et il disparut entre les roseaux.

Il aurait pu tuer à la baïonnette, en silence, mais cela n'aurait pas créé l'effet de panique dont il avait besoin. Sa première cible fut providentielle : deux Vietcong qui se tenaient debout, scrutant le marais, leurs têtes et leurs épaules dépassant au-dessus des roseaux. Il les tua l'un et l'autre d'une balle dans la nuque à cent mètres de distance.

Des oiseaux s'envolèrent sous la pluie battante ; des voix pleines de colère s'élevèrent de plusieurs directions. Il se concentra sur l'une d'elles et se remit en marche, abattant au passage un homme qui pataugeait dans un fossé. Il progressa rapidement à travers les roseaux, puis s'accroupit au bord d'un petit étang et patienta, l'oreille tendue. Les soldats des Forces Spéciales recevaient une formation particulièrement utile dans ce genre de situation : ils devaient mémoriser quelques phrases-clés en vietnamien, et apprendre à les prononcer avec l'accent le plus parfait possible. Quinn tira une balle en l'air, puis cria :

– Par ici, camarades ! Je l'ai eu !

Il attendit une minute, appela de nouveau. Quelques instants plus tard, trois hommes apparurent au milieu des roseaux, avançant avec prudence.

– Où es-tu, camarade ? demanda l'un d'eux.

Quinn sortit sa dernière grenade et la dégoupilla.

– Ici, salopards ! s'exclama-t-il en anglais, et il lança le projectile en lobant.

Les Vietcong poussèrent des hurlements d'effroi, tentèrent de prendre la fuite, mais la grenade explosa juste sur eux.

Des cris retentirent d'un bout à l'autre du marais ; les hommes paniquaient, comme il l'avait escompté. Il repartit à bonne allure et aperçut bientôt une route encombrée de Vietcong. Reculant au cœur des roseaux pour faire un point d'orientation, il entendit le bourdonnement rythmé de rotors – tout proches, mais à cette heure déjà avancée de l'après-midi la lumière diminuait rapidement, et la pluie achevait de rendre la visibilité presque nulle. Une fusée éclairante jaillit dans le ciel, à trois cents mètres de là, et avant qu'elle ne s'éteigne Quinn aperçut un hélicoptère Huey Cobra qui descendait vers le sol. D'autres appareils survolaient le marais. Hélas, il était trop loin d'eux. Tout en sachant qu'il n'arriverait jamais à rejoindre le Huey à temps, il se précipita entre les roseaux avec l'énergie du désespoir...

La fusée éclairante lancée par Jackson avait attiré l'hélico au bon endroit. Deux soldats sautèrent du Huey et firent très vite grimper les enfants à bord. La sœur Sarah Palmer suivit.

Le chef d'équipe, un noir, souleva Jackson par les bras.

– On se tire d'ici, vieux.

– Le sergent est encore là-bas, protesta Jackson. Le sergent Quinn !

– Quinn ? Nom de Dieu, je le connais...

Une salve de mitrailleuse balaya les roseaux, des balles touchèrent la carlingue du Huey.

– Désolé, vieux, mais on fiche le camp. Il va faire nuit noire dans un moment, et nous devons d'abord penser à ces gosses.

Il soutint Jackson tandis que deux hommes le hissaient à l'intérieur de l'appareil, y monta à son tour et se tourna aussitôt vers le pilote.

– On y va !

Le Huey prit de l'altitude. Jackson, tête baissée, se mit à pleurer. La nonne se pencha vers lui, anxieuse.

– Et le sergent ? demanda-t-elle.

– Nous ne pouvons rien pour lui. Il est mort, il est forcément mort à l'heure qu'il est. Vous avez entendu les tirs, et ensuite la grenade. Il s'est attaqué à ces fumiers tout seul...

Les larmes ruisselaient sur ses joues.

– Comment s'appelait-il ? demanda-t-elle.

– Quinn. Daniel Quinn.

Jackson porta soudain la main à son épaule, poussant un gémissement aigu.

– Seigneur, ce que ça fait mal, ma sœur, murmura-t-il, et il s'évanouit.

Mais Quinn était sain et sauf – au premier chef parce que l'ennemi avait supposé qu'il avait réussi à s'échapper à bord du Huey. Avant que la nuit ne soit complètement tombée il rejoignit le fleuve, réfléchit un moment et décida que s'il voulait avoir une chance de s'en sortir, il avait intérêt à passer sur l'autre rive. Il se rapprocha avec prudence de Bo Din, guettant les voix, les lueurs des feux de cuisson. Le M16 sur l'épaule, il entra dans l'eau, coupa avec son poignard l'amarre d'une barque à fond plat qui se mit aussitôt à dériver avec le courant. Il lui donna une poussée supplémentaire et s'y agrippa fermement. Bo Din s'estompa dans l'obscurité derrière lui. Il gagna la rive opposée en une dizaine de minutes, s'engouffra dans la jungle, puis, ignorant la pluie battante, s'assit sous un arbre pour se reposer.

Aux premières lueurs de l'aube il repartit à bonne allure, ouvrant une boîte de ration alimentaire pour manger tout en marchant. Il espérait apercevoir un bateau militaire sur le fleuve, mais n'eut jamais cette chance. Alors il continua de progresser à travers jungle et marais et, quatre jours plus tard, tel un revenant, arriva au Camp Quatre sur ses deux jambes.

À Saigon, ce fut l'incrédulité générale. Son chef d'unité, le colonel Harker, l'accueillit avec un large sourire lorsque, passé entre les mains des médecins et vêtu d'un nouvel uniforme, Quinn se présenta au rapport.

– Sergent, les mots me manquent. Je ne sais ce qui est le plus extraordinaire, votre héroïsme au combat, ou le fait que vous ayez réussi à revenir ici en vie.

– C'est gentil, mon colonel. Puis-je avoir des nouvelles de Jackson ?

– Il est hors de danger, bien qu'il ait failli perdre un poumon. Il se trouve à la Charité, l'ancien hôpital français dont notre armée a pris la direction.

– Il a eu un comportement admirable. Sans aucune considération pour sa propre personne.

– Nous le savons bien. Je l'ai recommandé pour la Distinguished Service Cross.

– C'est fantastique, mon colonel. Et la sœur Sarah Palmer ?

– Elle donne un coup de main à la Charité. Elle va bien, ainsi que les enfants dont elle avait la charge.

Harker lui tendit la main.

– C'est un privilège de vous avoir parlé, fiston. Le général Lee vous attend à midi au quartier général.

– Puis-je savoir pourquoi, mon colonel ?

– Il n'appartient qu'au général de vous le dire.

Un peu plus tard, à la Charité, il rendit visite à Jackson qui se trouvait dans une salle commune lumineuse et bien aérée. Sœur Sarah Palmer était assise à son chevet ; elle fit le tour du lit pour venir embrasser Quinn sur la joue.

– C'est un miracle.

Elle le regarda des pieds à la tête.

– Vous avez beaucoup maigri.

– Eh bien... Je ne conseillerais à personne de voyager à travers la jungle comme je l'ai fait. Comment va notre ami ?

– Son poumon gauche a été très abîmé par la baïonnette, mais il guérira avec le temps. Terminé, le Vietnam, cependant.

Il rentre chez lui, conclut-elle en tapotant affectueusement la tête de Jackson.

Lequel était fou de joie de revoir Quinn.

– Bon sang, j'ai cru que vous étiez parti, sergent.

– Daniel, rectifia Quinn. Ne m'appelez jamais plus autrement que Daniel. Et s'il y a quoi que ce soit que je puisse faire pour vous, là-bas, au pays, passez-moi un coup de fil. Entendu ? Et puis, félicitations pour votre Distinguished Service Cross.

– Ma *quoi ?* répliqua Jackson, incrédule.

– Le colonel Harker l'a demandée pour vous. Ça passera sans problème.

Sœur Sarah embrassa Jackson sur le front.

– Mon héros.

– Non. Le héros c'est Daniel. Et pour vous, sergent, qu'est-ce qu'ils vont faire ?

– Oh là, je ne veux aucune médaille ! Maintenant reposez-vous. Toute cette agitation, ça ne fait pas de bien à votre poumon. Je reviendrai plus tard. Mes respects, ma sœur, conclut-il avec un hochement de tête, avant de s'éloigner.

Elle le rattrapa sur la véranda. Il s'était arrêté, appuyé à la balustrade, pour allumer une cigarette. Dans son uniforme tropical, il était superbe.

– Sergent-chef Quinn...

– Daniel, c'est aussi valable pour vous. En quoi puis-je vous être utile ?

– Vous ne pensez pas que vous en avez déjà fait suffisamment pour moi ?

Elle le dévisagea, souriant.

– Le colonel Harker a eu la gentillesse de me parler un peu

de vous, de vos origines. Avec tout ce que vous avez, pourquoi avez-vous choisi de venir ici ?

– Facile. J'avais honte. Et vous ? Vous êtes anglaise, bon sang ! Cette guerre n'est pas la vôtre.

– Comme je vous l'ai dit, nous sommes religieuses *et* infirmières. Nous allons partout où l'on a besoin de nous. Peu importe l'identité des belligérants. Connaissez-vous Londres ? Nous logeons au prieuré St. Mary, dans Wapping High Street, tout près de la Tamise.

– Je ne manquerai pas de vous rendre visite la prochaine fois que j'irai là-bas.

– Faites, s'il vous plaît. Maintenant, allez-vous enfin me dire ce qui vous tracasse ? Et n'essayez pas de nier que vous êtes troublé. Je sais très bien voir ce genre de choses.

– Oui...

Il s'adossa à la colonne de la balustrade, le visage grave.

– J'avais déjà tué, ma sœur, mais jamais comme ça s'est passé là-bas. Et au moins deux des personnes que j'ai abattues quasiment à bout portant étaient des femmes. J'étais seul, je n'avais pas le choix, n'empêche...

– Comme vous dites. Vous n'aviez pas le choix.

– N'empêche, c'est comme si les ténèbres m'avaient submergé. Je n'étais plus là que pour la tuerie. Pour la mort, l'anéantissement. Il n'y avait plus d'équilibre, plus d'ordre.

– Si cela vous tourmente, mettez-vous en paix avec Dieu.

– Ah ! Si seulement c'était aussi simple...

Il consulta sa montre.

– Mais je dois vous quitter, reprit-il. Les généraux n'aiment pas qu'on les fasse attendre. Puis-je vous donner une bise, pour nos adieux ?

– Bien sûr.

Il se pencha et l'embrassa sur la joue.

– Vous êtes une jeune femme remarquable.

La sœur Sarah Palmer le regarda descendre les marches du perron et s'éloigner dans la cour, puis elle retourna auprès de Jackson.

Au Q.G., Quinn se vit franchir les contrôles de sécurité avec une rapidité inhabituelle. Et fut bientôt introduit dans le bureau du général par un capitaine tout sourire. Lee, homme très vif malgré sa forte corpulence, se leva avec précipitation de son fauteuil pour venir à sa rencontre. Alors que Quinn allait le saluer dans les formes, le général l'en empêcha d'un geste de la main.

– Non. Laissez-moi ce privilège. Autant que j'en prenne l'habitude.

Il claqua des talons, et salua.

– Mon général ? s'exclama Quinn, stupéfait.

– J'ai reçu ce matin un courrier signé de la main du président. Sergent-chef Daniel Quinn, j'ai l'honneur de vous apprendre que votre pays vous décerne la Médaille d'Honneur du Congrès[1].

Et Lee salua de nouveau, solennellement.

1. La plus haute distinction militaire des États-Unis. *(Toutes les notes sont du traducteur.)*

La légende était née. Quinn fut renvoyé en Amérique, endura interviews et cérémonies officielles jusqu'à n'en plus pouvoir, puis, n'étant pas intéressé par une carrière militaire prolongée, il quitta l'armée. Il retourna à l'université où pendant trois ans, comme pour tenter d'exorciser quelque démon intérieur, il étudia la philosophie. Il eut la prudence de ne pas fréquenter certains bars où il aurait risqué d'être entraîné dans des affrontements physiques ; il n'avait pas assez confiance en lui-même pour cela.

Finalement, il accepta de prendre part aux affaires familiales. Ce choix avait au moins l'avantage de lui permettre de rester auprès de son ami Tom Jackson, qui après le Vietnam avait décroché une maîtrise de droit à l'université de Columbia, et avait réussi au fil des années suivantes à se hisser à la tête du département juridique de Quinn Industries.

Il ne se maria qu'à trente ans passés. Elle s'appelait Monica, elle était la fille d'amis de la famille – ce fut un mariage de convenance. Leur enfant unique, Helen, vint au monde en 1979. C'est à cette période que Quinn songea à suivre le rêve de son grand-père : entrer en politique. Il confia sa fortune à un gestionnaire et fit campagne pour un siège à la Chambre des Représentants qu'il emporta la première fois d'une courte majorité, puis avec de plus en plus de facilité, jusqu'à ce qu'enfin il décide de défier le sénateur en place dans la circonscription. Là aussi il sortit vainqueur. Au bout d'un moment, cependant, la vie du Congrès commença à lui peser : les coups dans le dos, les renvois d'ascenseur, les crises incessantes... Et lorsque par-dessus tout cela le grand-père Quinn mourut dans le crash de son avion privé, Daniel se mit à repenser sérieusement ses priorités.

Il prit conscience qu'il voulait arrêter ; il voulait faire quelque chose d'autre, quelque chose *de plus*, de sa vie. C'est alors que le président des États-Unis, Jake Cazalet, l'un de ses plus vieux amis, un ancien du Vietnam lui aussi, vint lui rendre visite. Il comprenait, dit-il, que Daniel veuille renoncer à son siège de sénateur, mais il espérait qu'il ne cesserait pas pour autant de servir le pays. Il avait besoin de quelqu'un tel que lui comme médiateur, ajouta-t-il, une sorte d'ambassadeur itinérant en qui il puisse avoir une confiance absolue. Daniel accepta. Et à partir de ce moment-là, partout dans le monde où surgissaient des problèmes, de l'Extrême-Orient à Israël, en Bosnie comme au Kosovo, il intervenait.

Entre-temps sa fille suivit la tradition familiale en entrant à Harvard, tandis qu'à Boston Monica demeurait un modèle d'épouse et de maîtresse de maison. Quand les médecins diagnostiquèrent sa leucémie, elle n'en parla pas à Daniel jusqu'à ce qu'il fût trop tard – elle ne voulait pas le déranger dans son travail. À sa mort il éprouva une culpabilité intolérable. Pour les obsèques, une réception fut organisée à leur propriété de Boston ; après le départ des derniers invités Quinn et sa fille se promenèrent ensemble un moment dans les jardins. Helen était petite et menue, elle avait les cheveux blonds cendrés et les yeux verts, elle était la plus grande joie de son existence, et, songea-t-il en la dévisageant, tout ce qui lui restait d'important en ce monde.

– Tu es un grand homme, papa, dit-elle. Tu fais de grandes choses. Tu ne peux pas te reprocher ce qui s'est passé.

– Mais si. Je l'ai abandonnée.

– Non. Je sais que maman a choisi en toute conscience d'agir comme elle l'a fait, répliqua-t-elle, et elle lui étreignit le bras. Je sais aussi autre chose. Moi non plus, tu ne m'abandonneras jamais. Je t'aime, papa, je t'aime tellement fort...

L'année suivante elle décrocha une bourse Rhodes pour aller étudier à l'université d'Oxford, au St. Hugh's College. Quinn, lui, retourna au Kosovo en mission avec l'OTAN, en tant que représentant spécial du président. Les choses en étaient là quand, par une vilaine journée de mars, Jake Cazalet l'appela au téléphone pour lui demander de passer le voir à la Maison-Blanche. Et Quinn alla au rendez-vous...

Washington
Londres

2

Washington en début de soirée. Il faisait un sale temps, typique du mois de mars, mais l'hôtel Hay-Adams où était descendu Daniel Quinn se trouvait si près de la Maison-Blanche qu'il pouvait malgré tout s'y rendre à pied.

Quinn appréciait beaucoup le Hay-Adams, ses antiquités extraordinaires, sa somptueuse décoration intérieure – et son restaurant. Du fait de la situation géographique de l'hôtel ils venaient tous ici, les grands et les puissants, les politiciens et les éminences grises du pays. Quinn ne savait plus trop quelle était sa place sur cet échiquier, désormais, mais il s'en fichait un peu. Il aimait cet endroit, et voilà tout.

Il sortit sur le perron ; le portier se tourna vers lui.

– J'avais entendu dire que vous arriviez aujourd'hui, sénateur. Soyez le bienvenu. Vous faut-il un taxi ?

– Non merci, George. Ça me fera du bien d'aller à pied.

– Prenez au moins un parapluie. Pour le moment il crachine mais ça va sûrement tourner à l'averse. J'insiste, sergent !

Quinn éclata de rire.

– C'est un ancien du Vietnam qui me donne ce conseil ?

George prit un parapluie dans sa guérite, l'ouvrit.

– Nous avons eu bien assez de flotte dans la jungle, monsieur. Qui en veut encore, aujourd'hui ?

– Ça remonte à loin, George, tout ça. Le mois dernier j'ai fêté mon cinquante-deuxième anniversaire.

– Ah oui, sénateur ? Et moi qui pensais que vous n'aviez pas plus de quarante ans !

Quinn rit de nouveau, et son visage rajeunit pour de bon.

– À plus tard, coquin.

Il traversa la rue en direction de Lafayette Square. George avait vu juste : comme il passait devant la statue d'Andrew Jackson la pluie se mit soudain à tomber dru, ruisselant à travers les frondaisons des arbres.

Peut-être était-ce l'averse : il éprouva soudain une sensation d'enfermement, une angoisse qu'il connaissait bien – celle de l'homme qui a tout, l'argent, le pouvoir, une fille adorée, et qui pourtant trop souvent ces temps-ci avait l'impression de n'avoir rien du tout. Cette sensation, il l'appelait son « à quoi ça rime tout ça ? ». Il arrivait de l'autre côté du jardin public, perdu dans ses pensées, quand il entendit les voix de deux hommes. La lumière diffuse d'un réverbère lui permit de les voir très nettement : des S.D.F. en blouson d'aviateur, trempés par la pluie, qui se parlaient en braillant. Ils se ressemblaient comme deux gouttes d'eau, à un détail près : l'un avait les cheveux longs jusqu'aux épaules, l'autre avait le crâne rasé. Chacun tenait une cannette à la main, et comme le chevelu jetait la sienne sur le trottoir il aperçut Quinn. Il se déporta pour lui barrer le passage.

– Hé, ma salope, où c'est que tu crois aller comme ça ? Fais voir ton larfeuille, mec.

Quinn l'ignora et continua d'avancer. L'homme se plaça de nouveau devant lui, en sortant un couteau à cran d'arrêt dont il fit jaillir la lame.

Souriant, Quinn referma son parapluie.

– Que puis-je pour vous, messieurs ?

– Tu peux me donner ton fric, connard. Sauf si tu veux tâter de ce joujou, dit le chevelu en lui agitant la lame sous le nez.

Crâne-rasé, qui s'était rapproché de son acolyte, riait d'un rire gras et bruyant. Quinn leva son parapluie et, dans un mouvement circulaire parfait, le frappa au menton. L'homme tomba à genoux. Quinn, tout à coup rajeuni de trente ans, de nouveau sergent des Forces Spéciales au cœur du delta du Mékong, lui envoya un coup de pied en plein visage. Puis il se tourna vers Chevelu.

– Vous êtes sûr de vous ?

La lame jaillit vers lui mais il agrippa le poignet de son adversaire, lui tordit le bras et lui décocha un foudroyant coup de poing au ventre. Chevelu hurla, recula en trébuchant. Comme Crâne-rasé commençait à se redresser, Quinn le frappa une seconde fois au visage.

– C'est pas votre jour de chance, hein, les gars ?

Une limousine s'arrêta au bord du trottoir dans un crissement de pneus. Le chauffeur en jaillit, tirant un Browning du holster attaché sous son aisselle gauche. Il était massif, il avait la peau très noire, et c'était un homme que Quinn connaissait bien : Clancy Smith, ancien Marine, aujourd'hui agent des services secrets chargé de la protection du président. L'agent préféré de Jake Cazalet. Son passager, qui se précipitait à son tour hors de la voiture, était lui aussi un familier. Grand, bel homme, du même âge que Quinn à peu près, les cheveux encore très bruns, il s'appelait Blake Johnson et dirigeait à la Maison-Blanche le service dit des « Affaires générales ». Mais ceux qui savaient de quoi ce service s'occupait pour de vrai, et ils n'étaient pas nombreux, l'appelaient simplement le Sous-sol.

– Ça va, Daniel ? demanda Blake.

– Ça ne pourrait pas mieux aller. Qu'est-ce qui vous amène par ici ?

– Nous avions décidé de passer vous prendre à l'hôtel. J'aurais dû me douter que vous voudriez faire la balade à pied, malgré la pluie. Le portier nous a dit que nous vous avions manqué d'une minute.

Blake Johnson regarda les agresseurs de Quinn.

– Vous avez eu un peu de divertissement, dirait-on.

Les deux hommes, qui s'étaient relevés, battaient en retraite sous les arbres. Ils faisaient peine à voir.

– J'appelle la police, prévint Clancy.

– Non, ne vous tracassez pas, dit Quinn. Je crois qu'ils ont compris la leçon. Allons-y.

Il s'assit à l'arrière de la limousine, Blake le rejoignit, Clancy prit le volant et démarra.

Dans le parc le calme était revenu. Mais Crâne-rasé ne cessait de gémir.

– Ferme-la, nom de Dieu ! grogna Chevelu.

– Il m'a cassé le nez.

– Et alors ? Ça va amocher ta jolie frimousse ? File-moi une clope.

Non loin de là, une autre limousine était garée sous les arbres. L'homme assis au volant était de stature moyenne, âgé d'une trentaine d'années, il avait les cheveux blonds et un visage très séduisant. Il portait une chemise blanche avec une cravate noire, ainsi qu'un pardessus Gucci en cuir. Sa passagère, qui avait le même âge, était d'une beauté stupéfiante. Ses traits, encadrés d'une somptueuse chevelure noire comme jais, témoignaient d'une personnalité fière, farouche. Elle avait en outre quelque chose d'arabe dans le visage, et ce n'était pas étonnant puisque par sa naissance elle était moitié anglaise, moitié arabe.

– C'était navrant, Rupert. Je regrette, mais tes employés sont des minables.

– En effet, Kate. Moi aussi je suis très déçu. Quoique... Il faut admettre que Quinn a été impressionnant.

Rupert Dauncey enfila une paire de gants en fin cuir noir.

Lady Kate Rashid signifia d'un geste de la main qu'elle ne voulait plus songer à cette affaire.

– Inutile de traîner plus longtemps par ici. Il ne nous reste qu'à essayer autre chose.

– Quoi donc ?

– On m'a informée que le président dînera ce soir au Lafayette, le restaurant du Hay-Adams. Peut-être apprécierait-il que nous lui tenions compagnie.

– Seigneur ! Tu aimes vraiment t'amuser, cousine.

Il avait une voix agréable, qui servait bien son accent de Boston.

– Excuse-moi, ajouta-t-il en ouvrant la portière. Je reviens dans quelques instants.

– Où vas-tu ?

– Mon argent, *sweetie*. Je veux récupérer mon argent.

– Mais tu en as autant que tu veux, de l'argent, Rupert !

– Question de principe.

Il s'alluma une cigarette pendant qu'il traversait la rue en direction des deux hommes réfugiés sous les arbres.

– Eh bien ! C'était drôlement distrayant.

– Vous nous aviez dit qu'avec ce bonhomme ce serait du gâteau, marmonna Crâne-rasé.

– En effet. Chienne de vie, n'est-ce pas ? Mais vous deux vous avez royalement foiré votre coup. Rendez-moi mon argent.

– Allez vous faire voir, répliqua Crâne-rasé, et il se tourna vers son complice. Lui donne pas le fric !

– Oh, mes amis...

Rupert sortit de sa poche de pardessus un Colt calibre 25 muni d'un silencieux. Il le posa contre le genou gauche de Crâne-rasé, pressa la détente. L'homme poussa un hurlement et s'effondra. Rupert tendit la main vers Chevelu, qui s'empressa de lui passer les billets.

– Quand nous nous sommes rencontrés la première fois, j'ai remarqué que vous aviez un téléphone portable. À votre place j'appellerais la police.

– Hein ? bafouilla Chevelu. Et je leur dis quoi ?

– Dites... que vous avez été attaqués par trois noirs très

grands et très costauds. À Washington, on vous croira sur parole. La criminalité est terrible, dans cette ville, vous ne trouvez pas ?

Il retourna à la voiture.

– On peut y aller, maintenant ? demanda Kate Rashid.

– Tes désirs sont des ordres, très chère.

3

Ils arrivaient à la Maison-Blanche ; Blake éteignit son téléphone cellulaire.

– Jamais je n'avais vu Cazalet incapable de trouver ses mots. C'était le cas à l'instant. Il est vraiment choqué.

– Et moi donc, dit Quinn. Vous savez, Blake, j'ai cinquante-deux ans. Le Vietnam ça remonte à loin !

– Pour nous tous, Daniel. Pour nous tous.

– Je ne comprends pas. Ce que j'ai fait à ces deux types, là-bas... D'où c'est venu, nom de Dieu ?

– C'est en vous pour toujours, sénateur, dit Clancy Smith. Comme si tout ce que vous avez appris au Vietnam vous avait marqué au fer, et pour aussi longtemps que vous vivrez.

– Est-ce que c'est pareil pour vous ? La guerre du Golfe a cet effet sur vous, encore aujourd'hui ?

– Ah, bon sang ! Mais je n'y pense jamais, répondit Smith. Tous autant que nous sommes, il nous est arrivé, et avec raison, de trancher quelques gorges. Vous, sénateur, vous l'avez fait avec style. C'est pour ça que vous êtes une légende.

– Bo Din ? dit Quinn, et il secoua la tête. C'est comme une malédiction.

– Non, sénateur, c'est une source d'inspiration pour nous tous, objecta Clancy Smith, et il gara la limousine.

Quand les trois hommes entrèrent dans le Bureau ovale, le président Jake Cazalet était assis à sa table de travail, que jonchaient de nombreux documents. Seul le halo de la lampe à abat-jour de la table rompait l'obscurité qui régnait dans la pièce. Cazalet, comme Quinn et Blake, avait la cinquantaine ; ses cheveux châtain-roux étaient piqués de gris. Il se leva subitement et s'avança vers eux.

– Daniel. Quelle sale aventure ! Racontez-moi ça.

– Oh, Blake vous a déjà tout dit. Serait-il possible, par contre, que je boive quelque chose ? Un whiskey irlandais... ?

– Bien sûr. Clancy, vous vous en occupez ?

– Certainement, monsieur le président.

Daniel suivit Smith dans l'antichambre et patienta tandis qu'il lui servait un verre. Des murmures émanaient du Bureau ovale. Quand il y retourna, Cazalet l'accueillit avec le visage grave.

– C'est insensé, tout de même.

– Quoi donc ? Que trente ans plus tard je découvre que je suis encore un tueur en puissance ?

Cazalet lui prit la main gauche entre les siennes.

– Non. Dites-vous que vous avez encore l'étoffe d'un héros. Ces deux voyous ont commis une erreur. Ils ne recommenceront pas de sitôt.

– Merci, Jake. J'espère que vous avez raison. Maintenant... que puis-je pour vous ? Pourquoi vouliez-vous me voir ?

– Asseyons-nous.

Ils prirent place dans les fauteuils autour de la table basse. Clancy, comme à son habitude, resta debout contre le mur, sombre, taciturne et vigilant.

– Daniel, commença Cazalet, jusqu'à aujourd'hui vous avez eu d'excellents résultats dans vos fonctions de médiateur. En particulier en Bosnie et au Kosovo. Je ne vois personne qui aurait pu faire mieux depuis que j'occupe la Maison-Blanche, et ça fait déjà cinq ans. Je sais que vous devez repartir au Kosovo pour une nouvelle mission, mais après ça... Je me demandais si vous accepteriez de poser vos valises à Londres pour quelque temps ? Vous travailleriez en indépendant, sans le moindre lien officiel avec notre ambassade locale. Vous auriez à faire des... recherches, qui nous sont nécessaires.

– Quel genre de recherches ?

Cazalet tourna la tête.

– Blake ?

– L'Europe change, comme vous le savez, enchaîna le patron du Sous-sol. D'un bout à l'autre du continent surgissent des factions terroristes, et pas seulement les fondamentalistes arabes. Le nouveau problème qui est en train d'apparaître, c'est l'anarchisme. Avec des groupes comme la Ligue marxiste, l'Armée de libération nationale, ou d'autres, nés plus récemment, tels que Lutte des classes & Action.

– Et ? fit Quinn.

– Avant d'entrer dans les détails, dit Cazalet, je dois vous prévenir que les informations que nous allons vous livrer sont classées au-delà de votre autorisation habituelle. Et par conséquent...

Il lui tendit un papier.

– Ceci, Daniel, est un mandat présidentiel. Il y est écrit que désormais vous m'appartenez. Il transcende toutes nos lois. Vous n'avez même pas le droit de refuser.

Quinn examina le document avec attention.

– J'avais toujours cru que ce fameux mandat n'était qu'un mythe.

– Il est bien réel, comme vous pouvez le voir. Cependant, vous êtes un de mes vieux amis, et jamais je ne vous obligerai à quoi que ce soit. Si vous dites non tout de suite, nous déchirerons cette feuille.

– Vous avez besoin de moi ? répondit Quinn après avoir pris une profonde inspiration. Monsieur le président, je suis à vos ordres.

– Excellent, dit Cazalet avec un sourire. Maintenant... Que savez-vous au juste des activités de Blake et du service qu'il dirige, le Sous-sol ?

– Pas grand-chose, je dois l'avouer. Disons que je suis au courant qu'il s'agit d'une sorte de bureau d'investigation indépendant, et que depuis sa création la Maison-Blanche s'est plutôt bien débrouillée pour garder le secret à son sujet.

– Ça, je suis heureux de l'entendre. Oui, vous avez raison. Il y a déjà de nombreuses années, face au risque d'une infiltration communiste au plus haut niveau, le président de l'époque – je n'ai même pas besoin de vous dire qui – a imaginé le Sous-sol comme une petite unité de renseignement totalement indépendante de la CIA, du FBI et des services secrets, et ne devant rendre de comptes qu'à lui-même. Depuis, le service s'est transmis de président en président. Pour moi il fait un boulot inestimable.

– Il existe un service identique à Londres, précisa Blake, avec lequel nous entretenons des relations très étroites. C'est le général Charles Ferguson qui le dirige. Ses bureaux sont situés au ministère de la Défense. Il ne répond qu'au premier ministre du moment, sans aucune considération pour l'étiquette politique de celui-ci.

Blake sourit.

– De lui et de ses agents, ajouta-t-il, on dit qu'ils sont « l'Armée privée du premier ministre ».

– Je vois assez aisément pourquoi ça vous plaît, dit Quinn.

– Ferguson a pour premier assistant une jeune femme qui s'appelle Hannah Bernstein, commissaire à la Special Branch[1] de Scotland Yard. Un sacré personnage, Hannah. Supérieurement intelligente, et d'un courage à toute épreuve. Elle a déjà tué des hommes, et a été blessée par balles plusieurs fois.

– Mon Dieu.

– Mais vous n'avez pas encore eu le meilleur, ajouta Cazalet,

1. Service de contre-espionnage spécialisé dans la lutte contre le terrorisme. Les policiers de la Special Branch travaillent en étroite collaboration avec les services secrets (MI5 et MI6), pour lesquels ils procèdent aux arrestations des suspects.

puis il lui passa un dossier. Faites donc connaissance avec Sean Dillon, qui fut autrefois l'activiste de l'IRA le plus craint du Royaume-Uni.

Ouvrant le dossier, Quinn y découvrit des photographies d'un homme de petite taille, sans doute moins d'un mètre soixante-dix, aux cheveux si clairs qu'il paraissaient blancs. Il portait un pantalon en velours côtelé de couleur sombre et une veste d'aviateur noire. Une cigarette pendait à la commissure de ses lèvres, sur lesquelles se dessinait un sourire – le sourire narquois de l'homme qui semble ne jamais prendre la vie trop au sérieux.

– Il a l'air dangereux, commenta Quinn.

– C'est peu de le dire, souligna Cazalet. Il y a quelques années, Ferguson l'a arraché à un peloton d'exécution serbe et lui a proposé un marché : soit il entrait à son service, soit la prison. Aujourd'hui Dillon est l'homme-clé du général.

Le président marqua une pause, pensif, avant d'ajouter :

– Il nous a aidés à sauver ma fille, lorsqu'elle a été kidnappée par des terroristes. Blake et Dillon l'ont secourue ensemble.

Quinn regarda tour à tour Cazalet et Johnson.

– Votre fille ? Kidnappée ? Je... je ne... j'ignorais...

– Personne ne l'a jamais su, Daniel. Nous avons préféré étouffer l'affaire. Et... Dillon m'a également sauvé la vie.

Quinn poussa un cri de stupéfaction ; le président leva une main en signe d'apaisement.

– Tout ça nous ramène à notre sujet initial. Blake ?

– Vous souvenez-vous de votre séjour à Londres, l'année dernière, à Noël ?

– Certainement. J'en ai profité pour aller rendre visite à Helen à Oxford.

– Tout juste. Et le président vous a demandé de vous rendre à quelques réceptions, notamment à notre ambassade, où vous deviez faire la connaissance d'une certaine Lady Kate Rashid, Comtesse de Loch Dhu...

– C'est exact, et je me souviens m'être demandé pourquoi. Le but de notre rencontre ne me paraissait pas très clair, je savais juste que je devais... entrer en relation avec elle. Après quoi j'ai fait faire des recherches à son sujet. Mes hommes se sont infiltrés dans les systèmes informatiques sécurisés des Rashid et du groupe international qui porte leur nom.

– Vous savez donc combien ils pèsent, financièrement parlant ?

– Tout à fait. Les dernières estimations, portant pour l'essentiel sur les revenus de leurs exploitations pétrolières dans le Hazar, donnent le chiffre d'une dizaine de milliards de dollars.

– Et qui est à la tête de la société ?

– La Comtesse de Loch Dhu.

Blake lui tendit un autre dossier.

– Là-dedans, il y a tout ce que nous avons sur les Rashid. Une lecture très intéressante, vous verrez. Par exemple, vous trouverez la liste de toutes les organisations caritatives ou d'intérêt public financées par Lady Kate, dont le programme éducatif de Lutte des classes & Action, ou encore le Fonds pour l'Enfance, basé à Beyrouth.

– Je me souviens de ces noms-là, dit Quinn. Mais sur le moment je n'y avais rien vu à redire. C'est très courant, chez les gens fortunés, de donner à des œuvres de bienfaisance. Ça équivaut à faire l'aumône aux pauvres pour ne pas culpabiliser d'avoir de l'argent plein les poches. Je suis passé par là, je parle en connaissance de cause.

– Et si je vous disais que le Fonds pour l'Enfance, à Beyrouth, est une couverture du Hezbollah ?

Quinn fixa Blake, bouche bée.

– Vous sous-entendez qu'elle mijote un mauvais coup ? Quelque chose de subversif ? Mais... quel intérêt y trouverait-elle ?

– Je vous ai dit que Dillon m'a sauvé la vie, vous vous souvenez ? intervint Cazalet. Eh bien, c'est là que cet épisode trouve sa place.

– Comme vous le savez, reprit Blake, Kate Rashid est arabe et bédouine par son père, et anglaise par sa mère, de la famille Dauncey, dont elle a hérité le titre de noblesse. Kate avait trois frères. Paul, George et Michael.

– *Avait ?*

– Oui. L'année dernière, leur mère a trouvé la mort dans un accident de voiture dont le responsable était un agent de l'ambassade de Russie. Il conduisait en état d'ivresse. Comme il est impossible de mener un diplomate étranger devant les tribunaux, les trois frères se sont chargés d'infliger à cet homme une punition... définitive. Ensuite, leur colère a été aggravée par le fait qu'ils ont découvert que les Russes étaient sur le point de conclure à leur insu un accord commercial concernant l'exploitation des ressources pétrolières du Hazar. Un accord dont nous, les Américains, étions aussi partie prenante. Le Hazar est le territoire des Rashid. De leur point de vue, voilà deux grandes puissances fanfaronnes et arrogantes qui bafouaient non seulement leurs prérogatives économiques, mais le monde arabe en général : l'Ouest manquant de respect à l'Est. Alors ils ont décidé qu'il fallait nous donner une leçon.

– Paul Rashid a essayé de me faire assassiner à Nantucket, dit Cazalet. Clancy a reçu dans l'épaule une balle qui m'était destinée. Blake a tué l'un des assassins.

– Jake, murmura Quinn, c'est... c'est invraisemblable !

– Malheureusement, ça ne s'est pas arrêté là, continua Blake. Tous les détails de cette histoire sont dans le dossier. Pour résumer, disons qu'au final les trois frères Rashid ont payé le prix de leur fanatisme. En laissant derrière eux une sœur, Kate, qui est sans doute la femme la plus riche du monde, mais aussi la femme la plus démunie puisqu'elle a perdu toute sa famille : une mère et trois frères qu'elle adorait. Aujourd'hui elle veut se venger, nous le savons.

– Vous voulez dire qu'ayant raté une fois l'assassinat du président, elle va essayer de recommencer ?

– Nous l'estimons capable de n'importe quoi. Il y a aussi un autre individu à prendre en compte. Les Dauncey ont ce que l'aristocratie anglaise appelle une branche mineure – des membres de la famille qui ont émigré en Amérique au dix-huitième siècle, et se sont établis à Boston.

– Aujourd'hui ils sont juges ou avocats, précisa Cazalet. D'une respectabilité à toute épreuve. Je connais personnellement la famille.

– Moi aussi. S'agit-il de quelqu'un avec qui je suis en relation ?

Blake lui tendit un autre dossier.

– Rupert Dauncey. École militaire de West Point. Puis Parris Island...

– Encore un Marine, hein ?

– Oui, et un excellent soldat. Ses états de service dans le Golfe lui ont valu une Silver Star, puis il a été envoyé en Serbie et en Bosnie. La question a été posée, un temps, de savoir s'il n'avait pas tué des Serbes de façon quelque peu... brutale, mais rien n'a pu être prouvé. Et après s'être sorti d'une sale embuscade que lui avaient tendue les musulmans, il a reçu la Distinguished Service Medal. Promu au grade de capitaine...

– Il a rejoint la troupe de Marines chargés de la protection de notre ambassade à Londres, conclut Cazalet.

– Et j'imagine la suite, dit Quinn. Arrivé en Angleterre, il s'est présenté à notre chère comtesse.

– Voilà. Ils se sont plu immédiatement, et depuis ils sont très, très proches l'un de l'autre, dit Blake. Dauncey est un homme extrêmement séduisant, autant que je puisse en juger. Surtout quand il porte son uniforme de Marine, avec toutes ses médailles... Je crois savoir que techniquement, Kate et lui sont cousins au troisième degré.

– Ah, oui. Ils ne font donc rien d'illégal.

– En réalité ils ne font rien du tout. Pour dire les choses délicatement, précisa Blake, Rupert Dauncey n'est pas de ce moule-là.

– Vous voulez dire qu'il est gay ?

– Je n'en suis pas certain. Il n'aime pas les femmes, nous le savons... D'un autre côté il ne fréquente pas les bars homos, et nous ne lui avons pas trouvé de petit ami. Quoi qu'il en soit, si nous pouvons laisser cette question de côté, nous avons la conviction que ces deux-là mijotent quelque chose. Lady Kate rumine son animosité, non seulement contre le président, mais aussi contre moi, contre Sean Dillon et ses partenaires... – car nous avons tous été impliqués dans les événements qui ont conduit à la mort de ses frères.

– Voilà pourquoi je veux que vous alliez à Londres, dit Cazalet. Nous vous organiserons une rencontre avec le général Ferguson, Dillon et la commissaire Bernstein. J'en parlerai également au premier ministre, qui connaît bien la situation.

– Et puis ?

– Furetez à droite à gauche, utilisez vos relations, voyez ce que vous pouvez trouver. Peut-être que nous nous trompons. Peut-être qu'elle a changé. Qui sait ?

– Moi je sais, affirma Blake. Elle n'a pas changé, et elle ne changera pas.

– Parfait. Je m'incline devant votre jugement.

Quinn soutint le regard du président.

– Je m'installerai à Londres dès que j'en aurai terminé au Kosovo. Je logerai dans la maison que Quinn Industries possède là-bas. Si ma mémoire est bonne, elle se trouve dans le même quartier que la propriété des Rashid. À deux pas de là...

– Bien, coupa le président avec un sourire. À présent, soucions-nous d'un futur beaucoup plus proche. Celui du dîner. Ce soir, je serai au Lafayette. Vous devriez vous joindre à nous.

– Avec grand plaisir.

– Je vous invite en particulier parce que... Blake ayant toujours raison à cent cinquante pour cent, en matière de renseignement, nous savons que la Comtesse de Loch Dhu en personne et son cousin, Rupert Dauncey, ont réservé une table au Lafayette pour le dîner.

– *Quoi ! ?*

– Vous me connaissez, Daniel, j'ai toujours aimé aller au-devant des événements. Il est temps de secouer un peu le cocotier.

Cazalet se tourna vers Clancy.

– Pour la sécurité je présume que vous avez la situation en main ?

– Absolument, monsieur le président.

– Parfait. Nous nous retrouverons là-bas à huit heures et demie. Ayez la gentillesse de veiller à ce que le sénateur Quinn soit raccompagné à l'hôtel.

– À vos ordres.

– Une dernière chose, Clancy. Ne laissez en aucun cas Dauncey vous enquiquiner. Il a beau avoir aujourd'hui le grade de commandant, vous êtes un Marine autant que lui, et si je me souviens bien vous avez été l'un des plus jeunes adjudants-chefs que le corps ait jamais eus.

– Allons, de quoi parlez-vous ? s'exclama Quinn. Un homme sorti de Parris Island ? Vous le croyez capable de jouer des poings dans un endroit comme le Lafayette ?

Jake Cazalet rit.

– Et vous, Clancy ? Vous lui casseriez la gueule ?

– Fichtre non, monsieur le président. J'enverrais plutôt le commandant faire un jogging de trente kilomètres avec quarante kilos de bagages sur le dos.

– Ça, ça me plaît bien, approuva Quinn. Entendu, je vous retrouve là-bas.

Il sortit, suivi de Clancy.

– Vous vous chargez de parler au général Ferguson ? demanda Cazalet à Blake Johnson.

– Oui. Je l'appelle tout à l'heure.

Le bureau du général se trouvait au troisième étage du ministère de la Défense, ses fenêtres donnant sur Horse Guards Avenue. Ferguson était un homme corpulent, aux cheveux gris, d'aspect négligé – son complet fauve tout froissé et sa vieille cravate des Guards ne lui donnaient pas fière allure. Il était assis à sa table, le téléphone rouge de la ligne sécurisée en main, écoutant son interlocuteur. Il raccrocha enfin le combiné et pressa le bouton de l'interphone.

– Général ? répondit une voix de femme.

– Dillon est arrivé ?

– Oui, monsieur.

– Je veux vous voir tous les deux. Maintenant.

La commissaire Hannah Bernstein entra dans le bureau. Elle avait la trentaine – c'est-à-dire qu'elle était très jeune pour son grade –, les cheveux roux coupés court, et des lunettes à monture d'écaille. Son tailleur-pantalon, très élégant, portait une griffe que son seul salaire d'agent de police ne lui aurait jamais permis de s'offrir.

L'homme de petite taille et aux cheveux de neige qui la suivait avait une vieille veste d'aviateur sur les épaules. Il se dégageait de lui une intensité, une force, qui emplit le bureau dès qu'il s'y avança.

Il alluma une cigarette avec un Zippo.

– Faites comme chez vous, Dillon, grogna Ferguson.

– Je ne m'en prive pas, général, puisque vous êtes un type épatant...

– La ferme, Sean, dit Hannah Bernstein. Vous vouliez nous parler, monsieur ?

– Oui. Blake Johnson vient de me donner des nouvelles intéressantes au sujet de la Comtesse de Loch Dhu.

– Ah, fit Dillon. Que devient ma chère Kate, en ce moment ?

– Demandons-nous plutôt ce qu'elle nous prépare dans un proche avenir. Blake doit nous avoir envoyé des documents par voie électronique. Hannah, voulez-vous aller voir s'il sont déjà imprimés ?

Elle sortit. Dillon se servit un Bushmills au minibar, puis fit face à Ferguson.

– Elle revient à la charge, c'est ça ?

– Elle a promis d'avoir notre peau à tous, n'est-ce pas ? Pour venger la mort de ses frères.

– Qu'elle essaie. Je ne l'en aimerai que davantage !

Dillon but le whiskey d'un trait, puis emplit de nouveau son verre avant de le lever comme pour porter un toast.

– Dieu vous garde, Kate, mais pas après ce que vous avez essayé de faire à Hannah Bernstein. Essayez encore une fois un truc pareil et je vous tuerai de mes propres mains.

La commissaire revint avec une liasse de documents. Le général se renversa contre le dossier de son fauteuil.

– D'abord je vous dis ce que Blake m'a raconté, ensuite vous lirez ce qu'il y a sur ces papiers.

Quelques minutes plus tard Dillon et Hannah étaient au courant de la situation.

– Elle s'est donc trouvé un homme, commenta Hannah en examinant la photo de Rupert Dauncey.

Dillon s'approcha d'elle pour voir le cliché.

– Un homme ? Hmm... Plus ou moins.

Il regarda tour à tour Hannah et Ferguson avec un large sourire.

– Vous savez ce qui me tracasse le plus ? reprit le général. Les informations que les Américains ont trouvées au sujet des œuvres de charité des Rashid. Le programme éducatif de Lutte des classes & Action, le Fonds pour l'Enfance à Beyrouth...

– Elle est à moitié arabe, et elle est à la tête des Bédouins du Hazar, coupa Dillon. Ça n'a rien de très étonnant qu'elle distribue son argent à diverses organisations arabes. Cependant, je suis d'accord. Il y a quelque chose là-dessous.

Ferguson acquiesça d'un hochement de tête.

– Alors ? Que devons-nous faire ?

– Pour découvrir ce qu'elle mijote ? fit Dillon, pensif, et il se tourna vers Hannah. Roper ?

Elle sourit, puis regarda Ferguson.

– Le commandant Roper, monsieur ?

– C'est l'homme qu'il nous faut, approuva le général.

4

Daniel Quinn attendait à l'entrée de l'hôtel Hay-Adams lorsque la limousine présidentielle s'arrêta le long du trottoir, au bas du perron. Clancy Smith en descendit le premier, imité par trois autres agents des services secrets qui circulaient dans les véhicules d'escorte. Smith salua Quinn d'un hochement de tête, entra dans l'hôtel. Blake sortit à son tour de la voiture et attendit le président, lequel monta les marches d'un pas assuré et s'arrêta auprès de Quinn pour lui serrer la main.

– Daniel.

Tout ça c'était pour la galerie, bien sûr. Pour l'habituelle poignée de photographes qui suivaient le président dans ses moindres déplacements, et avaient appris qu'il venait ici pour le dîner. Les flashs crépitèrent, la rencontre de Cazalet et de Quinn fut immortalisée. Clancy reparut à la porte. Les agents des services secrets encadrèrent le président et Blake tandis qu'ils pénétraient dans l'hôtel.

Au Lafayette, Blake, Cazalet et Quinn furent accompagnés par le directeur jusqu'à une table ronde située dans un angle de la salle – un choix excellent du point de vue de la sécurité. Tout autour d'eux bourdonnaient les conversations à mi-voix des autres dîneurs, enchantés d'avoir le président parmi eux. Ayant réparti ses hommes à travers le restaurant, Clancy se posta comme à son habitude contre le mur, tel une ombre, près de Cazalet.

– Quelque chose à boire, messieurs ? proposa ce dernier. Que diriez-vous d'un bon vin français ?

Il appela le serveur.

– Nous allons goûter un sancerre.

Le garçon, assuré d'un excellent pourboire, hocha la tête avec empressement.

– Tout de suite, monsieur le président.

– Je vais vous dire une chose, reprit Cazalet en se tournant vers Quinn, c'est que j'ai bien besoin d'un remontant. Cette histoire de pénurie de ressources énergétiques qui nous est tombée dessus depuis le mois dernier me donne un travail monstre. Avec la flambée des prix, la demande de pétrole en hausse constante et ces fichues pannes d'électricité récurrentes, j'ai l'impression de n'attendre qu'un désastre ! Et les gens commencent à s'en apercevoir. Avez-vous vu le sondage de la semaine dernière ? « Pourquoi le gouvernement ne réagit-il pas ? » Eh bien j'essaie, bon sang ! Ça commence à réjouir certaines personnes – vous savez de qui je veux parler. Si je ne trouve pas le moyen d'arranger ce bazar, les résultats des élections de l'année prochaine vont être catastrophiques pour nous, et là je pourrai tirer un trait sur bon nombre des objectifs de mon programme. Je pourrai autant démissionner, pour le bien que je ferai !

Quinn ouvrit la bouche pour répondre, mais le président l'en empêcha d'un geste de la main.

– Oh, ne faites pas attention à moi. J'ai vidé mon sac, maintenant ça suffit. Nous ne sommes pas venus ici ce soir pour larmoyer.

Cazalet sourit à ses convives.

– Nous sommes venus nous distraire. Et pour l'instant, c'est un peu comme si nous attendions le début du spectacle dans un théâtre de Broadway.

Il jeta un coup d'œil vers l'entrée du restaurant.

– D'ailleurs, j'ai l'impression que le rideau se lève en ce moment même...

La Comtesse de Loch Dhu était à la porte. Une splendide rivière de diamants ornait son cou, et son tailleur-pantalon en soie noire tenait davantage de l'œuvre d'art que du vêtement. À côté d'elle, Rupert Dauncey portait un élégant costume de chez Brioni, avec chemise blanche et cravate noire. Ses cheveux blonds étaient impeccablement peignés.

Le directeur du restaurant s'avança prestement à leur rencontre, puis les guida entre les tables. Le président dit à Blake :

– C'est vous qui la connaissez. Parlez-lui.

Blake se leva lorsqu'elle passa près d'eux.

– Kate. Eh bien, quel heureux hasard !

Elle s'arrêta, le sourire aux lèvres, puis se pencha pour lui faire la bise.

– Mon cher Blake, c'est un plaisir. Connaissez-vous mon cousin, Rupert Dauncey ? Non, je ne pense pas que vous vous soyez déjà rencontrés. Vous avez pourtant des tas de choses en commun, tous les deux, savez-vous ?

– Oh, sa réputation le précède.

Rupert Dauncey sourit.

– On peut en dire autant à votre sujet, monsieur Johnson. Ainsi que du sénateur Quinn ici présent.

– Merci, dit ce dernier. Enchanté de vous revoir, comtesse.

Elle hocha la tête.

– Le plaisir est pour moi.

– Monsieur le président, dit Blake, puis-je vous présenter Lady Kate Rashid, Comtesse de Loch Dhu ?

Cazalet se leva pour serrer la main de la jeune femme.

– Nous n'avions jamais eu l'occasion de faire connaissance, comtesse. Vous joindrez-vous à nous pour boire un verre ? Une coupe de champagne, peut-être ?

– Comment refuser ?

Blake fit signe au serveur et lui parla. Rupert tira une chaise pour sa cousine, attendit qu'elle fût assise, puis se tourna vers Clancy Smith.

– La dernière fois que je vous ai vu, adjudant-chef, vous étiez derrière les lignes irakiennes... et dans un sacré merdier.

– Il n'y a pas d'autre façon de le dire, mon commandant. En Bosnie, vous nous avez beaucoup manqué.

– Un endroit idéal pour regretter l'absence de ses amis.

Dauncey se plaça contre le mur à côté de Smith, avant d'ajouter en souriant :

– Mais nos bavardages retardent tout le monde.

Le garçon apporta une bouteille de dom-pérignon et des coupes, fit le service. Cazalet leva son verre.

– À votre santé, Lady Kate. Il paraît qu'en ce moment Rashid Investments peut se vanter de fabuleux profits. Je suis impressionné, en particulier, par votre succès dans le Hazar.

– Le pétrole, monsieur le président. Tout le monde a besoin de pétrole, répondit-elle, et sa voix se fit plus suave. Vous le savez aussi bien que moi.

– Oui, mais il n'empêche que les résultats de vos exploitations dans le Hazar sont exceptionnels. Je me demande pourquoi.

– Vous connaissez la réponse. C'est parce que je contrôle les Bédouins dans le Hazar, de même que dans le Quartier Vide. Sans moi, les Russes et vous, les Américains, vous n'êtes rien. Ces déserts sont les plus terribles du monde, savez-vous.

Elle se tourna vers Johnson, pour ajouter d'un ton affable :

– Mais Blake sait parfaitement de quoi je parle. Il était là-bas le jour où mon frère George a été tué.

– Oui, c'est vrai. J'étais aussi présent, la veille au soir, quand le sous-lieutenant Bronsby a été assassiné.

Il s'adressa au président pour raconter une histoire qu'en réalité Cazalet connaissait déjà.

– Bronsby appartenait aux Hazar Scouts. Là-bas il n'y a pas de véritable armée, uniquement ce régiment dirigé par les Britanniques. Les Bédouins Rashid maîtrisent l'art de la torture... au couteau, en particulier.

Il se tourna de nouveau vers Kate, avec un sourire glacé.

– Mais au petit matin, Dillon a vengé la mort du sous-lieutenant. Il y avait quatre hommes sur la crête de la dune, si je me souviens bien. À... quatre cents mètres ? Un sacré tireur, notre ami Sean.

– Un sacré salopard, répliqua-t-elle.

– Parce que l'un de ces quatre hommes était votre frère George ? Il aurait dû réfléchir aux conséquences, avant de se mettre à assassiner des gens.

L'atmosphère, autour de la table, devenait des plus pesantes. Mais la comtesse sourit agréablement.

– Hmm... Tuer est une activité qui vous est plutôt familière, n'est-ce pas, monsieur Johnson ? Sans parler du prix qu'il faut parfois payer pour avoir commis un meurtre. Parfois un prix très élevé, précisa-t-elle en se penchant vers lui. Ayez l'obligeance d'en faire part à vos amis, voulez-vous ?

– Laissez tomber, Kate, répliqua-t-il, et il lui agrippa le poignet. Je ne sais pas ce que vous avez en tête, mais laissez tomber !

– Je fais ce qui me plaît, rétorqua-t-elle. Rupert ?

Dauncey s'approcha pour lui tirer sa chaise ; elle se leva.

– Monsieur le président, ce fut un honneur.

Elle tourna les talons et s'éloigna.

– Messieurs, dit Rupert, puis il lui emboîta le pas.

Un silence tendu suivit leur départ.

– Nom de Dieu, qu'est-ce que c'était que cette conversation ? dit enfin Quinn.

– Lisez les dossiers, Daniel, répondit Cazalet. Et rendez-vous à Londres le plus tôt possible.

Il regarda dans la direction de Kate Rashid.

– J'ai le sentiment que tout va aller plus vite que nous ne le pensions.

Kate et son cousin s'installèrent à une table d'angle, de l'autre côté du restaurant.

– Cigarette, Rupert.

Il lui tendit une Marlboro et alluma un briquet en cuivre fabriqué à partir d'une balle d'AK.

– Voilà, *sweetie*.

Elle lui prit le briquet.

– Où as-tu dégoté cet objet ? Je ne t'ai jamais posé la question.

– C'est un souvenir de la guerre du Golfe. J'étais coincé dans une embuscade, la situation était vraiment dramatique... J'ai attrapé un fusil d'assaut irakien, un AK, et grâce à lui j'ai réussi à tenir jusqu'à l'arrivée des renforts. C'est drôle, d'ailleurs, parce que c'est Clancy Smith qui m'a tiré d'affaire. Après coup, je me suis aperçu qu'il restait une balle, et une seule, dans le chargeur de l'AK.

– C'était moins une, en quelque sorte.

– Comme tu dis. Je l'ai gardée, et j'en ai fait faire un briquet par un bijoutier de Bond Street.

Il lui reprit l'objet des mains.

– Connais-tu cette expression : « *Memento mori* » ?

– Bien sûr, mon chéri. « Souviens-toi que tu vas mourir. »

– Précisément.

Il jeta le briquet en l'air et le rattrapa au creux de sa paume.

– Je devrais être mort, Kate. Déjà mort au moins trois ou quatre fois. Et pourtant je suis là, bien vivant. Pourquoi ? ajouta-t-il, et il sourit. J'ignore la réponse à cette question, mais ce joujou me rappelle de ne pas l'oublier.

– Vas-tu encore à la messe ? Te confesses-tu, de temps de temps ?

– Non. Mais Dieu sait tout et comprend tout, n'est-ce pas ce qu'on dit ? Et Sa capacité à pardonner est infinie.

Il sourit de nouveau.

– Si quelqu'un a besoin de compassion, c'est bien moi. Mais bon, tu es déjà au courant. Tu sais sans doute tout ce qu'il y a à savoir à mon sujet. J'imagine que tes hommes n'ont pas mis plus d'une demi-heure, après que je me suis présenté à toi à Londres, pour te fournir un dossier complet au nom de Rupert Dauncey.

– Vingt minutes, mon chéri. Tu paraissais trop beau pour être vrai. Une bénédiction d'Allah. J'avais perdu ma mère et mes trois frères, et te voilà débarquant des États-Unis, un cousin, un Dauncey dont j'ignorais jusqu'alors l'existence ! Dieu soit loué de t'avoir envoyé.

Rupert Dauncey fut soudain la proie d'une intense émotion. Il saisit la main de sa cousine.

– Tu sais que pour toi, Kate, je serais prêt à tuer.

– Je sais, mon chéri. Et il se pourrait que tu aies à le faire un jour ou l'autre.

Il sourit, retrouvant son calme, et planta une cigarette entre ses lèvres.

– Je t'aime jusqu'au bout des ongles.

– Mais... les femmes ne font pas partie de tes préoccupations, Rupert.

– Je sais. Quel dommage n'est-ce pas ? N'empêche, je t'adore.

Il se renversa contre le dossier de sa chaise.

– Bon. Où en sommes-nous, avec nos amis ?

– Le sénateur Daniel Quinn, là-bas... Intéressant de voir à quel point il a l'air copain-copain avec Cazalet. Jusqu'à maintenant, je voulais qu'il meure parce que ses hommes s'étaient un peu trop bien renseignés à mon sujet. Maintenant, je me demande s'il n'a pas en tête quelque chose de... très ambitieux.

– Quoi donc ?

– Je l'ignore. Mais je crois que ça vaudrait la peine de chercher. Sais-tu qu'il a une fille ? Elle s'appelle Helen, elle est étudiante à Oxford. Elle a une bourse Rhodes.

– Ah oui ? Et ?

– Je veux que tu t'occupes d'elle.

– Je ne comprends pas.

– Bien. Tu es au courant de mes bonnes œuvres, n'est-ce pas ? Je crois en la nécessité de soutenir les groupes politiques minoritaires, ou opprimés. Des gens comme ceux de Lutte des classes & Action, du Front Anarchiste Unifié, ou encore de l'Armée de Libération Nationale, à Beyrouth. Ceux-là sont un peu extrémistes, mais... bien intentionnés.

– Bien intentionnés, mes fesses !

– Rupert, comme tu y vas ! s'exclama-t-elle en riant. Tu dois savoir aussi que le programme éducatif de Lutte des classes & Action est aujourd'hui mis en application dans mon château de Loch Dhu, dans l'ouest de l'Écosse. C'est une propriété vieillotte, pas en très bon état, mais elle a son charme et elle est à l'abri des regards. Les jeunes gens qui s'y rendent vivent l'aventure, la vraie ! Nos instructeurs leur apprennent à devenir des individus responsables. Et pour les plus âgés... le programme comprend quelques activités supplémentaires.

– Comme dans le Hazar ?

– Excellent, Rupert ! En effet. Dans le Hazar nous travaillons avec le Fonds pour l'Enfance, lié à l'Armée de Libération Arabe.

Là-bas, il s'agit de quelque chose de plus sérieux. Entraînement paramilitaire complet, et formation assurée par des mercenaires. Des Irlandais, surtout. Ils sont nombreux sur le marché, depuis qu'a démarré leur fameux processus de paix.

– OK. Qu'attends-tu de moi ?

– Je veux que tu supervises Loch Dhu, et rondement. Je veux que tu veilles à ce que personne ne fourre son nez là-bas. Et je veux que tu noues des liens aussi étroits que possible avec Lutte des classes & Action.

– Pourquoi ?

– Parce que j'ai le sentiment que nous allons revoir le sénateur Daniel Quinn, et beaucoup plus tôt que nous ne le pensions. Sais-tu, Rupert, que Lutte des classes & Action a aujourd'hui des antennes dans la plupart des universités du pays ? Et que ses membres sont des gosses de riches qui rêvent d'abattre le capitalisme ?

Elle gloussa.

– Et alors ? fit Dauncey. Quel est le rapport avec Quinn ?

– Le rapport, mon chéri... C'est qu'Helen Quinn est membre de l'antenne d'Oxford.

À Londres, le lendemain, le commandant Roper se présenta de bonne heure à la maison de Sean Dillon à Stable Mews. Étrange vision que celle de cet homme encore jeune cloué dans un fauteuil roulant électrique dernier cri, vêtu d'un caban marine, et dont les cheveux, qui lui descendaient jusque sur les épaules, encadraient un visage qui n'était qu'un masque de tissus cicatriciels comme il en résulte de brûlures profondes.

Auparavant expert en déminage dans le corps des Royal Engineers, décoré de la George Cross, son extraordinaire carrière avait été brutalement interrompue par ce qu'il appelait une « stupide petite bombe », cadeau de l'IRA Provisoire, logée dans une berline familiale au cœur de Belfast.

Ayant survécu à ses blessures, il s'était découvert une nouvelle carrière dans les ordinateurs. Désormais, quand Ferguson et son équipe voulaient trouver des informations sensibles dans le cyberespace, si profondément enfouies fussent-elles, c'était Roper qu'ils appelaient.

– Sean ! Bonjour, mon vieux, dit Roper avec chaleur quand Dillon ouvrit la porte.

L'Irlandais sourit et l'aida à franchir le seuil de la maison.

– Vous avez l'air en forme.

– Hmm... Hannah ne m'a pas dit grand-chose. Mais elle m'a envoyé un dossier. On repart en guerre, une fois de plus ?

– Je dirais que c'est fort possible.

Il suivit Roper dans le couloir. Ferguson, dans le salon, était au téléphone ; il raccrocha rapidement.

– Commandant, dit-il. Comment ça va ?

– Très bien, mon général. Vous avez du travail pour moi ?

– En effet. Nous allons vous expliquer ça.

Ils consacrèrent une demi-heure à exposer toute l'affaire à Roper. Puis Dillon conclut :

– Ce que nous voudrions que vous fassiez, en premier lieu, c'est vous renseigner sur les différentes organisations auxquelles elle distribue de l'argent. Si elle a un talon d'Achille, c'est peut-être de ce côté-là que nous le trouverons. Je ne sais pas ce que nous cherchons exactement...

Il sourit.

– Mais nous le saurons quand nous trouverons.

– Vous vous rendez bien compte, dit Roper, que si les gens de Quinn ont enquêté à son sujet il y a quelques mois, elle le sait très certainement. Ils ont forcément laissé des traces de leur passage, ce qui veut dire qu'elle aura eu le temps, si elle le voulait, d'essayer de brouiller les pistes. Notamment en améliorant la sécurité de ses serveurs informatiques.

– Vous voulez dire que vous risquez ne rien pouvoir trouver ? demanda Ferguson.

Les cicatrices faciales de Roper se crispèrent en un étrange sourire.

– J'ai dit qu'elle avait peut-être *essayé*. Je n'ai pas dit qu'elle avait réussi à le faire !

Londres
Oxford
Hazar

5

À Regency Square, Roper habitait un appartement en rez-de-chaussée, avec une porte d'entrée privative précédée d'une rampe inclinée pour le passage de son fauteuil roulant. Le logement tout entier, y compris la cuisine et la salle de bains, qui possédait des toilettes et une douche spécialisées, était conçu pour une personne certes handicapée, mais qui tenait à se débrouiller seule en toute chose. Roper était ce genre d'homme. Dans la pièce qui aurait dû être le salon, on trouvait une sorte de laboratoire informatique – des ordinateurs et du matériel électronique à foison. Un équipement dernier cri dont certains composants, qui relevaient du secret-défense, étaient mis à la disposition de Roper en partie parce qu'il était commandant de la Réserve, mais surtout parce que Ferguson n'hésitait pas à user de son autorité de général de division quand il le jugeait nécessaire.

Trois jours après l'entrevue de Quinn avec le président, à dix heures du matin, on sonna à la porte d'entrée. Roper saisit une télécommande à côté de lui et appuya sur un bouton. Ferguson, Dillon et Hannah Bernstein entrèrent quelques instants plus tard dans le salon-laboratoire.

– Alors ? Qu'avez-vous trouvé ? demanda le général sans préambule.

– Eh bien... Comme vous me l'aviez dit vous-même, le Fonds Caritatif Rashid distribue de l'argent à un nombre incroyable d'organisations et de groupes soutenant les causes les plus diverses. La liste est longue comme le bras. La plupart des bénéficiaires paraissent réglo, mais pas tous. Le Fonds pour l'Enfance, basé à Beyrouth, par exemple, est à coup sûr une couverture du Hezbollah. Et la Comtesse a d'autres bonnes œuvres du même genre en Syrie, en Irak, au Koweït, à Oman et ailleurs. J'y travaille encore, mais je suis prêt à vous parier n'importe quoi que bon nombre de ces organismes dissimulent des activités terroristes.

– Au nom du ciel, à quoi joue-t-elle ? marmonna Ferguson.

– Elle consolide son pouvoir, dit Dillon. Elle noue des liens avec tous les grands leaders arabes. Elle accroît son influence, et ce aussi bien en défendant la paix qu'en soutenant des actes de violence, selon ce qui sied le mieux à son besoin du moment.

Roper acquiesça d'un hochement la tête.

– Et n'oubliez pas la taille de son empire pétrolier au Moyen-Orient. Rashid Investments contrôle un tiers de la production de la région. Si elle le voulait, elle pourrait faire s'effondrer le marché du pétrole comme on abat un château de cartes.

– Seigneur, grogna Ferguson. Un tiers de la production du Moyen-Orient !

Dillon réfléchit quelques instants, puis s'adressa à Roper :

– Et ici, en Europe ? N'a-t-elle pas donné d'argent à l'IRA, aux Combattants pour la liberté en Ulster, ou à d'autres groupes de cet acabit ?

– Non, mais elle soutient de nombreuses organisations marginales : l'Armée du peuple, la Ligue socialiste marxiste, le Groupe de libération nationale, les Anarchistes unifiés, etc. Et tous ces dons sont présentés comme des subventions à des programmes éducatifs.

– Et la prochaine fois qu'il y aura une émeute à Londres, observa Hannah d'un air sombre, combien de membres de ces organisations seront là-bas ?

Roper haussa les épaules.

– Kate Rashid est extrêmement intelligente. Tout se fait dans la transparence la plus absolue. Ses objectifs sont irréprochables. Nombre de gens applaudiraient son action.

– Irréprochables en surface, dit Ferguson. Elle est futée, c'est indéniable. Et qu'avez-vous trouvé à propos de Lutte des classes & Action ?

– Le nom fait un peu peur, mais l'organisation paraît plutôt inoffensive. Sa principale caractéristique, c'est une espèce de programme d'activités de plein air pour adolescents de douze à dix-huit ans. Pique-niques, jeux de rôles, canoë, trekking, escalade...

– Je me demande quelles activités supplémentaires on propose aux plus âgés, observa Dillon.

– L'organisation est domiciliée dans l'ouest de l'Écosse, au château de Loch Dhu, dans un village qui s'appelle Moidart. Oui, il appartient à la Comtesse.

Ferguson était stupéfait.

– Mais je le connais ! J'y suis allé. Nous y sommes tous allés.

Ce fut au tour de Roper s'être surpris.

– Que voulez-vous dire ?

– Il y a quelques années, expliqua Dillon, nous avons eu maille à partir avec un vilain bonhomme qui s'appelait Carl Morgan. Il avait loué ce château pour plusieurs semaines. Le général, Hannah et moi-même, nous nous sommes occupés de lui sur place. Nous logions dans une propriété qui s'appelle Ardmurchan Lodge. Ça se trouve de l'autre côté du lac.

Hannah, perplexe, regarda Ferguson.

– À l'époque, c'est Lady Katherine qui était propriétaire du château.

– Là je peux vous renseigner, dit Roper. En fait c'est un peu plus compliqué que ça. Lorsque Sir Paul Dauncey a été fait Comte de Loch Dhu par le roi James Ier, le château était déjà une antiquité. À partir de 1850 il a été entièrement reconstruit, dans le style victorien, par l'un des descendants de Paul, mais la famille ne l'utilisait que très peu. Le comte et les siens préféraient Dauncey Place, dans le sud de l'Angleterre. Au point que dans les années soixante-dix ils avaient décidé de le louer à la famille Campbell pour une durée de cinquante ans. À la mort de Lady Katherine Rose, il y a cinq ans, le contrat a été annulé et le château est repassé aux mains des Dauncey.

– Ou aux mains des Rashid, par le mariage de la mère de Kate, dit Dillon.

– Carl Jung a mis en évidence un phénomène qu'il a appelé le synchronisme, intervint Hannah. Un événement survient qui dépasse la simple coïncidence, et donne à penser qu'il a une signification particulière...

– Oui. Ça donne la chair de poule, hein ? renchérit Dillon. Depuis tout ce temps, Kate Rashid n'attendait que de nous voir nous pointer là-bas !

– Ne dites pas de bêtises, rétorqua Ferguson, puis il soupira longuement. Quoi qu'il en soit... Je pense qu'il est temps de secouer le cocotier.

– Que voulez-vous dire, monsieur ? demanda Hannah.

– Sean, dit Ferguson en se tournant vers Dillon, je crois qu'il est temps de jouer à « nous savons qu'ils savent et ils savent que nous savons ».

– À quoi ça nous servira ?

Le général parut soudain très hésitant. Il soupira de nouveau avant de déclarer :

– Très bien. Ce que je vais vous dire maintenant est top secret, et ne doit pas sortir d'ici. Le gouvernement m'étriperait sans doute s'il apprenait que je vous révèle... Mais bon ! Voilà : ces deux dernières années, Kate Rashid a effectué plusieurs missions en notre nom. Elle fait office d'émissaire pour les Affaires étrangères, et pour le premier ministre.

– *Quoi ?!* s'exclama la commissaire Bernstein. Oh, c'est invraisemblable !

– Nous est-il permis de savoir qui est de l'autre côté ? demanda Dillon.

– Saddam Hussein.

– Bonté divine, gémit Hannah.

– Kate le connaît bien, voyez-vous, précisa Ferguson. Il compte parmi ses plus fervents admirateurs.

– Jamais le moindre faux pas, cette petite, commenta Roper. Donc, vous voulez nous faire comprendre qu'elle est très protégée, et que nous aurions du mal à convaincre certaines personnes, au plus haut niveau du gouvernement, qu'elle est dangereuse.

– Tout juste. Mais moi, bon sang, je sais qu'elle est néfaste !

– Et vous aimeriez lui faire comprendre qu'elle vous a maintenant sur le dos et que vous ne la lâcherez plus ?

– Exactement, répondit Ferguson, et il se tourna vers Hannah Bernstein. Je veux que vous alliez au château de Loch Dhu, Dillon et vous, et que vous y fassiez un peu de remue-ménage.

– Quand ?

– Tout de suite. Téléphonez à Farley Field. Dites à Lacey et à Parry de préparer un avion. Si ma mémoire est bonne, il y a une ancienne piste d'atterrissage de la RAF à proximité du lac. D'ici, il n'y a que sept cents kilomètres. Le vol ne devrait pas prendre plus d'une heure et demie.

– Sur place, nous aurons besoin d'un véhicule.

– Appelez la base de sauvetage en mer d'Oban. Qu'ils vous envoient une voiture banalisée avec un chauffeur. Faites ça immédiatement. Allez, commissaire ! Vous téléphonerez en voiture, avec votre portable.

Le général prit Hannah par l'épaule et la poussa presque vers la porte ; Dillon, avant de la suivre, adressa un sourire à Roper.

– Maintenant, dit-il, vous savez comment nous avons gagné la guerre.

– Quelle guerre ? répondit Roper en lui rendant son sourire.

À Farley Field, le petit aérodrome de la Royal Air Force utilisé pour les opérations aériennes secrètes, ils furent accueillis par le commandant Lacey et le capitaine Parry. Les deux officiers s'étaient vu décerner l'Air Force Cross pour les missions périlleuses qu'ils avaient accomplies au nom de Ferguson en divers points du globe. Tous deux portaient aujourd'hui une simple salopette d'aviateur bleue, sans galons.

– Ça fait plaisir de vous revoir, Dillon. Il va y avoir du grabuge ?

– Sans doute pas. Mais on ne sait jamais, n'est-ce pas ?

– Nous voyagerons avec le Lear, commissaire, dit Lacey en s'adressant à Hannah. Il ne porte pas les cocardes de la RAF. Vous avez bien dit que vous vouliez un appareil discret... ?

– Absolument. En route.

Elle monta dans l'appareil ; Dillon la suivit. Lacey s'installa dans le cockpit tandis que Parry fermait la porte. Une minute plus tard ils s'élançaient sur la piste puis décollaient, grimpant rapidement à neuf mille mètres d'altitude.

– Pourquoi tant insister sur notre anonymat, observa Dillon, puisque Ferguson tient à ce que Kate sache que c'est nous qui allons là-bas ?

– C'est une mission clandestine, et il faut qu'elle le reste. Un avion aux couleurs de la RAF et deux officiers en uniforme pourraient constituer une excellente base de procédure en justice, si la comtesse le désirait.

– Ah, mais Kate ne ferait jamais une chose pareille ! Il y a des règles, même dans notre monde...

– Des règles ? C'est toi qui dis ça, toi qui n'en as jamais respecté aucune de toute ta vie ?

Il alluma une cigarette.

– Celles qui m'arrangent, je les respecte, répondit-il, et il la dévisagea avant d'ajouter : Comment te sens-tu en ce moment, Hannah ? Tu as la forme ?

Un an plus tôt, lors du conflit qui les avait opposés aux Rashid, un assassin arabe avait grièvement blessé la jeune femme. Trois balles dans le torse.

– Arrête ton cinéma, Sean. Je suis ici avec toi, non ?

– Ah, quelle dure femme tu es ! se lamenta-t-il avec humour.

– Ferme-la, je te prie.

Parry avait posé des journaux sur le siège voisin du sien. Elle saisit le *Times* et l'ouvrit.

Au même moment, ailleurs dans le monde, se produisaient d'autres événements. Au Kosovo, Daniel Quinn arrivait dans le village de Leci à bord d'une Land Rover appartenant à la Cavalerie de la Garde Royale, un régiment britannique. Un soldat conduisait, un autre se tenait debout derrière la mitrailleuse. Quinn, vêtu d'une veste de treillis, était assis à l'arrière à côté d'un Corporal of Horse – l'équivalent d'un sergent dans d'autres unités – qui s'appelait Varley.

Il se mit à pleuvoir. Plusieurs maisons du village étaient

encore en feu, et la fumée qui s'en dégageait, à cause de l'humidité, avait une odeur péniblement âcre.

Aucun signe de la population locale.

– On dirait que cette foutue colonne albanaise est passée par ici il n'y a pas longtemps, observa Varley.

– Pour nous, c'est risqué ?

– Sans doute pas. Du moins tant que nous avons ça, répondit le soldat en désignant le fanion aux couleurs du Royaume-Uni planté sur le capot de la voiture.

– J'ai remarqué que vous n'utilisiez jamais ni le drapeau des Nations Unies, ni leurs Bérets bleus.

– Nous faisons les choses à notre manière. Ça fonctionne mieux de cette façon. Ils nous considèrent comme neutres, sans parti pris.

– Ça paraît logique.

Le bourdonnement rythmé d'un hélicoptère, invisible dans la pluie et la brume, se fit entendre au-dessus de leurs têtes. Quinn fut instantanément projeté au Vietnam, et puis surgit bientôt de sa mémoire olfactive l'odeur caractéristique de la chair humaine en combustion – une odeur qui, une fois sentie, ne peut jamais s'oublier. C'en était presque trop pour Quinn, d'autant qu'un millier de souvenirs enfouis en lui depuis toutes ces années ne demandaient soudain qu'à remonter à la surface.

Le chauffeur arrêta la voiture et coupa le moteur. L'hélicoptère s'éloigna ; le silence revint, rompu par le paisible crépitement de la pluie.

– Des cadavres, dit le soldat. En travers de la route.

Varley se mit debout. Quinn l'imita. Ils étaient une demi-douzaine : un homme, une femme et trois enfants ; une autre personne, à plat ventre, quelques mètres à l'écart.

– Ça ressemble à l'exécution d'une famille entière. Fusillés tous ensemble, dit Varley, et il secoua la tête d'un air dépité. Les fumiers ! J'ai vu des saloperies, dans ma carrière, mais ce pays bat tous les records.

Il se tourna vers le soldat à la mitrailleuse.

– Couvrez-nous pendant que nous nous occupons d'eux. Nous ne pouvons quand même pas leur rouler dessus.

– Je vais vous aider, dit Quinn.

Varley, le chauffeur et lui descendirent de la Land Rover et s'approchèrent lentement des cadavres. Pour Quinn, c'était comme si le Vietnam recommençait, à l'identique, ou comme si le temps s'était arrêté là-bas et qu'il n'avait rien vécu depuis lors. Il prit un des enfants dans ses bras – un garçon de sept ou huit ans – et le porta vers le bord de la rue, où il l'allongea contre un mur. Derrière lui, Varley et le chauffeur portèrent chacun un autre enfant.

Quinn se sentait horriblement mal ; une angoisse douloureuse l'envahissait, venant du plus profond de lui-même. Figé, il regarda les deux Britanniques soulever ensemble le cadavre de l'homme et le porter jusqu'au mur, puis se diriger vers la femme.

Il prit une profonde inspiration et marcha jusqu'au dernier corps, celui qui était à l'écart des autres. Des bottes en cuir, un pantalon bouffant, une vieille veste de treillis, un bonnet en laine sur la tête. Tué d'une balle dans le dos, manifestement. Quinn le retourna et eut un mouvement de recul horrifié en découvrant le visage maculé de boue d'une jeune femme aux yeux grands ouverts – comme regardant fixement la mort. Elle avait peut-être vingt et un ou vingt-deux ans. Elle aurait pu être sa fille.

– Un coup de main, sénateur ? l'apostropha Varley.

– Non. Je me débrouille.

Quinn s'agenouilla, saisit la jeune femme dans ses bras, se redressa. Il la porta jusqu'au mur, contre lequel il la plaça en position assise. Sortant un mouchoir de sa poche, il essuya avec soin la boue qui lui couvrait le visage, puis lui abaissa les paupières. Enfin il se leva, s'éloigna de quelques pas, prit appui contre un arbre et vomit.

À côté de Varley, le chauffeur de la Land Rover poussa un grognement narquois.

– Foutus politiciens. Ça lui fera peut-être du bien, pour une fois, d'avoir mis le nez dans la merde.

Varley lui agrippa brusquement le bras.

– Il y a trente ans, ce foutu politicien était au Vietnam, avec les Forces Spéciales, et son courage lui a valu la Médaille d'honneur du Congrès. Alors je vous conseille de la boucler, et de nous sortir vite fait de ce village. OK ?

Le soldat se remit au volant. Varley et Quinn s'assirent à l'arrière. La Land Rover démarra.

– Vous savez comment on nous voit, à Londres, sénateur ? dit Varley. Je veux dire nous, la Cavalerie de la Garde Royale ? On défile à travers la ville avec nos plastrons, nos casques à aigrette et nos sabres, et les touristes nous adorent. Le public britannique, lui aussi, nous adore. Tous ces gens pensent que nous ne sommes que ça, des soldats de parade. Je me demande bien pourquoi j'étais aux Malouines à dix-neuf ans, ensuite la guerre du Golfe et la Bosnie, et aujourd'hui dans ce cloaque !

– C'est clair, murmura Quinn, le grand peuple d'Angleterre est mal informé.

Varley sortit une demi-bouteille de sa poche.

– Voulez-vous un remontant, sénateur ? C'est totalement contraire au règlement, mais les vertus médicinales de ce cognac sont indéniables. Même si c'est un tord-boyaux.

Quinn hocha la tête. L'alcool lui brûla la trachée ; il toussa et rendit la bouteille à Varley.

– Désolé de ce qui s'est passé tout à l'heure. J'ai l'impression de vous avoir laissé tomber.

– Ça nous arrive à tous, monsieur. Ne vous tracassez pas.

– Pour tout vous dire, j'ai une fille... Helen. Et cette jeune femme avait le même âge qu'elle.

– Alors je pense qu'une deuxième rasade ne vous fera pas de mal, dit Varley en lui repassant la bouteille.

Quinn but pour la seconde fois, puis pensa longuement à sa fille.

Laquelle, à cet instant, se trouvait au Lion, un pub d'Oxford très populaire auprès des étudiants, situé non loin de la vieille salle de réunion où Lutte des classes & Action avait installé son antenne locale. Elle était assise à une table d'angle, en compagnie d'un jeune étudiant aux cheveux longs qui s'appelait Alan Grant. Elle buvait du vin blanc et riait beaucoup car Grant faisait le pitre pour l'amuser. Son frère, spécialiste en matériels de surveillance, lui avait envoyé un nouveau jouet : un stylo qui se doublait d'un enregistreur digital. Grant avait pris un malin plaisir à recueillir des bribes de conversations ici et là, et les faisait écouter à Helen en les accompagnant de commentaires caustiques bien choisis. La jeune femme trouvait que c'était hilarant.

Dans un box, de l'autre côté du pub, Rupert Dauncey était assis face à un professeur d'Oxford répondant au nom de Henry Percy. Un enseignant sans envergure doublé d'un individu indécis et malléable, prêt à épouser à peu près n'importe quelle cause.

– Je vous remercie pour ce nouveau chèque, monsieur Dauncey. Moi-même et tous les membres de Lutte des classes & Action, nous sommes extrêmement reconnaissants au Fonds Caritatif Rashid du soutien indéfectible qu'il nous apporte.

Rupert Dauncey, qui avait déjà conclu en son for intérieur que cet homme n'était qu'un sale hypocrite, se demanda vaguement quelle part de cet argent il s'était déjà mis dans la poche et répondit avec suavité :

– Nous sommes heureux de pouvoir vous aider. Maintenant, je voudrais savoir une chose. Qu'est-ce qui va se passer, au juste, samedi prochain ? Une manifestation à Londres, c'est bien ça ? Et il paraît que vous comptez y participer...

– En effet, nous y serons. Jour de la Liberté en Europe, ce sera le nom de la manifestation ! C'est le Front anarchiste unifié qui en est le principal organisateur.

– Jour de la Liberté en Europe, vraiment ? Moi qui croyais que la liberté était acquise sur ce continent. Enfin, peu importe. Et donc, vos étudiants aux joues roses et tendres vont se mêler au cortège...

– Bien sûr !

– Vous savez que la police déteste les manifestations à Whitehall. Ça tourne souvent à l'émeute.

– La police ne peut rien pour nous dissuader. La voix du Peuple doit être entendue haut et fort.

– Certes, acquiesça Rupert, flegmatique. Vous prendrez la tête de votre groupe, ou bien vous serez juste un manifestant parmi les autres ?

Percy s'agita nerveusement sur sa chaise.

– À vrai dire, heu, samedi je ne serai pas en mesure d'aller là-bas... J'avais déjà pris des engagements ailleurs.

« Ça, je l'aurais parié », songea Dauncey avec mépris. Mais il se contenta de sourire.

– Rendez-moi un petit service. Cette jolie fille, là-bas, je l'ai entendue parler lorsque je suis passé près de sa table, tout à l'heure, et je crois bien qu'elle est américaine. Fait-elle partie de l'organisation ?

– Américaine et membre de Lutte des classes & Action, en effet. Helen Quinn. Elle a une bourse Rhodes. Une jeune femme charmante. Son père a été sénateur !

Rupert Dauncey, qui savait parfaitement qui elle était, et connaissait même le nom du jeune homme assis en face d'elle, continua de jouer la comédie.

– Présentez-nous l'un à l'autre, voulez-vous ? demanda-t-il aimablement. J'adore rencontrer des compatriotes quand je suis à l'étranger.

– Tout de suite, dit Percy en se levant.

Ils traversèrent la salle.

– Bonjour, vous deux. Helen, j'aimerais vous présenter Rupert Dauncey. Il est américain.

– Salut ! lança-t-elle avec un large sourire. Vous êtes d'où ?

– Boston.

– Moi aussi ! C'est génial ! Lui, c'est Alan Grant.

Grant, qui n'appréciait guère leur intrusion, arborait une expression maussade. Il ignora ostensiblement Dauncey, lequel enchaîna sans sourciller à l'adresse d'Helen :

– Vous êtes étudiante ?

– Oui. À St. Hugh's.

– Ah. Un excellent établissement, paraît-il. Le professeur Percy m'a dit que vous alliez à la manifestation, samedi prochain.

– C'est une certitude ! répondit-elle avec enthousiasme.

– Hmm... Faites bien attention à vous, d'accord ? Je n'aimerais pas qu'il vous arrive quelque chose de mauvais. Au revoir. J'espère que nous nous reverrons.

Il s'éloigna, suivi de Percy. Grant prit un fort accent londonien pour marmonner :

– Snobinard ! Pour qui il se prend, celui-là ?

– Je le trouve gentil, moi.

– Mouais. Tu es bien une femme, tiens !

Il porta la main à sa poche, pressa un bouton, et la voix de Dauncey s'éleva du stylo-enregistreur : « Je n'aimerais pas qu'il vous arrive quelque chose de mauvais. »

– Je sais ce qu'il aimerait *bien* voir t'arriver, par contre, grogna-t-il. Ça me donne envie de lui foutre mon poing dans la gueule.

– Oh, arrête !

« Franchement, se dit Helen avec dépit, il y a des jours où Alan va vraiment trop loin. »

L'avion qui emmenait Hannah Bernstein et Dillon à Moidart survola le Lake District au nord de l'Angleterre, puis l'estuaire de la Solway et la chaîne montagneuse des Grampians, et bientôt ils aperçurent par les hublots les îles d'Eigg et de Rum, ainsi que l'île de Skye plus au nord. Le Lear entama sa descente pour atterrir sur la piste d'une ancienne base RAF de la Seconde Guerre mondiale, qui possédait deux hangars décatis et une tour de contrôle. Un break était garé à proximité ; un homme en costume de tweed et coiffé d'une casquette se tenait contre le capot. Lacey arrêta le Lear le plus près possible de la tour, puis coupa les moteurs. Parry ouvrit la porte, abattit l'escalier, et Lacey sortit le premier de l'appareil. L'homme en tweed s'avança à leur rencontre.

– Commandant Lacey ?

– C'est bien moi.

– Je suis le sergent Fogarty. On m'envoie d'Oban.

– Bravo. Cette dame est la commissaire Bernstein, de Scotland Yard. Elle et monsieur Dillon ont une affaire importante à régler au château de Loch Dhu. Emmenez-les là-bas et suivez scrupuleusement les ordres de la commissaire. Vous les ramènerez ensuite jusqu'ici.

– C'est compris.

Lacey se tourna vers Dillon et Hannah.

– À plus tard.

Ils firent le trajet jusqu'à Loch Dhu en vingt minutes. Le château, situé bien en retrait de la route, était aussi imposant que dans leur souvenir – tout comme le mur de trois mètres de haut qui ceinturait la propriété. Il y avait de la fumée à la cheminée du pavillon du gardien. Le portail était fermé.

Dillon et Hannah sortirent de la voiture. Aucune poignée, aucun mécanisme d'ouverture n'était visible sur le portail, et c'est en vain que l'Irlandais poussa sur les battants.

– Serrure électronique. Y'a du progrès, depuis notre dernière visite.

L'un des battants s'entrouvrit tout à coup sur un homme au visage décharné et sévère. Il portait une veste de chasse, et tenait un fusil à canon scié sous son bras gauche.

– Bonjour, dit Hannah.

Il avait une voix grave, un fort accent écossais, et semblait décidé à se montrer sous son jour le plus antipathique :

– Qu'est-ce que fichez ici ?

– Allons, allons ! rétorqua Dillon en souriant. Vous parlez à une dame. Montrez-vous plus aimable, mon vieux. À qui avons-nous l'honneur ?

L'homme se raidit, comme s'il flairait les ennuis.

– Je m'appelle Brown. Je suis le régisseur. Alors ? Qu'est-ce que vous voulez ?

– Monsieur Dillon et moi-même avons passé quelque temps dans la région, il y a plusieurs années, expliqua Hannah. Nous avions loué Ardmurchan Lodge.

– Nous savons que le château est occupé, ajouta Dillon, puisque vous y organisez maintenant des séjours pour adolescents. Mais nous nous demandions si Ardmurchan Lodge était libre...

Mon patron – le général Ferguson – aimerait beaucoup le louer une nouvelle fois. Pour la chasse.

– Eh ben... C'est pas libre ! Et la chasse est fermée, à cette époque de l'année.

– Pas le genre de chasse que je pratique, objecta aimablement Dillon.

Le régisseur prit son fusil à deux mains.

– Vous avez intérêt à vous débiner en vitesse.

– À votre place, je ferais attention avec cette arme, dit Hannah. Je suis officier de police.

– Officier de police, mon cul. Foutez le camp !

Il arma le fusil. Dillon leva une main.

– Ça va. Nous ne voulons pas d'ennuis. Il est clair que la propriété qui nous intéresse n'est pas disponible. Viens, Hannah.

Ils retournèrent à la voiture.

– Éloignez-vous un petit peu, ordonna-t-il à Fogarty. Hors de vue du portail.

– Ce qui s'est passé ici relève du secret-défense, sergent, dit Hannah. Vous comprenez ?

– Bien sûr, m'dame.

– Parfait, dit Dillon. Maintenant, stop ! Je vais faire le mur. Venez m'aider.

Ils coururent jusqu'au mur d'enceinte. Fogarty joignit les mains pour faire la courte échelle à Dillon ; grand et costaud comme il était, il n'eut aucune difficulté à le soulever. Dillon sauta de l'autre côté, entre les arbres, puis avança rapidement vers la maison du régisseur.

Brown se trouvait dans la cuisine. Il avait posé son fusil sur la table, et il composait un numéro au téléphone mural lorsqu'il entendit un léger craquement derrière lui. Un souffle d'air lui balaya la nuque. Il lâcha le combiné, se pencha pour attraper son arme – et se rendit compte que son visiteur le tenait en joue avec un Walther.

– Pas gentil, ça, dit Dillon. J'aurais pu vous tirer une balle direct, au lieu de prendre le temps de réfléchir.

– Qu'est-ce que vous voulez ? répliqua Brown d'une voix rauque.

– Vous téléphoniez à Londres, à la Comtesse de Loch Dhu, ou je me trompe ?

– Je ne sais pas de quoi vous parlez.

Dillon le frappa violemment, avec le Walther, en travers du visage.

– Je me trompe ?

Brown recula en trébuchant, la joue et la mâchoire ensanglantées.

– Vous avez raison, nom de Dieu ! Qu'est-ce que vous voulez ?

– Des renseignements. Lutte des classes & Action. Des activités de plein air pour ados, c'est bien ça ? Les gosses passent une chouette semaine à la campagne, à faire de l'escalade, du canoë sur le lac, de la marche en montagne et tout le tralala. C'est ça que vous leur offrez ?

– Ouais.

Brown sortit un mouchoir de sa poche pour éponger le sang qui lui coulait dans le cou.

– Et les autres activités, pour les plus âgés, c'est quoi précisément ?

– Je ne comprends pas.

– Les garçons et les filles qui aiment porter des cagoules pour se cacher le visage, et participer à des émeutes. Laissez-moi deviner... Vous leur enseignez des choses passionnantes comme par exemple fabriquer des cocktails Molotov, ou se battre contre les policiers à cheval ?

– Vous êtes cinglé.

Dillon le frappa encore.

– Je ne peux pas vous aider, s'écria Brown, désespéré. Ma vie ne vaudrait plus un clou.

– Ah tiens ?

Dillon l'attrapa par le col, le poussa en arrière contre la table et lui planta le canon du Walther dans le genou.

– Et votre rotule, elle vaut quoi ? Vous avez dix secondes pour choisir.

– Non, non ! D'accord. Je vais vous répondre. C'est vrai. Ils ont des activités spéciales. Comme vous dites. Il en vient de tout le pays, parfois même de l'étranger. Mais moi je m'occupe juste de la propriété et des jardins. J'en sais pas plus, je le jure !

– Oh, ça j'en doute beaucoup. Mais laissons tomber. Je voulais juste avoir votre confirmation. Ç'a plutôt bien fonctionné, non ? Maintenant ayez l'obligeance d'ouvrir le portail, que je m'en aille.

Il saisit le fusil et le jeta dans les buissons par la fenêtre.

– Ensuite, je vous suggère de passer pour de bon un coup de fil à notre chère comtesse. Je suis certain qu'elle sera très intéressée de vous entendre.

Brown traîna les pieds jusqu'à la porte du pavillon, l'ouvrit, et pressa un bouton sur un boîtier noir fixé au mur. Les battants du portail s'écartèrent. Dillon s'éloigna de quelques pas, puis pivota sur lui-même pour lancer à Brown :

– N'oubliez pas de lui dire que Dillon est passé par ici, et qu'elle a toute mon affection !

Il gagna la route et courut jusqu'à la voiture. Il s'assit à l'arrière à côté d'Hannah.

– Ramenez-nous à l'avion, dit-il à Fogarty.

Le sergent démarra.

– Tu n'as tué personne, au moins ? demanda la commissaire.

– Voyons, pourquoi aurais-je fait une chose pareille ? Notre ami le régisseur s'est montré tout à fait coopératif. Je te raconterai ça dans l'avion.

Brown, terrifié et mal fichu comme rarement, suivit le conseil de Dillon en téléphonant à Kate Rashid à sa propriété de Londres. Elle était absente, et il se sentit encore plus mal. Désespéré, le visage labouré par la douleur, il essaya le numéro de portable qu'on lui avait donné en cas d'urgence. La comtesse et Rupert Dauncey déjeunaient au restaurant The Ivy. Elle l'écouta débiter toute son histoire.

– Vous êtes grièvement blessé ? demanda-t-elle ensuite, très calme.

– Il me faudra des points de suture, forcément. Ce fumier m'a frappé en travers de la figure avec son Walther.

– Hmm, c'est bien son genre. Répétez-moi ce qu'il a dit à la fin.

– Il a dit exactement : « N'oubliez pas de lui dire que Dillon est passé par ici, et qu'elle a toute mon affection. »

– Dillon tel qu'en lui-même. Allez chez le médecin, Brown. Je vous rappellerai plus tard.

Elle posa le téléphone cellulaire sur la table.

Le serveur qui s'occupait d'eux patientait près du mur. Sur un signe de Rupert, il s'avança respectueusement, leur servit du champagne Cristal, puis se retira.

– À tes yeux pétillants de colère, cousine ! dit Dauncey en levant sa coupe. Pourquoi le peu que j'ai entendu me donne-t-il l'impression que ça sent mauvais ?

– Ça sent Sean Dillon, si tu veux savoir.

Elle but une gorgée de champagne, puis lui raconta ce que Brown lui avait appris.

– Ton opinion, mon chéri ?

– Eh bien... Manifestement ils étaient envoyés là-bas par Ferguson. Ils n'ont même pas fait semblant de prétendre le contraire. La seule raison de leur visite à Loch Dhu, c'est... qu'ils voulaient que tu saches qu'ils savent.

– Tu es un garçon remarquablement intelligent. Autre chose ?

– Oui. D'une certaine façon, il t'a lancé un défi.

– Précisément. Le patron c'est le général Ferguson, bien sûr, mais c'est avec Dillon que tout se passe, que tout se règle. Tu sais qu'il a travaillé des années et des années du côté de l'IRA, et que ni l'armée ni la police de l'Ulster n'ont jamais réussi à l'attraper, ce salopard.

– Un salopard terriblement rusé. Et maintenant, que se passe-t-il ?

– Nous le verrons ce soir. Il est temps que vous fassiez connaissance, tous les deux.

– Comment allons-nous faire pour le voir ?

– Comme tu l'as dit toi-même, il m'a lancé un défi. Sa visite à Loch Dhu était une invitation. Et je sais exactement où le rencontrer.

6

Plus tard ce même après-midi, Dillon et Hannah Bernstein se rendirent à l'appartement de Ferguson. La commissaire s'assit au coin du feu, en face de son supérieur, pour lui faire le récit détaillé de leur voyage.

– Excellent, dit-il ensuite. Et vous, Sean, je vois que comme d'habitude vous avez été d'une redoutable efficacité.

– Ah... C'est-à-dire que le bonhomme le méritait.

– Que va-t-il se passer maintenant ?

– Elle ne va pas en rester là. C'est comme dans un western. Le méchant sort du saloon et s'avance dans la grand-rue, face au héros, pour un duel au pistolet.

– Le parallèle est intéressant.

– Elle ne pourra résister à l'attrait d'un face-à-face.

Où donc l'événement aura-t-il lieu ?

– Là où nous nous sommes déjà rencontrés bien des fois. Au Piano Bar de l'hôtel Dorchester.

– Quand ?

– Ce soir. Elle s'attend à m'y trouver.

Ferguson hocha la tête.

– Vous savez, il est fort possible que vous ayez raison. Et il vaut mieux que je vienne avec vous.

– Et moi, monsieur ? demanda Hannah.

– Pas cette fois, commissaire. Vous avez eu une journée épuisante. Une soirée de repos vous fera du bien.

Elle redressa le menton, à la fois agacée et fière.

– J'ai été soumise à des examens médicaux très rigoureux avant que la Special Branch ne m'autorise à reprendre du service. Je vais bien, aujourd'hui. Vraiment, je vais très bien.

– Oui, heu... Je préfère tout de même que vous preniez votre soirée.

– C'est entendu, monsieur, répondit-elle à contrecœur. Si vous n'avez plus besoin de moi, à présent, je retourne à mon bureau régler quelques affaires. Tu viens, Sean ?

– Oui. Tu me déposeras à Stable Mews.

Ferguson leva les yeux vers Dillon.

– Dix-neuf heures, ça vous convient ?

– C'est au poil.

Elle le déposa chez lui, mais Dillon n'entra pas dans la maison. Il attendit que la Daimler ait disparu au coin de la rue, leva la porte de son garage, s'assit au volant de la vieille Mini Cooper qui lui servait de véhicule de ville, et démarra.

Il pensait à Harry Salter. Salter était un gangster à l'ancienne, aujourd'hui reconverti dans des activités raisonnablement honnêtes – une grande part d'entre elles, à tout le moins. Lui et son neveu Billy avaient été autant impliqués que Ferguson, Hannah et les autres dans le conflit qui s'était soldé par la mort des frères de Kate Rashid.

La circulation était aussi mauvaise qu'elle peut l'être à Londres, mais Dillon arriva bientôt dans le quartier de Wapping. Il longea High Street, puis tourna dans une rue étroite qui filait entre de vieux entrepôts en voie de réhabilitation, avant de déboucher sur un quai des bords de la Tamise. Il se gara devant le Dark Man, le pub de Salter, dont l'enseigne représentait un sinistre personnage vêtu d'un manteau noir.

La salle principale était de style résolument victorien, avec des miroirs à cadre doré derrière le bar en acajou, et des pompes à bière en porcelaine. L'éventail de bouteilles alignées le long des miroirs était impressionnant ; il y avait là de quoi satisfaire les plus exigeants des buveurs. Dora, la barmaid en chef, était assise sur un tabouret, lisant l'*Evening Standard*.

À cette heure de l'après-midi il n'y avait aucun client ; l'activité ne reprendrait qu'en début de soirée. Quatre hommes assis dans le box le plus proche du comptoir jouaient au poker : Harry Salter, ses gardes du corps Joe Baxter et Sam Hall, et Billy. Dillon s'avança vers eux.

Harry jeta ses cartes sur la table, maussade.

– Ces saletés ne me servent à rien du tout, grogna-t-il.

Levant les yeux il remarqua la présence de Dillon.

– Mon vieux copain irlandais ! s'exclama-t-il avec un large sourire. Qu'est-ce qui t'amène ici ?

Le visage de Billy s'illumina.

– Hé, Dillon ! Ça fait drôlement plaisir de te voir, dit-il, puis il fronça soudain les sourcils. Des ennuis ?

– Comment as-tu deviné ?

– On a vécu des trucs infernaux, toi et moi, et plus de fois que je ne peux en compter. Maintenant je reconnais les signes. Qu'est-ce qui se passe, ce coup-ci ? demanda-t-il en conclusion, non sans une certaine ferveur dans la voix.

– Je t'ai esquinté, Billy. Autrefois, tu n'était pas si enthousiaste à l'idée de te mettre en danger. Tu te souviens quand je t'ai cité ton philosophe préféré : « Une vie qui n'est jamais questionnée ne vaut pas d'être vécue » ?

– Et j'ai répondu que pour moi, ça voulait dire que la vie ne vaut pas la peine d'être vécue si elle n'est soumise à aucune épreuve. Alors, qu'est-ce qui se passe ?

– Kate Rashid.

Billy se rembrunit. Tous les visages se firent graves.

– Je pense que ça réclame un verre, dit Harry. Dora ! Bushmills pour tout le monde.

Dillon alluma une cigarette.

– Vas-y, dit Billy. On t'écoute.

– Tu te souviens des obsèques de son frère, Paul Rashid ?

– Tu penses ! Pas d'invités, qu'elle avait dit, mais il a quand même fallu que tu y ailles.

– Juste à la fin tu m'as dit quelque chose comme : « Ça y est, c'est terminé ? » Je t'ai répondu : « Je crois que oui », et c'est alors que nous l'avons rencontrée au Dorchester... et qu'elle nous a promis à tous de nous tuer un jour ou l'autre.

– Ha ! Qu'elle essaie, répliqua Harry. Comme je le lui ai dit sur le moment, ça fait quarante ans qu'un tas de gens essaient de me supprimer, et je suis toujours de ce monde.

– Il est arrivé quelque chose ? demanda Billy. Raconte-nous ça.

Dora apporta les verres. Dillon but le Bushmills d'un trait, puis leur expliqua toute l'histoire. Ils avaient déjà travaillé avec Blake Johnson par le passé, ils savaient tout du Sous-sol, il n'y avait donc aucune raison de leur cacher quoi que ce soit. Il conclut en leur racontant l'épisode de Loch Dhu, et ce qu'il avait l'intention de faire dans la soirée.

– Tu penses vraiment qu'elle sera au Dorchester ? demanda Harry.

– J'en suis convaincu.

– Alors Billy et moi nous viendrons aussi. Il nous faut un autre verre pour fêter ça, déclara Harry, et il apostropha de nouveau Dora.

Un petit moment plus tard, Dillon sonnait chez Roper. La voix du commandant s'éleva de l'interphone, impérative :

– Qui est-ce ?

– C'est Sean, gros malin.

La serrure électronique bourdonna, Dillon poussa la porte. Dans le salon, Roper était assis dans son fauteuil roulant devant l'ordinateur.

– J'ai eu Ferguson au bout du fil, dit-il. Il m'a parlé de Loch

Dhu, mais j'aimerais bien entendre cette histoire de votre bouche.

Dillon alluma une cigarette et lui raconta ce qui s'était passé.

– Voilà où nous en sommes. Ça va dans le sens de ce que nous pensions.

– J'en ai bien l'impression, acquiesça Roper.

– Et vous, qu'est-ce que vous avez trouvé ? Du neuf ?

– Eh bien, j'ai pensé que ça valait le coup de dresser la carte des voyages de Kate Rashid. Vu qu'en général elle se déplace avec le Gulfstream qui est au nom de sa compagnie, j'ai facilement accès à ses plans de vol, puisque les créneaux de décollage et d'atterrissage doivent être réservés à l'avance. Par ailleurs, en pénétrant les serveurs informatiques du bureau de contrôle des passeports et ceux de la Special Branch, je suis en mesure de vérifier quand et avec qui elle a embarqué à bord de son avion.

– Et ? Ses déplacements nous apprennent quelque chose ?

– Hmm, je ne sais pas. Ces dernières semaines elle ne s'est rendue qu'une seule fois à Loch Dhu. En utilisant la même piste d'atterrissage que vous, celle de la vieille base RAF. Par contre j'ai là un autre voyage qui a peut-être de l'importance pour vous : le mois dernier elle est allée à Belfast.

– Ça, c'est intéressant, en effet. Vous avez idée de ce qu'elle a fait là-bas ? Où elle s'est rendue ?

– Elle a atterri en fin d'après-midi, et elle avait un décollage réservé pour le lendemain matin. Ça voulait donc dire qu'elle a passé la nuit sur place. Pour une femme aussi riche, j'ai tout de suite pensé à l'hôtel Europa. J'ai pénétré dans ses ordinateurs, je vous confirme qu'elle y a dormi.

– Et pourquoi était-elle en Irlande ?

Roper secoua la tête.

– Ça je l'ignore. Mais si elle y retourne, je vous préviendrai. Vous pourriez la suivre. Bien sûr, ce n'était peut-être qu'un simple voyage d'affaires, tout à fait réglo. Rashid Investments a injecté beaucoup d'argent en Ulster, depuis qu'on y fait la paix.

– La paix ? répéta Dillon, et il poussa un rire rauque. Croyez ça, et vous pourrez croire n'importe quoi.

– Bien d'accord avec vous. Et je sais de quoi je parle. Je suis tout de même l'homme qui a désamorcé cent deux bombes. Dommage que ça ait mal tourné avec la cent troisième, conclut-il en tapotant l'accoudoir du fauteuil roulant.

– Hmm, acquiesça Dillon. Vous savez... Quand je pense que j'étais dans l'autre camp, je me demande parfois comment vous pouvez me supporter.

– Vous n'étiez pas un poseur de bombes, Sean. Et de toute façon je vous aime bien, conclut Roper avec un haussement d'épaules.

Il désigna la porte de la cuisine.

– Si vous voulez boire un coup, il y a une bouteille de vin blanc dans le frigo. Je n'ai droit qu'au vin, moi !

Dillon grimaça.

– Du vin blanc ? Dieu me vienne en aide. Mais ça ira pour tout de suite.

Il alla au réfrigérateur.

– Nom de Dieu, Roper, c'est un pinard tellement bas de gamme que la bouteille a un bouchon à vis !

– Arrêtez de râler, et servez-nous. Je ne touche qu'une retraite d'officier de réserve, ne l'oubliez pas.

Dillon s'exécuta. Il posa un verre à côté de Roper tandis que celui-ci pianotait au clavier de l'ordinateur, puis but une gorgée de vin et fit une mine dégoûtée.

– Quelle sale piquette ! Qu'est-ce que vous regardez ?

– Rupert Dauncey. Un sacré personnage, mais là je ne trouve rien que nous ne sachions déjà. Il y a quelque chose en lui, cependant... Il me fait l'effet d'un homme dangereux, et toujours à cran. Il a une face cachée, je pense.

– Comme nous tous, n'est-ce pas ? Pouvez-vous savoir s'il a accompagné Kate en Irlande ?

– La Special Branch impose désormais que tous les passagers des jets privés soient déclarés. Il n'était pas à bord. Mais n'oubliez pas qu'il est apparu assez récemment dans l'entourage de la comtesse.

– C'est juste.

Roper but son vin, avant d'entrer une nouvelle commande à l'ordinateur.

– Néanmoins, reprit-il, il sera à bord du Gulfstream demain matin à dix heures. En compagnie de Lady Kate. Aimeriez-vous savoir où ils se rendent ?

– Où ?

– Dans le Hazar.

– Hmm... Le Hazar, ça veut dire atterrissage à l'aéroport d'Haman. Vous savez que c'est la RAF qui l'a construit, autrefois ? Il n'y a qu'une seule piste, mais elle peut servir à n'importe quel type d'appareil, même un Hercules. Vérifiez autre chose, maintenant. La dernière fois que j'étais là-bas nous avons fait appel à une société qui s'appelait Carver Air Transports. Voyez s'ils sont toujours en activité.

Les doigts de Roper coururent sur le clavier.

– Oui, la compagnie existe toujours. Ben Carver ? Ancien commandant de la RAF ?

– Un vieux filou, ouais, souligna Dillon. Bon. Que nous mijote Kate ?

– Ferguson a posé la même question quand je lui ai annoncé la nouvelle. Le fait est qu'elle a au moins une douzaine de bonnes raisons de se rendre là-bas. Le général m'a dit qu'il allait contacter Tony Villiers pour lui demander de la tenir à l'œil.

Le colonel Villiers était le chef des Hazar Scouts.

– Ça devrait nous être utile. Villiers est doué, et il n'a pas vraiment les Rashid à la bonne depuis qu'ils ont torturé à mort son commandant en second, le jeune Bronsby.

– Oui. En lui arrachant la peau sur tout le corps. Ces gens-là ont leur façon bien à eux de faire les choses... Maintenant laissez-moi, Dillon. J'ai du travail.

Au même moment, Tony Villiers campait à la frontière entre le Hazar et le Quartier Vide avec une douzaine de ses Scouts. Ils étaient venus de la ville de Hazar dans trois Land Rover. Une bouilloire chauffait au-dessus d'un petit feu de crottes de chameau séchées.

Ses hommes étaient tous des Bédouins Rashid, et tous reconnaissaient Kate Rashid comme leur chef. Le territoire de la tribu s'étendait de part et d'autre de la frontière. La plupart des Bédouins étaient des hommes bons et honnêtes, mais dans le Quartier Vide il y avait aussi des bandits et des renégats de la tribu – et ceux-là, s'ils passaient dans le Hazar, le faisaient au péril de leur vie : les Scouts avaient juré à Villiers, en mêlant leur sang au sien, de servir avant tout la troupe et son commandant. L'honneur était pour eux une valeur suprême, et chacun aurait tué son propre frère, si nécessaire, plutôt que de violer son serment.

Ils étaient assis tous ensemble autour du feu, les fusils d'assaut AK à portée de main, vêtus de djellabas blanches maculées de sable et de poussière, deux cartouchières en croix en travers de la poitrine. Certains fumaient et buvaient du café, d'autres mangeaient des dattes et de la viande séchée.

Tony Villiers, debout, portait un uniforme kaki froissé et un keffieh ; un pistolet Browning était logé dans son holster de ceinture. Ne s'étant jamais fait aux dattes, il s'était contenté en guise de dîner d'une grande boîte de haricots à la tomate – froids.

L'un de ses hommes s'approcha, lui tendant une tasse en fer blanc.

– Thé, *sahib* ?

– Merci, répondit-il en arabe.

Il s'assit le dos contre un rocher, but le thé noir et amer, puis fuma une cigarette en scrutant le Quartier Vide. C'était un territoire gigantesque, que se disputaient plusieurs clans, et où ne régnait aucune autre loi que celle du plus fort. Comme l'avait dit quelqu'un un jour, si on avait assassiné le Pape là-bas, personne n'aurait rien pu y faire. Voilà pourquoi les Scouts, eux aussi, évitaient tant qu'ils le pouvaient de franchir la frontière.

Le colonel Tony Villiers, proche de la cinquantaine, avait servi aux Malouines, et puis dans toutes les petites guerres qui avaient suivi, jusqu'au Golfe et à Saddam, avant d'être détaché ici, au Hazar. C'était comme autrefois, à l'époque de la coloniale, un officier britannique dirigeant des soldats enrôlés parmi la population indigène – et ça commençait sérieusement à perdre de son charme.

– Il est temps de partir, mon vieux, dit-il doucement en allumant une nouvelle cigarette, et c'est alors que son portable sonna dans la poche de sa chemise.

Le Codex 4 n'était pas un appareil disponible pour le grand public. Il avait été conçu pour les services de renseignements, et pour les communications qui exigeaient une confidentialité absolue. Villiers avait le sien grâce à Ferguson.

– C'est vous, Tony ?

– Charles ! Comment va la vie, au ministère de la Défense ?

– Activez votre brouilleur.

Villiers appuya sur un bouton rouge.

– Voilà.

– Où êtes-vous ?

– Dans un endroit que vous ne connaissez sûrement pas. Les Rochers de Marama, juste à la frontière du Quartier Vide. Je suis en patrouille avec une poignée de mes hommes.

– Vous avez un nouveau commandant en second, ai-je entendu dire.

– Oui. Un autre sous-lieutenant. Mais lui vient du régiment des Lifeguards. Il s'appelle Bobby Hawk. Il est parti avec une patrouille de l'autre côté du Hazar. Qu'est-ce qui me vaut le plaisir ?

– Je viens d'apprendre que Kate Rashid arrivera chez vous demain matin. Avec son avion privé.

– Eh bien... Ça n'a rien d'exceptionnel. Elle vient souvent ici.

– Je sais, mais il s'est passé récemment quelques petites choses amusantes. Disons que j'ai un... pressentiment, voilà tout. Avez-vous idée de ce qu'elle va faire ?

– Je crois qu'elle atterrit à Haman, puis elle prend l'hélicoptère pour aller à l'oasis de Shabwa, dans le Quartier Vide. Vous connaissez cet endroit, vous y êtes déjà allé...

– Je me souviens. Est-ce qu'il se passe quelque chose, là-bas, Tony ?

– Je ne peux pas le savoir. Le sultan a émis un décret selon lequel je n'ai plus le droit de franchir la frontière du Quartier Vide.

– Vous ne trouvez pas cette interdiction un peu étrange ?

– Par vraiment. OK, je sais bien que Kate Rashid tient le sultan à la gorge, et je suppose que l'ordre vient d'elle. Mais elle est le chef des Bédouins Rashid, et le Quartier Vide est en grande partie leur territoire. Point final.

– Se pourrait-il qu'il se trame quelque chose, là-bas ? insista Ferguson.

– Qu'ils préparent une révolution, vous voulez dire ? Allons, Charles, pourquoi voudrait-elle faire la révolution ? Elle a tout ce qu'elle peut souhaiter.

– D'accord, d'accord, mais rendez-nous service à tous, mon vieux. Essayez d'en apprendre davantage. Faites passer le mot.

– Si je fais ça, Kate Rashid le saura dans les cinq minutes. Mais c'est entendu, je vais faire ce que je peux. Je dois rentrer à Hazar demain, de toute façon.

– Bravo, Tony. On reste en contact, dit le général, puis il raccrocha.

Villiers resta assis, réfléchissant quelques instants, puis appela son sergent :

– Selim.

Le Bédouin s'approcha.

– C'est très vaste, le Quartier Vide, dit Villiers.

– Terriblement vaste, *sahib.*

– S'il le voulait, un homme pourrait s'y cacher pour toujours.

– C'est vrai, *sahib.*

– Et s'il s'agissait de... beaucoup d'hommes ?

Selim parut soudain gêné.

– C'est possible, *sahib.*

– Shabwa n'est pas la seule oasis utilisée par votre peuple. Il y en a d'autres.

– Toutes appartiennent aux Rashid, *sahib.*

– Donc... Si des hommes y venaient, des hommes d'autres tribus par exemple, vous le sauriez.

– Nous les tuerions, *sahib.* Toutes les oasis sont à nous. Les puits sont à nous.

– Mais si ces gens avaient la permission, disons, de la comtesse ?

Selim, acculé, semblait de plus en plus mal à l'aise.

– Oui, *sahib,* là ce serait différent, répondit-il, le visage soudain très pâle.

– Hmm, c'est bien ce que je pensais, dit Villiers, puis il lui tapota l'épaule. Nous nous mettrons en route dans dix minutes.

Il se tourna et scruta le Quartier Vide. Il se passait quelque chose, là-bas. Ferguson avait eu une bonne intuition. Pauvre Selim, tellement transparent... Mais de quoi s'agissait-il ? Il n'avait aucun moyen de le découvrir. S'il s'aventurait de l'autre côté de la frontière, il serait sans doute tué. Les Bédouins le sauraient immédiatement, tout comme ils savaient où il était en ce moment. C'était ça, le fond de l'histoire. Soupirant, il ressortit le Codex 4 de sa poche et composa le numéro du général, bien plus tôt qu'il ne l'aurait supposé.

Dillon arriva au Dorchester juste avant dix-neuf heures. Il portait un complet noir de chez Brioni, avec chemise blanche et cravate noire – son look de croque-mort, comme il aimait à dire. Et ce n'était pas inadéquat, puisqu'il était armé d'un Walther logé dans un étui discret, sous son bras gauche. Il fut accueilli à la porte par Guiliano, le directeur.

– Je vais boire un Bushmills, dit Dillon. Le général Ferguson doit me rejoindre dans un moment. Nous prendrons alors une bouteille de Cristal.

– Je m'en occupe personnellement.

Les clients étaient peu nombreux. Il était trop tôt pour le coup de feu du soir, et en plus c'était lundi. Dillon sirota le Bushmills que Guiliano lui avait apporté, et patienta. Un moment plus tard Ferguson le rejoignit.

– Alors ? Aucun signe de l'opposition ?

– Rien jusqu'à maintenant. Champagne ?

– C'est bien.

Dillon fit signe à Guiliano, lequel sourit et se tourna vers un serveur qui apporta bientôt le Cristal dans un seau à glace. Guiliano ouvrit la bouteille lui-même ; Ferguson goûta.

– Parfait, dit-il, puis il s'adressa à Dillon. J'ai eu deux conversations téléphoniques avec Tony Villiers. Écoutez-moi...

Quand le général lui eut tout raconté, Dillon hocha la tête, songeur.

– Rien de concret... Mais Tony a flairé quelque chose, lui aussi. Il ne m'en faut pas davantage.

Ferguson embrassa la salle d'un regard circulaire.

– Toujours aucun signe de la comtesse. Vous vous êtes peut-être trompé, Sean.

– Ce ne serait pas la première fois. Mais pas ce soir, je ne pense pas, objecta-t-il en souriant. Et je sais ce qui va la faire venir.

Il se leva et se dirigea vers l'objet qui faisait la fierté du bar : l'extraordinaire piano à queue décoré de miroirs qui avait autrefois appartenu à Liberace[1]. Il s'assit sur le tabouret et souleva le couvercle du clavier. Guiliano lui apporta sa flûte à champagne.

– Ça ne t'ennuie pas que je joue ?

– Surtout pas, mon vieil ami. C'est toujours un plaisir de t'écouter. Notre pianiste ne vient pas avant vingt heures.

Dillon entamait une mélodie de Gershwin, lorsque Harry et Billy Salter apparurent à la porte. Harry, qui fréquentait désormais les meilleurs tailleurs de Savile Row, portait un costume bleu marine à rayures crème qui lui donnait l'air d'un président de banque. Billy, lui, portait un blouson d'aviateur noir visiblement très onéreux, et un pantalon noir. Ils traversèrent la salle.

– Seigneur, dit Ferguson. Qu'est-ce que des brigands comme vous viennent faire par ici ?

– C'est moi qui les ai invités ! répondit Dillon en élevant la voix.

1. Pianiste de variétés américain, 1919-1987.

– Et moi j'avais l'intention de venir, général, précisa Harry en s'asseyant. Sean nous a mis au courant de toute l'histoire.

– Bon sang, Dillon, protesta Ferguson, c'est tout à fait déplacé.

– Arrêtez votre char, général de mon cœur. En ce qui concerne la Comtesse de Loch Dhu, nous devons faire face ensemble. Tous les quatre. Nous sommes dans le même bateau.

– Bien dit, approuva Harry. Je vais donc boire du champagne en votre compagnie, et attendre la suite des événements.

Dillon apostropha de nouveau Ferguson :

– Parlez-leur de Tony Villiers.

– Oh, très bien, dit le général, résigné, et il expliqua tout aux Salter.

Quelques clients étaient arrivés au bar, occupant plusieurs tables ici et là. Billy s'approcha du piano et s'y accouda. Dillon jouait maintenant *A Foggy Day in London Town.*

– Ça me plaît bien, ça, dit le jeune homme. « J'étais un étranger dans la ville... »

– « Tous ceux que je connaissais l'avaient quittée », enchaîna Dillon, et il sourit. Tu es très séduisant, ce soir, Billy.

– Arrête les flatteries. À ton avis, elle joue à quoi ?

– Je n'en ai pas la moindre idée. Pourquoi ne vas-tu pas lui poser la question directement ? La voilà.

Billy se tourna. Kate Rashid se tenait en haut des marches, accompagnée de Rupert Dauncey. Elle portait un tailleur-pantalon noir, ses cheveux étaient attachés en chignon derrière sa nuque, elle avait une paire de très gros diamants aux oreilles et aucun autre bijou. Rupert était vêtu d'un blazer droit bleu marine, d'un pantalon anthracite, et il avait une écharpe autour du cou.

Billy regarda de nouveau Dillon.

– Ça me fait penser à un truc, de les voir là. Il y a une chose que je voulais te demander depuis longtemps. Tu ne t'es jamais marié. T'es homo, ou quoi ?

Dillon toussa, puis éclata de rire.

– C'est très simple, Billy, dit-il quand il se fut ressaisi. Je suis toujours attiré par les mauvaises femmes.

– Tu veux dire des femmes mauvaises ?

– À cause de mon vilain passé, les Hannah Bernstein et compagnie ne veulent rien avoir à faire avec moi. Maintenant, si nous pouvions remettre à plus tard cette discussion sur mes orientations sexuelles, nous avons à nous occuper de madame la Comtesse.

Kate Rashid traversait la salle. Billy retourna se poster auprès de son oncle. Elle passa devant le groupe attablé et marcha jusqu'au piano. Rupert la suivit en s'allumant une cigarette.

– C'est toujours agréable de vous entendre jouer, Sean, dit-elle.

– Je vous l'ai déjà dit il y a longtemps, Kate : un bar, un piano, et c'est le bonheur. Je suppose qu'il s'agit là du fameux Rupert Dauncey ?

– Bien sûr. Rupert, je te présente le fameux Sean Dillon.

Ils se saluèrent d'un hochement de tête. Dillon tapota son paquet de Marlboro et porta une cigarette à ses lèvres. Dauncey lui tendit son briquet, puis il entama une nouvelle mélodie.

– Vous reconnaissez ce titre, Kate ?

– Certainement. *Our Love Is Here to Stay*.

– Je voulais que vous vous sentiez à l'aise. Pourquoi ne dites-vous pas bonjour aux garçons ?

– Pourquoi pas, en effet, répondit-elle, et elle se tourna vers la table. Général Ferguson, quelle agréable surprise ! Je ne pense pas que vous ayez déjà rencontré mon cousin, Rupert Dauncey.

– Non, mais j'ai l'impression de déjà bien le connaître.

Les deux hommes se serrèrent la main.

– C'est un plaisir, général.

– Joignez-vous donc à nous. C'est l'heure du champagne.

– Merci, dit Kate.

Dauncey lui approcha une chaise.

– Rupert, tu vas découvrir que les amis du général sont des gens fascinants, déclara-t-elle. Monsieur Salter, que tu vois ici, est un truand. Mais pas un truand ordinaire. Pendant des années, il a été un des plus puissants parrains de l'East End de Londres. N'est-ce pas la vérité, monsieur Salter ? Billy, à côté, est son neveu. Lui aussi c'est un truand.

Le jeune homme, bien que visiblement agacé, resta bouche cousue. Il se contenta de la dévisager, laissant à son oncle le soin de faire la conversation.

– À votre convenance, comtesse, dit Harry, puis il se tourna vers Rupert. Nous savons à peu près tout de vous, fiston. Vous êtes un sacré numéro.

– Venant de vous, monsieur Salter, je prends la remarque comme un compliment.

Rupert but une gorgée de Cristal. Dillon, qui avait abandonné le piano, s'assit avec eux.

– Alors, Kate ? Que voulez-vous ?

– Moi, Sean ? Rien. Rien du tout ! Je croyais que c'était vous qui vouliez me voir. Vous m'avez laissé votre carte de visite, et s'il y a bien une personne que je ne voudrais jamais décevoir, c'est vous.

Elle saisit sa flûte à champagne et la vida d'un trait.

– Mais j'ai faim, et je ne veux pas dîner ici, déclara-t-elle. Où pourrions-nous aller, Rupert ?

– Ne me pose pas la question, *sweetie*. C'est toi qui connais Londres.

– Un endroit original, ce serait bien. Un endroit nouveau...

Elle se tourna vers Harry.

– Mais j'y pense ! N'ai-je pas lu dans un magazine que vous veniez d'ouvrir un restaurant, monsieur Salter ? *Harry's Place* ? Au bord de la Tamise, sur Hangman's Wharf, n'est-ce pas ?

– Ça marche du tonnerre, répondit-il. On prend les réservations plusieurs semaines à l'avance.

– Quel dommage, Rupert, se lamenta-t-elle. Et moi qui aurais tant aimé essayer la cuisine de monsieur Salter.

– Nous pouvons vous faire de la place, dit ce dernier. Appelle le restaurant, Billy.

Le jeune homme était pâle et crispé. Il jeta un coup d'œil vers Dillon, qui hocha légèrement la tête. Billy sortit son portable et composa un numéro ; il reposa l'appareil au bout de quelques instants.

– Voilà, c'est fait.

– Comme c'est gentil à vous, dit Kate Rashid. Allons, en route !

Rupert Dauncey se mit debout et lui tira sa chaise en arrière tandis qu'elle se levait.

– Nous nous retrouvons là-bas, messieurs ?

– Comptez sur nous, répondit Dillon.

Elle se pencha et lui donna une bise sur la joue.

– À tout de suite, Sean.

Elle s'éloigna.

– Messieurs, dit Rupert, et il la suivit.

– Il y a quelque chose de tordu chez ce mec, marmonna Billy. Et ça ne me plaît pas du tout.

– C'est parce que tu as bon goût, dit Dillon en souriant, avant de vider son verre. Allons-y.

Tandis que la Bentley s'éloignait du Dorchester, Kate Rashid ferma la vitre de séparation d'avec le chauffeur.

– Appelle tes gens, ordonna-t-elle.

Rupert composa un numéro sur son portable.

– C'est parti, dit-il à son interlocuteur, puis il fronça les sourcils. Comment voulez-vous que je sache à quelle heure, nom de Dieu ? Vous attendez, c'est compris ?

Il raccrocha, secouant la tête.

– Je sais que je me répète, mais il devient vraiment de plus en plus difficile de trouver de la bonne main-d'œuvre.

– Pauvre Rupert...

Elle sortit une cigarette, il la lui alluma, et elle se renversa contre le dossier du siège en fumant avec volupté.

Harry's Place comptait parmi les projets de réhabilitation d'entrepôts réalisés par Salter à Hangman's Wharf. Le parvis avait été aménagé en parking, les fenêtres possédaient de nouveaux cadres en acajou, la brique des murs extérieurs avait été décapée, et un imposant perron, au lieu des anciennes marches en bois, menait désormais à la porte d'entrée. Derrière le bâtiment, les bateaux allaient et venaient sur la Tamise, et sur la rive d'en face brillaient de plus en plus de lumières à mesure que la nuit tombait.

Il y avait la queue devant le restaurant – des jeunes gens pour la plupart, qui espéraient qu'une table se libérerait suite à une annulation, ou qu'ils pourraient au moins entrer au bar pour boire un verre. Joe Baxter et Sam Hall, en smoking et cravate noirs, se tenaient en haut du perron.

La Bentley s'arrêta devant les marches, Rupert en descendit et ouvrit la portière de Kate.

– C'est elle, dit Baxter à son collègue, et ils s'avancèrent à leur rencontre. Madame la Comtesse, c'est un plaisir de vous revoir.

– Rupert, je te présente messieurs Baxter et Hall. J'ai de très intéressantes photographies d'eux dans mon ordinateur.

En tête de la file d'attente se tenaient deux hommes d'une vingtaine d'année, vêtus de blousons en soie noire ornés dans le dos d'un dragon vermillon et d'idéogrammes chinois. Ils avaient tous deux des boucles d'oreilles en or, et les cheveux longs et très noirs. Celui qui prit la parole avait un fort accent populaire londonien :

– Eh ! protesta-t-il. Comment ça se fait qu'ils puissent entrer, eux, et que nous on n'ait même pas accès au bar ?

– Je vais te dire à quoi tu vas avoir accès, si tu la fermes pas, répliqua Joe Baxter. À la fin de la file d'attente.

Le jeune homme baissa les yeux, marmonnant entre ses

lèvres. Hall ouvrit la porte, invita d'un geste Kate Rashid et Dauncey à le précéder. Il les accompagna jusqu'au maître d'hôtel, Fernando – un Portugais à la peau mat, très énergique, vêtu d'un smoking blanc, qui se tenait près du pupitre d'accueil.

– Les invités de monsieur Salter, dit Hall.

Fernando sourit.

– Enchanté.

Il les guida à travers le restaurant, magnifiquement aménagé dans le style Art déco, avec une petite piste de danse centrale bordée de tables, et des box sur le pourtour de la salle. Il y avait aussi un bar qui semblait tout droit sorti des années trente, et dans un angle un trio de musiciens faisait guincher les clients. Tous les serveurs portaient des vareuses blanches.

Fernando s'arrêta devant un grand box ; deux serveurs tirèrent la table pour permettre à Kate et à Rupert de prendre place sur les banquettes.

– Que puis-je vous offrir à boire ?

– Pour moi un Jack Daniel's avec de l'eau plate, répondit Rupert. Un cocktail au champagne pour madame. Quand attendez-vous monsieur Salter et ses amis ?

– Ils sont en route.

– Nous passerons commande avec eux, dit Kate. Servez-nous simplement les boissons.

Rupert sortit un paquet de Marlboro et en tira deux cigarettes. Il les alluma avant d'en tendre une à Kate.

– Comme au cinéma, dit-il.

Elle pouffa.

– Tu es beaucoup de choses, mon chéri, mais tu n'es certainement pas Paul Henreid.

– Bette Davis, par contre, a joué bon nombre de femmes qui me rappellent ma chère cousine.

– Quel charmant compliment.

Le whiskey et le cocktail leur furent apportés.

– Tu aimes ce qui se passe ce soir, n'est-ce pas, Kate ? Ça t'amuse.

– Follement, acquiesça-t-elle, et elle leva son verre pour trinquer. À nous, mon chéri !

Harry Salter et les autres les rejoignirent un petit moment plus tard.

– S'est-on bien occupé de vous ? demanda-t-il.

– Merveilleusement bien, répondit Kate.

– Parfait. Maintenant nous allons dîner ensemble.

Joe Baxter avait suivi son patron ; il se posta contre le mur, les bras croisés, imité par Billy qui faisait grise mine. Dillon, la cigarette au coin des lèvres, s'assit au fond du box en face de Kate et Rupert. Ferguson et Harry prirent place à côté de lui.

– Je suis votre hôte. Je vais commander pour nous tous, déclara Salter, et il s'adressa à Fernando. Cristal pour tout le monde. Et de l'eau *plate*, surtout pas de flotte gonflée au gaz. Œufs brouillés, saumon fumé, oignons émincés et salade mixte pour tout le monde.

Le maître d'hôtel hocha la tête et s'éloigna.

– Voilà un homme qui sait ce qu'il veut, dit Kate en dévisageant Harry Salter.

– C'est bien pour ça que je suis encore ici, alors que beaucoup d'autres ont disparu depuis longtemps.

Ferguson regarda la jeune femme.

– Bien, fit-il. Que se passe-t-il, au juste, très chère ?

– Nous y voilà, Rupert, dit-elle en souriant à son cousin. Le général bluffe et joue à l'irréprochable gentleman...

Elle toisa Ferguson.

– Ce qui se passe, très cher, c'est que j'en ai marre de vous avoir sur le dos. Je sais que vous enquêtez sur moi. C'est aussi le cas de Daniel Quinn. Et je sais que vous ne seriez pas ici ce soir si vous aviez trouvé ce que vous cherchez. Nous avons eu une discussion intéressante, l'autre jour, à Washington, voyez-vous. Des mots durs ont été prononcés, chacun y est allé de son point de vue. Je suis sûre que Blake vous a tout raconté.

– En effet, répondit Dillon. C'était juste après que deux petits malfrats ont agressé Quinn alors qu'il se rendait à la Maison-Blanche.

– Ah oui ? Comme c'est regrettable. Mais je présume qu'il a su se débrouiller. Et puisque nous parlons d'agression, qu'avez-vous à dire de votre raid sur Loch Dhu ?

– Oh, ça... C'était une petite sortie récréative. Nous avons loué Ardmurchan Lodge il y a quelques années et nous avions envie d'y retourner. C'est un coin très agréable. Ferguson et moi étions là-bas pour chasser...

– Je suis toute prête à le croire.

– Le cerf, ajouta Dillon avec un demi-sourire. Le cerf, et rien d'autre.

– Brown est blessé au visage. Il a neuf points de suture. Je désapprouve totalement que des voyous brutalisent mes employés à coups de pistolet. Essayez ça encore une fois, Dillon, et vous le regretterez.

Un masque de colère froide était descendu sur ses traits.

– Et quel intérêt de faire un tel voyage uniquement pour que je sache que vous étiez allé là-bas ? Vous auriez pu vous contenter de me téléphoner.

– Et lancer une enquête officielle au sujet de vos gamins de Lutte des classes & Action ? répliqua Ferguson. Il est vrai que j'aimerais y voir un peu plus clair dans vos soi-disant activités de plein air pour groupes d'ados. Vous ne leur apprenez pas à devenir des enfants de chœur, là-bas.

– Nous n'avons rien à cacher, général, et vous savez fichtrement bien que vous n'avez aucun moyen de prouver le contraire.

– Qu'en est-il de toutes les organisations que vous chapeautez au Moyen-Orient ? insista Ferguson.

– Je suis arabe, et je suis extrêmement riche. Je me considère comme privilégiée d'avoir la possibilité d'aider mon peuple. Certaines de ces organisations ont des visées politiques, mais nous nous intéressons essentiellement aux programmes sociaux et éducatifs. Nous payons par exemple les salaires des enseignants, nous finançons la construction d'écoles et de petits hôpitaux à travers toute l'Arabie, de l'Irak au Hazar...

– Et à Beyrouth ? dit Dillon.

– À Beyrouth aussi, bien sûr.

– Là-bas c'est le Fonds pour l'Enfance, précisa Ferguson. Une couverture du Hezbollah.

Elle soupira.

– Prouvez ce que vous dites, général. Une fois encore, prouvez vos accusations ! Le Fonds Caritatif Rashid n'est mêlé à aucune activité illégale.

– Parlez-nous de votre voyage de demain. Vous allez à Hazar. Là encore, rien d'irrégulier ?

– Ça suffit, dit-elle en secouant la tête. Comme vous le savez très bien, Rashid Investments tire la plus grande partie de ses énormes revenus du pétrole du sud de l'Arabie, du Quartier Vide et du Hazar. Je vais là-bas très souvent. Et maintenant, Rupert, je suis énervée et tout à coup je vois que je perds l'appétit. Partons d'ici !

Elle se leva.

– Je vous remercie de votre hospitalité, messieurs. Mais je vous préviens : ne fourrez pas votre nez dans mes affaires, ou vous le regretterez.

– Essayez voir ! répliqua le jeune Salter, les yeux brillants de colère. Allez-y, c'est quand vous voulez.

– Du calme, Billy, dit son oncle.

– Bonne fin de soirée, dit Kate.

Elle fit signe à Rupert, qui lui emboîta le pas en direction de la porte du restaurant.

Fernando et une petite troupe de serveurs apportèrent les œufs brouillés, le saumon fumé et le reste de la commande.

– Tout ça me paraît délicieux, dit Harry. Mangeons, et avec appétit. J'ai assez vu cette sale bonne femme pour le moment.

Dehors, la file d'attente avait disparu. Kate Rashid et son cousin prirent place dans la Bentley, qui démarra aussitôt. Mais comme ils arrivaient au bout du quai, Rupert tapota l'épaule du chauffeur.

– Arrêtez-vous.

– Qu'est-ce que tu vas faire ? demanda Kate.

– Je crois que je vais rester dans les parages pour assister au spectacle. Je te rejoins plus tard.

Il sortit de la voiture.

– Prends soin de toi, ma chérie, dit-il avant de refermer la portière.

Quand ils eurent terminé de dîner, Harry Salter ordonna qu'on serve un cognac à toute la tablée, puis se tourna vers Billy qui n'en finissait pas de ruminer.

– Arrête de faire cette tête d'enterrement. Ne t'inquiète pas, on va s'occuper d'elle.

– Elle est cinglée, dit le jeune homme en se tapotant la tempe avec l'index. Qui sait de quoi elle est capable ? Je parie qu'elle n'en a elle-même aucune idée.

– Tu n'as pas tort, acquiesça Dillon. Mais elle a des projets, c'est certain, et nous en faisons partie.

– Je te dis que nous la pincerons, affirma Salter. Fais-moi confiance.

– À ta place je l'écouterais, Billy, ajouta Dillon. Il a dit la même chose, l'année dernière, avant que vous ne pinciez les jumeaux Franconi. La rumeur court qu'ils sont dans le béton frais d'un pilier du périphérique nord.

– Ouais, OK, mais ça c'était pour les affaires, dit Salter. Tu sais ce qui s'est passé, avec ceux deux-là ? Ils avaient payé un expert en explosifs, un ancien de l'IRA, pour planquer une bombe sous ma Jaguar. Par chance pour Billy et pour moi, le mec s'était trompé dans le réglage de la minuterie, et ma putain de bagnole a explosé avant que nous ne soyons assis à l'intérieur.

Un serveur apporta les verres de cognac.

– Nous vivons une époque terrible, ajouta Salter en secouant la tête. N'est-ce pas, général ? Quoi qu'il en soit, je trinque à notre santé, à nous tous qui sommes encore de ce monde.

Il but le Hennessy d'un seul trait.

– Viens, Billy. Raccompagnons nos amis.

Ils sortirent du restaurant sous le regard attentif de Rupert Dauncey, accroupi derrière une voiture au bout du quai. Ils marchaient en direction de la Daimler de Ferguson, lorsqu'un cri aigu fendit l'air : un signal. Cinq hommes armés de battes de base-ball surgirent d'entre les voitures. Ils avaient tous le type chinois, et tous portaient des blousons en soie noire décorés dans le dos de l'insigne des Dragons rouges. Parmi eux, les deux hommes qui se trouvaient un peu plus tôt au début de la file d'attente.

L'un d'eux se précipita vers Billy, tenta de le frapper avec sa batte, mais le jeune homme para l'attaque et se débarrassa de son agresseur d'un coup de pied à l'entrejambe. Dillon évita une agression identique, agrippa son adversaire par le poignet et le précipita la tête la première contre une Volvo. Les trois autres hommes reculèrent en les encerclant.

Celui qui avait un fort accent londonien s'écria :

– On vous tient, les gars. C'est l'heure de la raclée.

Harry Salter ne manifestait pas la moindre inquiétude.

– Les Dragons rouges ? répliqua-t-il. C'est quoi, ce délire ? Soirée de carnaval à Hong Kong ?

L'attaquant de Billy avait laissé tomber sa batte de base-ball ; le jeune homme la ramassa.

– Venez, dit-il. La raclée, c'est pour vous.

Le chef du groupe carra les épaules.

– Je m'occupe de lui, grogna-t-il.

Il s'approcha, brandit sa batte pour frapper. Billy para l'attaque, le laissa revenir vers lui et le fit trébucher d'un croc-en-jambe. L'homme s'écroula sur le dos ; Billy posa un pied en travers de sa poitrine. Les autres Chinois avancèrent sur eux. Dillon sortit son Walther et tira en l'air.

– Ça commence à devenir barbant. Laissez les battes par terre et tirez-vous d'ici en vitesse.

Le désarroi se lisait maintenant sur leurs visages. Mais ils hésitaient : Dillon pressa de nouveau la détente, cette fois en visant le deuxième homme de la file d'attente. La balle lui éclata le lobe de l'oreille gauche. Le Chinois poussa un hurlement et lâcha sa batte. Ses complices se débarrassèrent eux aussi de leurs armes.

– Bon. Fichez le camp, dit Harry.

Les quatre Dragons rouges qui tenaient sur leurs jambes prirent la fuite.

– Lui, il reste, dit Salter à Billy en désignant l'homme étendu par terre. On va faire la conversation.

Il se tourna vers Ferguson.

– Il vaut peut-être mieux que vous n'assistiez pas à ça, général.

– Je vous ferai mon rapport tout à l'heure, ajouta Dillon.

– Je l'attends, répondit Ferguson.

Il monta dans la Daimler, qui démarra aussitôt. Joe Baxter et

Sam Hall sortirent du restaurant et accoururent. Billy avait encore le pied sur la poitrine du Chinois.

– C'était bien des coups de feu ? demanda Joe.

– Ouais, fiston, répondit Harry. Tu vois l'ami Bruce Lee, là ? Lui et ses joyeux drilles ont essayé de nous passer à tabac.

Il toucha le Chinois du bout du pied.

– Mettez-le debout, les garçons.

Baxter et Hall saisirent l'homme par les épaules et le redressèrent. Il ne semblait pas avoir peur ; il fixa Harry d'un regard noir.

– Dis-moi, grand chef, lança-t-il avec mépris, comment tu ferais si t'étais tout seul ?

Et il cracha au visage de Harry.

– Aucun savoir-vivre, dit calmement ce dernier.

Il sortit un mouchoir de sa poche, et s'essuya.

– Il a besoin d'une bonne leçon. Billy ?

Le jeune Salter frappa le Chinois à l'estomac, puis, comme il se courbait en deux, lui envoya son genou en plein dans la figure. Salter l'agrippa par les cheveux et lui redressa le menton.

– Maintenant, sois gentil de me dire qui t'a envoyé ici.

L'homme secoua la tête. Mais il paraissait déjà moins sûr de lui.

– Non, je ne peux pas.

– Seigneur ! À ta convenance. Billy, mets-le sur le dos et saute-lui sur les tibias. Qu'il se balade pendant six mois avec des béquilles.

Le Chinois grogna.

– Non ! D'accord... C'est un type qui s'appelle Dauncey. J'en sais pas plus. Il m'a payé mille livres pour qu'on s'occupe de vous.

– Où est le fric ?

– Dans mon blouson.

Billy trouva l'argent – une épaisse liasse de billets de dix livres entourée d'un élastique. Il la tendit à son oncle, qui la glissa dans sa poche.

– Tu vois, c'était pas si difficile, dit Salter avec un haussement d'épaules. Le problème, maintenant, c'est que tu m'as gravement hérissé le poil, et que je ne peux pas laisser passer ça.

Il se pencha pour ramasser une batte de base-ball.

– Bras droit, Billy.

L'homme essaya de se débattre, mais Baxter et Hall le tenaient fermement. Billy lui étendit le bras droit. La batte s'éleva et retomba. L'os craqua bruyamment en se brisant. Le Chinois, hurlant de douleur, tomba à genoux.

Salter s'accroupit devant lui.

– Il y a un hôpital à mille cinq cents mètres d'ici. Il te faut les Urgences, fiston, mais tu devrais pouvoir y arriver sans problème. Évite juste de remettre les pieds dans les parages. Si on te revoit par ici, je te tuerai, conclut-il avant de se redresser. Et maintenant, je crois qu'un cognac s'impose.

Il s'éloigna. Ses hommes le suivirent. Dillon sortit son portable pour appeler Ferguson, qui était encore en voiture.

– Surprise, surprise ! Ils étaient envoyés par Rupert Dauncey.

– Hmm... Au moins nous savons à quoi nous en tenir. Qu'est-il arrivé au gentleman chinois ? Il n'est pas dans le fleuve, je présume ?

– Non, mais il a rejoint les rangs des estropiés. On se voit demain.

Dillon raccrocha et entra dans le restaurant.

Dehors le calme était revenu, troublé par les seuls gémissement de l'homme blessé, qui se relevait avec difficulté. Dauncey s'avança vers lui.

– Ça va, mon vieux ?

– Il m'a cassé le bras.

– Je pense que vous avez de la chance qu'il ne vous ait pas brisé le cou.

Il sortit une cigarette, qu'il alluma avec son briquet « AK ».

– À vrai dire, vous avez de la chance que je ne le fasse pas moi-même, ajouta-t-il. Pauvre imbécile....

Il lui souffla la fumée au visage.

– Que je vous laisse cette pensée à méditer, mon ami : faites le mariole, ouvrez votre grande gueule une seule fois, et je vous tuerai moi-même. C'est compris ?

– Oui, gémit le Chinois.

– Parfait.

Rupert Dauncey s'éloigna. Quelques instants plus tard, le blessé s'engagea à son tour dans la rue en titubant.

Hazar

7

La base RAF de Northolt, dans la banlieue de Londres, était fréquentée par la famille royale, le premier ministre et la plupart des grandes têtes politiques du pays. De ce fait, elle avait acquis une popularité croissante auprès des entreprises ou des particuliers qui possédaient leur propre avion. Cela représentait en outre pour la Royal Air Force une source très intéressante de revenus parallèles.

Il était dix heures, le lendemain matin, quand Kate Rashid et Rupert Dauncey passèrent les contrôles de sécurité, puis rejoignirent en voiture l'aire de stationnement du Gulfstream des Rashid. Les moteurs ronronnaient déjà lorsqu'ils montèrent à bord ; quelques minutes plus tard ils s'élançaient dans le ciel pour grimper à quinze mille mètres.

Quand l'avion se fut stabilisé à son altitude de croisière, une jeune femme vêtue d'un pantalon et d'une tunique bleu marine s'avança.

– Du thé, comme d'habitude, madame la Comtesse ?

– Merci, Molly.

– Et du café pour monsieur Dauncey ? Maintenant, nous avons un Américain dans la famille !

Molly s'éloigna.

– Donne-moi une cigarette, ordonna Kate à son cousin. Et répète-moi ton histoire.

Il obéit à ces deux ordres, lui racontant en détail ce qui s'était passé la veille devant le restaurant de Salter.

– C'est incompréhensible, conclut-il en secouant la tête. Les Dragons rouges avaient d'excellentes recommandations.

– C'était aussi le cas des deux incompétents de Washington.

– En effet. Ça signifie qu'à l'avenir il me faudra de meilleures sources. Et maintenant ? Quel est le programme de la journée ?

– Juste après avoir atterri à l'aéroport d'Haman, nous irons en hélicoptère à l'oasis de Shabwa, dans le Quartier Vide. Et puis ensuite un peu plus loin dans le Quartier Vide, à l'oasis de Fuad. J'ai un camp là-bas. J'aimerais que tu le voies.

– Qu'est-ce qui s'y passe ?

– Tu verras bien.

– Mystère-mystère, hmm ? Est-ce que nous allons aussi dans la ville de Hazar ?

– Oh, oui. J'ai envie de voir Tony Villiers.

– Est-ce que tu vas le faire liquider ?

– Je préférerais éviter. J'aime bien Tony. C'est un superbe officier, et dans la mesure où le Sultan lui a interdit de pénétrer dans le Quartier Vide, il ne représente pas une menace pour nous.

Elle haussa les épaules.

– Nous verrons la suite des événements, ajouta-t-elle. Et puis... j'ai pris certaines mesures qui devraient lui donner à réfléchir.

– Lesquelles ?

– Permets-moi de te laisser ruminer cet autre petit mystère pour le moment. Et passe-moi donc le *Times*.

Il lui donna le journal, qu'elle ouvrit aux pages économiques pour entamer sa lecture.

Villiers, qui avait laissé le plus gros de ses Scouts sous le commandement du sous-lieutenant Bobby Hawk, avançait à bonne allure à travers le désert, en direction de la ville de Hazar. Ici le paysage était montagneux ; la route passait parfois par d'immenses gorges rocailleuses, bordées de falaises ocre. Il n'y avait aucune circulation, aucune présence humaine ou animale à perte de vue, pas même un troupeau de chèvres.

Ils étaient huit hommes, Villiers compris, et voyageaient dans deux Land Rover équipées de mitrailleuses légères. Il faisait une chaleur d'étuve, la poussière était infernale – le commandant des Hazar Scouts savourait d'avance le plaisir de retrouver sa chambre, à l'hôtel Excelsior, où il pourrait prendre un bain et enfiler un uniforme propre.

Ils firent une pause à la source de Hama. Il y avait là, au pied d'une falaise, un vaste bassin d'eau fraîche et claire. Tandis qu'un homme montait la garde avec l'une des mitrailleuses, les autres retirèrent leurs cartouchières et leurs sandales, entrèrent dans le bassin en djellaba et commencèrent à s'éclabousser les uns les autres comme des enfants. Villiers alluma une cigarette et les observa avec amusement. Mais son sourire s'évanouit tout à coup, tandis qu'une pluie de cailloux s'abattait sur leurs têtes du haut de l'escarpement. Il leva les yeux, ses hommes pataugèrent frénétiquement dans l'eau pour se précipiter vers leurs armes, mais trop tard : un coup de feu retentit et un Scout s'effondra, touché à la tête.

Le mitrailleur balaya le sommet de la falaise pendant une pleine minute, les autres hommes s'armèrent et tirèrent à leur tour, mais l'agresseur ne répliqua pas. Villiers ordonna le cessez-le-feu. Le calme revint.

Selim, accroupi, rejoignit son commandant à côté de la Land Rover derrière laquelle il s'était réfugié. Villiers attendit encore quelques instants, puis se redressa.

– Non, *sahib*, protesta le sergent.

Un silence sinistre était tombé sur le désert.

– Le danger est passé. Le tireur est déjà parti. Je ne sais pas pourquoi, mais c'était une attaque éclair.

– Peut-être des bandits Adoo venus du Yémen, *sahib*. Ou alors, peut-être qu'Omar avait offensé quelqu'un ?

Ils regardèrent le corps qui flottait dans l'eau.

– Non, répondit Villiers. Cela aurait pu être n'importe lequel d'entre vous.

Il se tourna vers ses hommes.

– Allez-y, tirez-le de là.

Trois Scouts entrèrent dans le bassin et saisirent le cadavre. Parmi les fournitures militaires qu'ils transportaient dans les

Land Rover, il y avait deux housses mortuaires. L'une d'elles fut destinée à Omar.

– Placez-le sur le capot de la deuxième voiture, ordonna le commandant. Et fixez-le bien. Les prochains kilomètres sont cahoteux.

Un homme amena un rouleau de corde et attacha la dépouille de son camarade suivant les instructions de Villiers, en faisant passer la corde sous le véhicule. Les autres Scouts, maussades, observaient la scène en silence.

– Bien, dit Villiers. Maintenant, en route.

Selim s'assit à côté de lui, l'air troublé.

– *Sahib*, une chose m'étonne. Si celui qui a fait le coup ne voulait tuer qu'un seul d'entre nous, pourquoi pas le *sahib*, pourquoi pas l'homme le plus important du groupe ?

– Parce qu'il ne voulait pas me tuer, justement. Il avait simplement l'intention de m'envoyer un signal.

Selim parut encore plus perplexe.

– Vraiment, *sahib* ? Mais qui voudrait faire une chose pareille ?

– Quelqu'un du Quartier Vide. Un de ces hommes qui ne devraient pas être ici, et ne devraient peut-être pas être là-bas non plus. Nous découvrirons son identité bien assez tôt.

Il sourit.

– Si c'est la volonté d'Allah.

Selim, dont la confusion était extrême, détourna les yeux. Villiers alluma une cigarette et se renversa contre le dossier du siège.

Hazar était une petite ville – un entrelacs de ruelles et de maisons blanches, deux souks – mais le port abritait de nombreux bateaux, cabotiers, boutres arabes et chalutiers, et l'activité y était intense.

Les deux Land Rover s'arrêtèrent d'abord devant la grande mosquée, où le corps d'Omar fut remis à l'Imam. Ensuite ils se rendirent à l'hôtel Excelsior. Villiers ordonna à Selim et aux cinq autres Scouts de prendre deux jours de repos. Selon une vieille coutume, il leur distribua à chacun vingt dollars en billets de cinq. Des dollars américains, bien sûr : une monnaie grandement appréciée dans le Hazar. Les hommes étaient enchantés. Avant de leur donner congé il leur précisa qu'il savait où les trouver s'il avait besoin d'eux.

L'Excelsior datait de l'époque coloniale, et on y sentait encore un parfum d'Empire britannique. Le bar semblait tout droit sorti d'un vieux film : mobilier en rotin, larges ventilateurs de plafond, comptoir en marbre, et derrière, sur des étagères, un éventail impressionnant de bouteilles. Le barman, Abdul, portait une vareuse blanche, souvenir de l'époque où il était serveur sur des navires de croisière.

– Une bière blonde, dit Villiers. Bien glacée.

Il sortit sur la terrasse par la porte-fenêtre, s'assit dans un large fauteuil en rotin. La brise faisait claquer la toile de la marquise au-dessus de sa tête. Abdul lui apporta sa bière. Villiers passa l'index sur le verre perlé d'humidité, et puis il but lentement, mais sans s'arrêter, jusqu'à la dernière goutte – la bière chassant en lui le sable, la chaleur et la poussière des territoires frontaliers.

Abdul patientait à côté de lui, selon un rituel établi entre eux depuis longtemps.

– Une autre, *sahib* ?

– Oui, merci.

Villiers alluma une cigarette et regarda l'horizon. Une humeur noire l'envahissait. Peut-être était-ce à cause de la mort d'Omar – et parce qu'il se demandait pourquoi lui-même avait été épargné. Ou alors... Peut-être qu'il était dans le Hazar depuis trop longtemps. Il avait été marié, autrefois, dans un passé dont il n'osait plus se souvenir. Gabrielle aux cheveux blonds et aux yeux verts, le grand amour de sa vie. Mais il était trop absent de la maison ; ils s'étaient peu à peu éloignés l'un de l'autre, pour finalement divorcer juste avant la guerre des Malouines. Ce qui rendait la chose encore plus pénible c'était qu'elle avait épousé l'ennemi, un pilote de chasse de l'aviation argentine, l'un des meilleurs, qui était par la suite devenu général.

Personne ne pourrait jamais la remplacer. Il y avait eu d'autres femmes, bien sûr, mais aucune ne l'avait ému au point qu'il se décide à se remarier. Pour lui, la vie se résumait donc à servir l'armée et son pays dans les régions les plus insolites, en ayant pour unique et ultime lien avec son passé une vieille maison de famille dans le West Sussex. Et la ferme attenante, où travaillait son neveu qui gérait l'ensemble de la propriété. Lui, sa femme et leurs deux enfants ne cessaient de lui dire de mettre un terme à sa carrière militaire pendant qu'il était encore en un seul morceau, et de rentrer au bercail...

Abdul interrompit sa rêverie en déposant sa seconde bière sur la table. Puis une voix retentit derrière lui :

– Je vais prendre la même chose !

Villiers se tourna pour voir Ben Carver s'avancer sur la terrasse. Il était vêtu d'une combinaison de pilote, coiffé d'un panama. Il s'assit lourdement dans le fauteuil en face de lui et s'éventa le visage avec le chapeau.

– Seigneur, qu'est-ce qu'il fait chaud dans ce pays !

– Comment marche votre affaire d'avions-taxis ?

– Du tonnerre. Les nouvelles exploitations pétrolières des territoires frontaliers, en particulier, nous apportent beaucoup de travail. J'ai remplacé le Cessna 310 que votre ami Dillon a crashé l'année dernière.

– Il ne l'a pas crashé, il a été abattu en vol par les Bédouins. Vous le savez aussi bien que moi.

– D'accord, disons qu'il a été abattu. J'ai encore le Golden Eagle, et deux jeunes gars d'Afrique du Sud doivent m'amener un nouveau Beechcraft d'ici peu. C'est-à-dire... Il n'est pas vraiment neuf, mais il fera gentiment l'affaire.

– Les pilotes vont rester avec vous ?

– Ils devraient assurer au moins six mois de présence. J'ai besoin de personnel. Les Rashid nous réclament beaucoup, aux quatre coins du pays.

– J'ai entendu dire qu'elle arrivait aujourd'hui.

– La comtesse ? Ouais, elle vient avec le Gulfstream, en compagnie d'un certain Rupert Dauncey. Mais elle ne reste pas longtemps. Elle a réservé un créneau de décollage pour Londres pour après-demain.

– Dauncey est son cousin. Dites-moi, Ben, quand vous survolez les champs de pétrole, là-bas dans le Quartier Vide... est-ce que vous voyez beaucoup d'activité ?

– Activité ? Que voulez-vous dire ?

– Eh bien... Étant donné que le Sultan interdit aux Scouts de traverser la frontière, je ne suis plus au courant des choses comme je l'étais autrefois. Que voyez-vous, là-bas ?

Carver avait perdu son sourire.

– Quelques caravanes de Bédouins, ça vous convient ? répliqua-t-il, puis il vida sa bière d'un trait et se leva. Je ne vois rien du tout, Tony.

– Vous êtes payé pour ça ? Ne rien voir ?

– Je suis payé pour transporter hommes et matériels avec mes avions, le plus souvent jusqu'aux champs de pétrole, puis rentrer chez moi.

Il s'éloigna. À la porte-fenêtre, il se retourna.

– Je suis payé pour m'occuper de ce qui me regarde. Vous devriez essayer, vous aussi.

– Cela veut-il dire que vous ne pilotez pas son nouveau joujou, le Scorpion ? Des dizaines de fois j'ai vu cet hélicoptère traverser la frontière, pendant que j'étais en patrouille. Ce n'est donc pas vous qui tenez le manche ?

Carver le fusilla du regard, et disparut. Comme il se levait, Villiers se rendit compte qu'Abdul nettoyait avec grand soin une table près de la porte-fenêtre. Il avait sans aucun doute entendu chaque mot de leur conversation.

– Une autre bière, colonel ?

– Non merci.

Villiers sourit.

– Je redescendrai dans un moment pour le dîner, dit-il, et il quitta la terrasse.

Il prit une très longue douche pour se décrasser à fond, puis se détendit dans un bain tiède pendant une bonne demi-heure en réfléchissant à diverses choses, en particulier sa rencontre avec Ben Carver. Un type bien, Ben, et ce n'était pas pour rien qu'il avait été décoré de la DFC pendant la guerre du Golfe. Mais aujourd'hui il songeait avant tout à l'état de son compte en banque. Jamais il ne prendrait le risque de perdre un client – surtout un client comme Kate Rashid. Quant à la Comtesse, de quoi Villiers pouvait-il être sûr à son sujet, dans l'immédiat ? Elle logerait à la Villa Rashid, une somptueuse propriété de style mauresque située dans la vieille ville. Puis, à un moment ou un autre de son séjour, elle se rendrait en hélicoptère à l'oasis de Shabwa. Et ce soir elle dînerait à l'Excelsior, comme elle le faisait toujours.

C'était l'heure du crépuscule. Au-delà du port des stries orangées coloraient l'horizon. Il prit une serviette et, tout en essuyant vigoureusement ses cheveux longs, repensa à ses années de service chez les SAS. Chaque jour était une nouvelle surprise. D'une heure à l'autre il pouvait avoir à endosser une identité civile pour telle ou telle mission : une coupe de cheveux militaire n'aurait pas convenu. Toute une époque, l'Irlande, qui ne le quitterait jamais...

Il s'approcha du miroir pour se peigner. Comment devait-il assurer le dîner ? Il décida de jouer le grand jeu : ce soir, pas de costume en lin, il fallait quelque chose de plus imposant. Il sortit de l'armoire une veste d'uniforme tropical, un pantalon kaki et une chemise assortie. Les rubans de ses décorations militaires avaient fière allure. Il brandit l'ensemble devant le miroir et sourit. Oui, ça ferait très bien l'affaire.

La Villa Rashid impressionnait beaucoup Rupert Dauncey. S'immobilisant au centre du vestibule, il admira le plafond voûté, les splendides tapis d'Orient qui couvraient partiellement le sol en marbre, les fresques murales, les antiquités arabes.

– C'est superbe, dit-il.

– Merci, mon chéri. À l'arrière de la propriété il y a des bureaux, avec notre principal serveur informatique, tout le tralala. C'est ici que se trouve le quartier général de Rashid Investments pour le Hazar et toute l'Arabie du Sud.

Le domestique qui leur avait ouvert la grande porte en cuivre de la maison s'avança :

– Abdul a demandé à vous voir, madame la Comtesse.

– Où est-il ?

– Avec Abu.

Abu, un guerrier bédouin originaire de l'oasis de Shabwa, était le garde du corps de Kate. Il était toujours là pour l'accueillir quand elle arrivait à Hazar, et restait auprès d'elle toute la durée de son séjour.

– Nous prendrons thé et café sur la terrasse. Dis-lui de venir.

Faisant signe à Rupert de la suivre, elle monta un escalier en marbre, puis longea un couloir clair et spacieux qui débouchait sur la terrasse supérieure. La brise du soir faisait battre doucement l'auvent en toile au-dessus de leurs têtes. Ils dominaient la ville et le port ; la vue était exceptionnelle.

– Magnifique, dit Rupert en s'asseyant dans un fauteuil, et il lui offrit une cigarette.

– Il va faire nuit très vite. Le crépuscule est bref, sous ces latitudes.

Abdul apparut, suivi d'Abu. Celui-ci était grand, avait un visage sévère aux joues couvertes de barbe, et portait une djellaba et un turban.

– Abu, je suis heureuse de te voir, dit-elle en arabe.

Il sourit, ce qui était rare chez lui, et salua à l'orientale.

– Et pour moi, madame la Comtesse, vous revoir est toujours une bienfait. Cette créature souhaitait vous rencontrer, conclut-il en désignant Abdul.

– Alors laisse-le parler.

Elle regarda Rupert pour ajouter :

– Abdul est le barman de l'Excelsior.

– Madame la Comtesse, j'ai des nouvelles, dit Abdul en arabe.

– En anglais, s'il te plaît. Mon cousin ne parle pas notre langue.

– Le colonel Villiers est rentré cet après-midi. Il était à la frontière du Quartier Vide, avec deux Land Rover et sept Scouts. Ils sont tombés dans une embuscade alors qu'ils faisaient halte au bassin de Hama. Un de ses hommes a été tué. Omar. C'était un sniper, caché en haut de la falaise.

Le domestique apporta thé et café, fit le service, puis se retira.

– Comment sais-tu tout cela ? demanda Kate Rashid.

Abdul haussa les épaules.

– Les Scouts sont au bazar, et ils ne tiennent pas leur langue.

– Hmm, fit-elle, hochant la tête. Le *sahib* Villiers dînera-t-il à l'hôtel, ce soir ?

– Oui, madame la Comtesse, mais j'ai autre chose à vous dire. Le colonel buvait une bière sur la terrasse, tout à l'heure, quand monsieur Carver s'est joint à lui. J'ai pu écouter leur conversation.

Elle s'adressa de nouveau à Rupert :

– Ben Carver est un ancien de la RAF qui possède une compagnie d'avions-taxis à la base d'Haman. Il travaille beaucoup pour les Rashid, dit-elle, puis elle fit signe à Abdul. Continue.

Abdul, qui tirait une grande fierté de son excellente mémoire, lui rapporta mot pour mot la conversation entre les deux hommes. Quand il eut terminé, Kate ouvrit son sac à main, en sortit un billet de cinquante dollars qu'elle lui tendit.

– Tu mérites d'être récompensé.

Il recula d'un pas, en levant la main.

– Non, madame la Comtesse. Je fais ça pour vous, c'est un cadeau que je vous offre.

– Et je t'en remercie, mais ne me déshonore pas en refusant le mien.

Abdul s'inclina, souriant, prit le billet et tourna aussitôt les talons pour s'éloigner.

– Ce Villiers essaie donc de soutirer des renseignements aux gens du coin ? observa Rupert.

– Oui. Et pour le compte de Ferguson, bien sûr.

– Qui lui a tendu cette embuscade ?

– À ton avis ?

Kate Rashid leva les yeux vers Abu.

– Tu as fait du bon travail. Celui que tu as tué – Omar –, qui était-ce ?

La question était très importante. Comme les Scouts étaient

des Bédouins Rashid, ils avaient tous des liens familiaux avec les Bédouins du Hazar ou du Quartier Vide.

– Omar était mon cousin au second degré.

– Je ne veux pas que sa mort déclenche un bain de sang.

– Il n'y en aura pas.

– Et il n'arrivera rien au *sahib* Villiers tant que je n'en aurai pas donné l'ordre.

– Comme vous voudrez, madame la Comtesse. Si je devais le tuer, de toute façon, je ne le ferais qu'en duel. C'est un grand guerrier.

– Bien. Mon cousin ici présent est un grand guerrier, lui aussi. Il a participé à de nombreuses batailles avec les Marines américains, et il m'est très précieux. Veille sur lui comme sur ta propre vie.

– À vos ordres, madame la Comtesse, répondit Abu, et il s'éloigna.

Elle expliqua à Rupert ce que le Bédouin lui avait dit en arabe. La nuit était tombée, brusquement. Le domestique vint allumer les lumières de la terrasse. Les papillons de nuit firent aussitôt leur apparition.

– Et maintenant, cousine, quel est le programme ? demanda Rupert.

– Nous allons boire une coupe de champagne, pour commencer.

Elle fit signe au domestique qui patientait au bout de la terrasse, et lui donna un ordre en arabe. Quelques instants plus tard, Abu revint.

– Je regrette de vous déranger encore, mais Selim demande à vous voir.

– Selim ? Vraiment ? Comme c'est intéressant. Fais-le venir.

Elle s'adressa à Rupert :

– Un autre homme souhaite me parler. Celui-ci est sergent des Hazar Scouts.

– Et bien sûr, c'est un Rashid, commenta Dauncey. Je reste perplexe devant la façon dont tout ça fonctionne. Les deux camps faits d'un même peuple...

– C'est parce que tu es un Yankee. Tu ne comprends pas la mentalité arabe.

Le domestique revint avec une bouteille de Bollinger dans un seau à glace, et deux coupes. Il fit sauter le bouchon.

– Je croyais que l'alcool était interdit dans les pays arabes, observa Rupert.

– C'est variable. Le Hazar a toujours eu une attitude plutôt libérale.

– Et toi tu acceptes ça ? Après tout, tu es musulmane.

– Comme tu peux le constater je ne porte pas le tchador, répliqua-t-elle, faisant référence au foulard dont certaines femmes d'Islam avaient l'obligation de se couvrir la tête. Si je suis à moitié arabe, je suis aussi à moitié anglaise. Je sers les deux faces de la pièce.

Comme elle sirotait son champagne, Abu fit entrer Selim sur la terrasse. Le sergent paraissait plutôt nerveux.

– Tu parles très bien l'anglais, Selim, commença-t-elle. Exprime-toi maintenant dans cette langue. Le *sahib* Villiers sait-il que tu es ici ?

– Non, madame la Comtesse, répondit Selim, l'air soudain inquiet. Je suis venu parce qu'il m'a semblé que je devais vous parler.

– Pour quelle raison ?

– Nous étions cet après-midi à la frontière... Moi, les Scouts, avec le colonel. Nous n'entrons plus dans le Quartier Vide...

– Je sais.

– Le *sahib* Villiers m'a posé beaucoup de questions. Il voulait savoir si... s'il se passait des choses de l'autre côté de la frontière.

– Et que lui as-tu répondu ?

– Que je ne savais rien. Mais il m'a mis mal à l'aise. Je pense qu'il ne m'a pas cru.

– Ce qui prouve son intelligence. Car tu lui mentais, n'est-ce pas ? répliqua-t-elle.

– Madame la Comtesse, je vous en prie...

– Allume-moi une cigarette, Rupert.

Dauncey s'exécuta.

– À moi, Selim, tu ne dois pas mentir, reprit-elle, regardant le sergent droit dans les yeux. Dis-moi ce que tu as entendu. Ce qui se murmure chez les Scouts.

– On parle d'un camp, madame la Comtesse, le camp de l'oasis de Fuad. Des étrangers y vont et viennent. Parfois on entend des tirs et des explosions. Les nomades du désert, et aussi les bandits Adoo, ont remarqué...

– Les gens racontent n'importe quoi, l'interrompit-elle, et les langues trop bien pendues sont nombreuses. Mais on peut les faire taire, Selim. Pourquoi es-tu venu me voir ? Tu es l'homme du colonel !

– Mais je suis un Rashid, objecta Selim, perplexe. C'est à vous que ma loyauté va en premier. Vous êtes notre chef, tous les Rashid sont d'accord là-dessus.

– Les Hazar Scouts sont-ils tous de cet avis ?

– Eh bien... Il y a des hommes qui ont cette vieille mentalité, et qui ne répondent qu'au colonel...

– Des hommes qui respectent leur parole, tu veux dire ? Contrairement à toi ! Toi aussi tu as prêté serment, tu as partagé le sel du colonel Villiers, tu as mangé son pain. C'est une question d'honneur, et de loyauté. Tu me dis que ta loyauté m'est acquise, mais puis-je dépendre de la loyauté et de l'honneur d'un homme qui n'a ni l'un ni l'autre ?

– Madame la Comtesse, protesta désespérément Selim, je vous en supplie !

– Disparais de ma vue. Ne reviens jamais.

Abu agrippa Selim par le bras et l'entraîna vers l'escalier.

– Qu'est-ce que c'était que cette conversation ? s'étonna Rupert à mi-voix.

– L'honneur est une vertu cardinale pour mon peuple. Les hommes y sacrifient leur vie. Selim va perdre la sienne, car il n'a pas d'honneur.

Abu revint et, au plus grand étonnement de Rupert, s'exprima dans un anglais impeccable :

– Selim n'est qu'un chien. Que voulez-vous que je fasse ?

– Occupe-toi de lui, Abu.

– À vos ordres.

Il sortit ; Kate sourit à Rupert.

– Quand Abu avait dix-huit ans, son oncle, un riche marchand, l'a envoyé à l'université en Angleterre. Il a décroché une maîtrise d'économie, et puis en revenant ici il a décidé qu'il préférait être... un guerrier ! Et crois-moi, il excelle dans ce domaine.

– En ce cas, que Dieu vienne en aide à ce pauvre Selim.

Elle termina son champagne et se leva.

– Il est l'heure de se doucher et de changer de tenue. Je vais te montrer tes appartements.

Selim marchait très vite, d'une ruelle à l'autre, errant dans le vieux quartier sans savoir où aller. Il avait pensé gagner les faveurs de la comtesse. Au lieu de quoi il avait reçu une condamnation à mort. C'était une certitude. Il s'arrêta, le cœur battant à cent à l'heure, et se dissimula sous le porche d'une maison pour réfléchir.

Il n'avait nulle part où se cacher, ni dans le Hazar, ni dans la zone frontalière, ni dans le Quartier Vide. La nouvelle allait circuler en un rien de temps parmi les Rashid, et tous le prendraient en chasse pour l'éliminer. L'esprit battant la campagne, il entrevit une solution, et une seule : fuir par la mer. Il devait aller au port. Il s'y trouvait des bateaux qui faisaient escale dans tous les ports de l'Arabie du Sud. Peut-être pourrait-il gagner Aden, ou même Mombasa sur la côte est de l'Afrique. Là-bas il y avait une importante communauté arabe, et on était loin du territoire des Rashid.

Il se remit en marche, d'un pas vif, tourna plusieurs fois dans l'entrelacs des ruelles et déboucha enfin sur le front de mer. Il faisait maintenant nuit noire, mais de nombreuses lumières brillaient sur les navires ancrés dans la baie. S'il réussissait à se glisser à bord de l'un des vieux cabotiers à vapeur qu'il apercevait là-bas, il serait tiré d'affaire.

Il s'engagea sur un ponton en bois, auquel plusieurs bateaux étaient amarrés. Le silence régnait sur le port ; on entendait juste quelques rires dans le lointain. Et puis soudain une latte de bois craqua derrière son dos, il se retourna en sursaut et aperçut Abu. Selim essaya de s'enfuir, mais son poursuivant était déjà sur lui. Abu l'attrapa par la djellaba, le ceintura et lui tira la tête en arrière. Dans sa main droite il tenait un poignard. Sans hésitation il trancha la gorge de Selim, qui s'avachit contre lui en mourant. Il essuya la lame du couteau sur le vêtement de sa victime, puis la poussa sur le côté du ponton. Le cadavre bascula vers l'eau, il y eut un éclaboussement, puis de nouveau le silence.

Abu s'éloigna à grands pas. Quand il fut hors de vue, un autre Arabe émergea des ténèbres. Les cartouchières se croisaient sur sa poitrine, à la manière des Hazar Scouts, et il portait un AK en bandoulière à l'épaule gauche. Il s'avança au bord du ponton, inclina le buste, et, à la lueur de la lampe de proue d'un cabotier, aperçut le cadavre de Selim qui flottait sur le ventre. Il le contempla quelques instants, avant de tourner les talons et de s'éloigner à son tour.

Villiers, très séduisant dans son superbe uniforme, entra au bar de l'Excelsior. Il ne s'y trouvait qu'une demi-douzaine de clients, tous seuls, tous européens – des hommes d'affaires. Un ou deux le regardèrent avec curiosité. Ni Kate Rashid ni Rupert Dauncey n'étaient présents. Le colonel s'avança vers le comptoir, où Abdul était en train d'essuyer des verres.

– Je pensais trouver la Comtesse ici, ce soir. Je sais qu'elle est en ville.

– Dans un moment, *sahib*. Elle sera là dans un moment.

– Elle vous a confirmé qu'elle venait ?

Abdul eut soudain l'air nerveux.

– Voulez-vous une bière, colonel *sahib* ?

– Pas tout de suite.

Il sortit sur la terrasse, alluma une cigarette et s'avança jusqu'à l'escalier qui descendait vers les jardins de l'hôtel. L'un de ses hommes était accroupi à côté des marches, entre deux buissons, l'AK en travers des genoux.

– Je te vois, Ahmed, dit Villiers en arabe.

– Et je vous vois moi aussi, colonel *sahib.*

– Bien. Que fais-tu ici ?

– Selim est mort. Son cadavre flotte dans le port.

Villiers descendit les marches pour rejoindre Ahmed, qui se releva.

– Raconte-moi ça, dit-il en lui tendant une cigarette et son briquet.

– Nous devions aller avec les femmes au bazar, pour y boire du whisky. Le *sahib* sait que nous pouvons nous en procurer, là-bas.

– Et ?

– Selim était troublé, il n'était pas lui-même. Tout à coup il a annoncé qu'il devait aller voir un ami. J'ai trouvé ça étrange, et je l'ai suivi.

– Où est-il allé ?

– À la villa Rashid. Il faisait déjà presque nuit. Je me suis posté entre les palmiers, de l'autre côté de la rue, face à la terrasse. La comtesse était là-bas, avec un homme – un Anglais je crois.

– Non, un Américain. Je sais qui c'est.

– Abu a fait avancer Selim sur la terrasse, la comtesse et lui ont discuté quelques minutes, et puis Selim est ressorti de la villa. Il est resté un moment planté devant la porte, l'air tourmenté, comme s'il ne savait pas où aller.

– Comment ça, l'air tourmenté ?

Ahmed grimaça.

– Il puait la peur, *sahib* ! Il s'est mis à marcher, et au moment où je m'avançais pour le filer, Abu est sorti de la maison et l'a suivi.

– Et tu leur as emboîté le pas.

– Oui, *sahib*, jusqu'au port. Il s'est avancé sur un ponton. Il regardait les bateaux, quand tout à coup Abu s'est jeté sur lui, l'a égorgé au poignard et l'a jeté à l'eau.

Villiers dévisagea Ahmed.

– Quelle raison Abu avait-il de faire une chose pareille ?

– Il travaille pour la comtesse, *sahib*.

– Et quelle raison avait-elle de vouloir éliminer Selim ?

– Seul Allah peut le savoir.

Villiers lui offrit une autre cigarette.

– Je te suis reconnaissant, Ahmed, de m'avoir raconté tout cela. Mais pourquoi es-tu venu ? Toi aussi, tu es un Rashid. La comtesse est votre chef.

Il connaissait la réponse du soldat Ahmed avant même de l'entendre.

– Mais *sahib*, j'ai prêté serment ! Je suis votre homme. La comtesse elle-même serait d'accord avec moi. C'est une question d'honneur.

– Et peut-être Selim ne l'avait-il pas compris.

Ahmed haussa les épaules.

– Selim était un homme faible.

– Mais un bon sergent.

– J'en serais un meilleur, *sahib.*

Villiers sourit.

– Eh bien... il va falloir que tu m'en donnes la preuve.

Il ressortit une fois de plus le paquet de cigarettes de sa poche, et le lui donna.

– Va-t'en, maintenant, voyou. Ne parle pas de tout ça aux autres.

– Ça va se savoir très vite, *sahib.* Ce genre de chose ne reste pas longtemps secret.

– Certes. Mais ils l'apprendront en temps voulu.

Ahmed disparut dans les ténèbres des jardins ; Villiers remonta sur la terrasse et entra au bar. *Une question d'honneur.* Une valeur de la plus haute importance pour les Bédouins – peut-être Kate Rashid partageait-elle cette vision des choses, en effet.

– Cigarettes, Abdul, dit-il. Marlboro.

Abdul lui en apporta un paquet.

– Une bière, maintenant, colonel ?

Avant que Villiers ait pu répondre, une voix féminine se fit entendre derrière lui :

– Tony, quelle joie !

Il se tourna pour voir Kate Rashid s'avancer à sa rencontre, accompagnée de Dauncey. Elle portait une robe droite, blanche et très simple, avec un collier et des boucles d'oreilles en diamants. Elle était magnifique. Son cousin était vêtu d'un costume en lin et d'une chemise bleu pâle.

– Comtesse...

Elle l'interrompit en se hissant sur la pointe des pieds pour l'embrasser sur la joue.

– Je vous ai déjà dit que mes amis m'appellent Kate. Je vous présente mon cousin, le commandant Rupert Dauncey, ancien Marine. Et toi, Rupert, je te présente le célèbre colonel Tony Villiers.

Ils se serrèrent la main.

– Enchanté de vous rencontrer, commandant, dit Villiers.

– Le plaisir est partagé. J'ai beaucoup entendu parler de vous.

– Champagne, Abdul. Sur la terrasse, précisa-t-elle. Vous devez absolument vous joindre à nous, Tony ! Et aussi pour le dîner.

– Comment refuser ? répondit-il avec un agréable sourire.

Une lueur d'excitation brillait dans les yeux de Kate Rashid. Car au moment où Rupert et elle allaient quitter la villa, Abu était rentré.

– Est-ce que tout s'est bien passé ? avait-elle demandé.

– C'est fait, madame la Comtesse.

– Très bien. La soirée est agréable, nous allons marcher jusqu'à l'Excelsior. Tu nous accompagnes.

Il les avait suivis quelques pas en arrière, la main sur la crosse de sa *jambiya* – le couteau arabe à lame courbe qu'il portait à la ceinture. Pas une âme, dans toute la ville de Hazar, n'aurait pourtant osé lever le petit doigt contre lui.

– Ce chien de Selim est mort, n'est-ce pas ? avait demandé Rupert, puis il avait lentement secoué la tête. Nom de Dieu... Tu es une femme dure. Plus dure que je ne l'aurais jamais cru.

– C'est un pays dur, mon chéri. Pour y survivre, il faut soi-même être très endurci, avait-elle répondu en lui prenant le bras. Maintenant, oublions nos petits malheurs. Ce soir je veux m'amuser !

8

Une agréable brise nocturne soufflait de la mer, à la fois chaude et parfumée d'une touche d'épices. Kate était assise dans une balancelle, Rupert et Villiers avaient pris place de l'autre côté de la table en rotin. Abdul était en train de servir le champagne.

– Vous êtes éblouissant, Tony. Que de médailles ! Il les a toutes, Rupert, sauf la Victoria Cross.

– C'est ce que je vois.

– Vous deux avez beaucoup de choses en commun, dit-elle. La guerre du Golfe, la Serbie, la Bosnie...

– Ah oui ? fit Rupert. C'est très intéressant. Quelle unité ?

– Les SAS, répondit Villiers, puis il décida de brusquer un peu cette conversation trop policée. Mais vous le saviez sans doute déjà. Kate me connaît par cœur. Je présume qu'elle vous a tout dit.

– Allons, Tony, vous devenez hargneux. Mais je vous pardonne, parce que je suis au courant que vous avez eu une sale journée. Pour paraphraser Oscar Wilde, perdre un homme pourrait passer pour de la négligence, en perdre deux...

Villiers se tourna vers Rupert.

– Une chose dont vous vous rendrez rapidement compte dans cette région, c'est que les nouvelles y circulent très vite. Impossible de garder bien longtemps un secret. J'ai perdu un homme, sur le chemin du retour, pendant que nous faisions halte à la source de Hama.

– Manque de chance, dit Rupert.

– On peut dire ça. Le deuxième homme, mon sergent, Selim, n'a été assassiné qu'il y a un petit moment, sur les quais, dit Villiers, puis il sourit à Kate. Vous avez des informateurs remarquablement efficaces.

– C'est le secret de mon succès, Tony. Mais assez de ces histoires. Passons notre commande.

Le dîner fut excellent, car le chef avait une mère française et avait appris son métier à Paris. Rupert Dauncey et Villiers, en vrais soldats, se racontèrent leurs expériences respectives de la guerre du Golfe et de l'ex-Yougoslavie.

– Vous dites que vous étiez passé derrière les lignes irakiennes avec les SAS ? demanda Rupert. Pendant combien de temps ?

– Oh, nous avions franchi la frontière avant même le début de la guerre. Nous savions que le conflit allait avoir lieu, et nous connaissions exactement les intentions de Saddam, expliqua

Villiers, puis il haussa les épaules. Les gars comme moi, qui parlent l'arabe sans accent, n'étaient pas très nombreux. C'était aussi le cas de Paul, le frère de Kate, savez-vous ?

– Vous l'avez connu ?

– Nous sommes passés par le même régiment, les Grenadier Guards, mais lui bien longtemps après moi. Cependant, oui, je l'ai connu. C'est lui qui a ordonné aux Bédouins de tuer mon commandant en second, le sous-lieutenant Richard Bronsby. Les Rashid ont une technique très particulière. Ils arrachent la peau de leur victime en partant du haut de la poitrine. La mort est lente – très lente. Pour finir, ils émasculent le supplicié. Mais Kate vous a sans doute déjà raconté tout ça...

– Non, je n'avais rien dit.

– Pourquoi ? Parce que vous aviez honte ?

– Non. Pour mon peuple cette exécution allait de soi. C'est leur façon de faire les choses.

Elle haussa les épaules.

– Et vous avez été vengé, Tony. Le lendemain matin Dillon a tué quatre de mes hommes. L'un d'eux, rappelez-vous, était mon frère George.

– Il n'avait qu'à pas venir, s'il ne voulait prendre aucun risque.

Abdul s'approcha, avec trois verres de cognac sur un plateau. Kate saisit le sien et sirota une gorgée d'alcool.

– J'ai entendu dire que vous aviez un nouveau commandant en second ? Et encore un homme de la Cavalerie de la Garde Royale ?

– Oui, mais cette fois il est du corps des Lifeguards. Le sous-lieutenant Bobby Hawk. Un gentil garçon. Il vous plairait.

– Peut-être que lui aussi, il aurait mieux fait de rester chez lui...

Cette menace implicite mit Villiers en colère pour de bon. Et il en avait marre de jouer au chat et à la souris. Il vida le cognac d'un trait.

– Voyons, Kate, vous pouvez faire beaucoup mieux que ça. Pourquoi Abu n'a-t-il pas tout simplement visé ma tête, à Hama ?

– Pardon ? Tony, je suis choquée ! Vous êtes beaucoup trop important, non seulement pour le Hazar, mais aussi pour moi. Vous êtes le meilleur commandant que les Scouts aient jamais eu. Et vous respectez les instructions que vous a données le Sultan.

– C'est-à-dire *vos* instructions.

– Le Quartier Vide m'appartient, colonel, et je ne veux pas voir les Scouts s'y promener. Leur présence là-bas est inutile. Maintenez l'ordre le long de la frontière et dans le Hazar, et restez à votre place.

– Pourquoi ? Vous avez quelque chose à cacher, là-bas ?

– Ça ne regarde que moi. Et puis... la prochaine fois que vous aurez le général Ferguson au téléphone, dites-lui de s'occuper de ses affaires.

Elle fit signe à Rupert.

– Allons-y. Demain la journée commence tôt.

Il se mit debout et tendit la main à sa cousine, qui se leva.

– Colonel, dit-il, la soirée a été passionnante.

Villiers se leva à son tour.

– On peut le dire. Bonne nuit, Kate.

Elle sourit et s'éloigna, suivie de Rupert.

– Un autre cognac, Abdul, ordonna Villiers, puis il se rassit pour réfléchir.

Kate Rashid et Rupert regagnèrent la villa à pied, talonnés par Abu.

– Il a de l'envergure, ce Villiers, observa Dauncey. Mais il a raison. Pourquoi ne le fais-tu pas éliminer ?

– Ça viendra peut-être plus tard, mais pas pour le moment. Comme je l'ai dit, le travail qu'il fait avec les Scouts m'est très utile, et bon pour le Hazar.

– Et... à propos de Ferguson ? Ils se parlent...

– Villiers ne peut lui dire que ce qu'il sait. Et il ne sait pas grand-chose. C'est tout ce qui compte.

– Bien. C'est toi qui décides. Quel est le programme de demain ?

– L'hélicoptère sera prêt à décoller à sept heures. Nous ferons halte à Shabwa, parce que mes gens comptent sur ma visite, et puis nous irons jusqu'au lac de Fuad.

– C'est loin ?

– Environ cent cinquante kilomètres plus loin, dans le désert.

Ils arrivaient au perron de la villa. Kate se tourna vers Abu.

– Où sont les Scouts en ce moment ?

– Ils étaient en manœuvre du côté d'El Hajiz, répondit en anglais son garde du corps. L'eau est bonne et abondante, par là-bas. Mais ils se sont peut-être déjà déplacés.

– Je pense que le *sahib* Villiers les rejoindra bientôt. Tu restes sur ses talons, tu le surveilles, et quand il se met en route tu le suis. Prends une de nos Land Rover.

– Quels sont vos ordres ?

– Il fait le difficile. Je crois qu'il a besoin d'une nouvelle leçon.

– Le nouveau commandant en second ?

– Peut-être qu'il suffirait de leur flanquer une bonne frousse. Ça se fera selon la volonté d'Allah. Je m'en remets à toi. Bonne nuit.

La porte en cuivre s'ouvrit devant eux comme par magie, le domestique les salua en inclinant le buste, Kate entra dans la villa, suivie de Rupert.

– Rappelle-moi de ne jamais te donner la moindre raison d'être en rogne contre moi, dit-il.

– Il n'y a pas de risque de ce côté-là, répondit-elle, et elle sourit. Tu ne présentes aucun danger, mon chéri. Parce que après tout, tu es un Dauncey !

Abu se rendit au souk, noua un keffieh autour de son visage, et entra dans la gargote que les Scouts avaient l'habitude de fréquenter quand ils étaient en ville. Ils étaient bien là – Ahmed et ses quatre camarades –, assis autour d'une table, buvant du café. De nombreux autres hommes emplissaient la petite salle ; certains debout, d'autres assis, d'autres encore agenouillés contre le mur. Abu tira le foulard jusque sous ses yeux, s'accroupit près d'Ahmed en baissant la tête, et tendit l'oreille.

Ahmed n'avait manifestement rien dit à ses amis de la mort de Selim, pas même par allusions. Abu l'entendit leur raconter que l'ancien sergent de Villiers avait appris que sa famille avait des problèmes, et avait décidé de rentrer chez lui.

C'est alors que le colonel fit son apparition dans le café. Les Scouts se levèrent prestement.

– Selim était bouleversé, *sahib*, dit Ahmed. Je crois que sa famille a de gros ennuis. On ne le voit plus nulle part. Il a dû partir là-bas.

– Alors c'est toi qui es mon sergent, désormais, répondit Villiers. Nous partons à l'aube pour El Hajiz. Préparez les Land Rover et passez me prendre à l'hôtel.

– À vos ordres, *sahib*.

Villiers tourna les talons et sortit. Ahmed et ses camarades s'en allèrent eux aussi quelques instants plus tard. Ce n'est que lorsqu'ils eurent tous disparu qu'Abu se remit debout pour rentrer à la villa.

Connaissant la destination des Scouts, Abu quitta Hazar avant même le lever du jour, au volant d'une Land Rover. Kate Rashid et Rupert, quant à eux, furent conduits par un domestique jusqu'à la petite plate-forme d'atterrissage qu'elle avait fait construire à la sortie de la ville pour son hélicoptère personnel – un Scorpion qui pouvait transporter jusqu'à huit passagers. Le pilote n'était autre que Ben Carver, qui les attendait près de l'appareil, vêtu d'une salopette bleue de la RAF.

– Bonjour, Ben, dit Kate. Je vous présente mon cousin, Rupert Dauncey. Comment est la météo ?

– Eh bien... Il va faire une chaleur de tous les diables, mais ça, ça n'a rien d'original. Pour Shabwa il n'y aura aucun problème. Par contre il se pourrait bien que nous ayons une tempête de sable dans la zone de Fuad.

– Nous n'aurons qu'à faire front. Mettons-nous en route.

Le Scorpion descendit vers la piste d'atterrissage de Shabwa, énorme oasis aux palmiers abondants, et dont le bassin avait la taille d'un petit lac. Au milieu des arbres, quantité de tentes bédouines, ainsi que des chevaux, des chameaux, des troupeaux de chèvres, et plusieurs Land Rover. L'hélicoptère se posa. À peine Kate en sortait-elle qu'une foule nombreuse se précipita vers elle, non seulement les guerriers Rashid armés de leurs fusils, mais aussi les femmes et les enfants. Des coups de feu furent tirés en l'air, les enfants poussèrent des cris ravis, et tous se rassemblèrent autour de la comtesse, essayant de la toucher, l'apostrophant pour la saluer.

Les soldats repoussèrent les curieux et se rangèrent en deux haies pour permettre à Kate et à Rupert d'avancer. Deux jeunes garçons vinrent à leur rencontre en courant, apportant des djellabas qu'ils les aidèrent à les enfiler.

Elle leva le bras en l'air, poing serré.

– Mes frères !

La foule poussa un rugissement approbateur, de nouveaux coups de feu retentirent. Elle ouvrit la marche jusqu'à l'immense tente ouverte sur trois côtés qu'on avait dressée à l'occasion de sa visite. Kate et son cousin s'assirent sur les confortables coussins posés à même les tapis. Deux chefs locaux, des hommes très âgés, s'installèrent en face d'eux, jambes croisés, et ils entamèrent avec Kate une conversation animée en arabe. Rupert alluma une cigarette. On lui servit un café épais et sucré dans une tasse en fer-blanc, avec des gâteaux. Les deux chefs prirent aussi du café. De nombreux curieux étaient assis tout autour de la tente, les observant.

– Incroyable, dit Rupert. Je n'avais jamais vu une chose pareille.

– C'est mon peuple. Ils m'aiment.

– Oui, et ce n'est que la moitié de toi ! Quand tu m'as emmené à Dauncey le mois dernier, j'ai vu les villageois se comporter de la même façon que ces Bédouins. Bon sang ! Je me souviendrai longtemps du moment où nous sommes entrés au Dauncey Arms pour prendre un verre, et où toute la salle s'est levée comme un seul homme pour te saluer.

– Les gens de Dauncey comptent tout autant pour moi, je les aime autant que ceux d'ici. Les racines des Dauncey sont profondes, Rupert. Ce sont aussi tes racines, ne l'oublie pas.

– Oui... Tout ça, il faut savoir s'en montrer digne, murmura-t-il – et à son propre étonnement il se rendit compte qu'il pensait vraiment ce qu'il disait.

Les femmes apportèrent plusieurs plats : du riz, des lentilles, du pain sans levain, et une sorte de ragoût.

– Nom de Dieu, qu'est-ce que c'est que ça ? demanda Rupert.

– De la chèvre, mon chéri. Ne refuse pas d'en manger, car tu les offenserais gravement.

– Seigneur...

– Ni couteau ni fourchette. Ici nous mangeons avec la main. Et surtout veille à te servir de ta main *gauche*.

Elle sourit.

– Maintenant, vide ton assiette comme un bon garçon, que nous puissions nous remettre en route sans trop tarder.

Ils repartirent une heure et demie plus tard.

– Qu'est-ce que je vais découvrir, à Fuad ?

– Concrètement, un camp d'entraînement militaire. Nous y recevons des jeunes gens de tous les principaux pays arabes. Nous leur enseignons diverses techniques de combat, ainsi que le maniement des armes de poing, des mitrailleuses, et de quelques joujoux plus sophistiqués comme les bazookas.

– Vous leur apprenez aussi à fabriquer des bombes ?

– En effet, quoique ça reste d'un niveau assez élémentaire. Il s'agit surtout de leur apprendre à utiliser efficacement quelques explosifs, avec les divers détonateurs du marché. Il y a une limite à ce que nous pouvons leur enseigner. Et l'entraînement n'est pas du niveau habituel de l'IRA. Nous avons en moyenne une cinquantaine de recrues dans le camp, des hommes pour la plupart mais aussi quelque femmes. Ils passent huit semaines ici, et puis rentrent chez eux où ils peuvent transmettre à d'autres ce qu'ils ont appris.

– Qui sont les instructeurs ?

– Des Palestiniens, pour la plupart.

– Ils sont bons ?

– Difficile de trouver de la main-d'œuvre qualifiée. Cependant, l'instructeur en chef est un expert. Il s'appelle Colum McGee. Il a passé des années et des années avec l'IRA.

– Et quel est le but de tout ça, au fond ?

– Avoir un maximum de jeunes gens raisonnablement formés, répartis à travers tout le Moyen-Orient, qui ne demandent pas mieux que de renverser leurs gouvernements, et qui haïssent le capitalisme et les riches.

– Mais Kate, tu *es* une capitaliste – et tu es incroyablement riche ! Malgré ça tu veux déstabiliser le système ? Ça n'a pas de sens.

– Ça en a, mon chéri. Ça en a parce que je veux me venger. Parce que j'ai un plan pour me venger de ceux qui m'ont fait souffrir.

– Un plan ? Tu m'en parles ?

– Plus tard, Rupert. Le moment venu, tu sauras tout.

Elle jeta un regard par le hublot. Des tourbillons de sable apparaissaient çà et là à la surface du désert. Ben Carver avait vu juste : une tempête se levait.

Villiers et ses hommes avaient bien avancé à travers la zone montagneuse du Hazar, passant entre les mêmes falaises que la veille, et se dirigeaient à présent vers le bassin de Hama. Depuis un moment le vent forcissait et soulevait des tourbillons de sable, les obligeant à se couvrir la bouche et le nez avec leurs keffiehs.

Comme ils arrivaient en vue du bassin, le colonel se tourna vers Ahmed.

– Nous allons profiter de cet arrêt pour remplir les outres.

– À vos ordres, *sahib*.

Ahmed sortit du véhicule avec deux Scouts. Villiers resta assis à l'abri du pare-brise ; il alluma une cigarette en mettant les mains en coupe autour de la flamme du briquet. Les hommes avaient rempli les six sacs en peau de chèvre à la source, et ils revenaient vers les Land Rover lorsqu'une détonation se fit entendre. Un trou apparut dans le sac qu'Ahmed portait de la main gauche ; l'eau en jaillit. Les trois Scouts lâchèrent les outres et coururent se mettre à l'abri des Land Rover. Ils s'accroupirent, l'arme au poing.

– Ne tirez pas, ordonna Villiers.

Le vent gémit sourdement, soulevant des panaches de sable autour des voitures, puis s'apaisa.

– Regardez là-bas, *sahib* ! s'écria Ahmed. On dirait des traces de pneus... Oui ! Un 4×4, à coup sûr. Quelqu'un est passé par ici il y a très peu de temps. C'est peut-être Abu.

Villiers commença à se redresser, mais Ahmed le retint par la manche.

– Non, *sahib*, pas vous !

– Je crois que c'est Abu, en effet. S'il a pu toucher l'outre, il aurait pu te tuer sans difficulté. Il ne me tuera pas parce que la comtesse veut que je reste en vie. Il joue avec nous, il essaie juste de nous faire peur. Je vais te le prouver.

Il se mit debout et cria en arabe :

– Abu, n'as-tu aucune fierté ? Aucun courage ? Pourquoi ne viens-tu pas me faire face ?

Il s'écarta de la Land Rover, offrant une cible facile à l'homme de main de Kate Rashid.

– Je suis là, ajouta-t-il en écartant les bras. Et toi, où es-tu ?

Le sable tournoyait autour d'eux, et la visibilité était très réduite. Ils entendirent un moteur démarrer, puis un véhicule s'éloigner.

– Il est parti, *sahib*, dit Ahmed.

– Nous devrions nous en aller, nous aussi, et nous mettre à l'abri quelque part. La tempête risque de durer un moment.

Au bout du défilé de Hama se trouvaient les ruines d'un vieux fort militaire de l'époque coloniale. Les étables avaient encore un toit. Ils y garèrent les Land Rover.

– Allumez le réchaud à alcool, dit Villiers à Ahmed. Café pour vous tous, thé pour moi. Et une ration alimentaire pour chaque homme. Chacun choisit ce qu'il veut.

– À vos ordres, *sahib.*

Villiers contempla quelques instants le désert, où le vent fouettait furieusement le sable au-dessus des dunes. Il se demandait comment Abu s'en sortait dans cette tourmente – et se demandait encore plus quelles étaient ses intentions futures.

Le Scorpion parvint à Fuad avant que la tempête n'ait atteint son intensité maximale. Par la vitre, Rupert distingua les palmiers de l'oasis, et son excellente vue lui permit aussi d'apercevoir une sorte de blockhaus, un champ de tir, et de nombreuses tentes bédouines telles qu'elles avaient évolué au fil des siècles pour s'adapter aux caprices du Quartier Vide – y compris les tempêtes de sable.

De nombreux hommes attendaient près du pas d'atterrissage, le keffieh sur le visage pour se protéger du sable. Kate se tourna vers Rupert.

– Le souffle d'Allah. Voilà comment les Bédouins appellent ce vent.

– Allah doit être de bien mauvaise humeur !

Carver posa l'appareil entre deux bouquets de palmiers. Aussitôt, des hommes accoururent avec des cordes qu'ils attachèrent aux patins du Scorpion et tendirent jusqu'aux arbres.

Ben Carver arrêta le moteur.

– Seigneur, dit-il. C'était moins une, avec cette saloperie de vent.

– Vous avez fait du bon travail, répondit Kate.

Le pilote sauta à terre et tint la portière ouverte. Kate s'enveloppa la tête dans un grand foulard, protégeant sa bouche en particulier, et sortit de l'hélicoptère. Quelqu'un lui tendit la main pour l'aider – un homme assez corpulent, vêtu d'un jean et d'un blouson d'aviateur, le visage dissimulé par un keffieh. Rupert les suivit tandis qu'ils se précipitaient vers les tentes, suivis par de nombreux Bédouins.

La tente dans laquelle ils s'engouffrèrent était vaste et bien aménagée, avec des tapis sur le sol, des coussins pour s'asseoir et une table basse. L'ensemble avait un aspect plutôt cossu. Des tentures décoratives ondulaient doucement contre les toiles extérieures que le vent lacérait. Ici le vacarme de la tempête était étouffé, lointain.

L'homme en blouson retira son keffieh, dévoilant une barbe broussailleuse. Il s'appelait Colum McGee, et il souriait largement.

– Ça fait plaisir de vous voir, comtesse.

Elle fit les présentations entre Rupert et l'Irlandais. C'est alors que Carver entra dans la tente.

– Combien de temps la tempête va-t-elle encore durer ? demanda-t-elle.

– Je viens d'écouter le dernier bulletin météo. Ça devrait se calmer d'ici deux à trois heures.

Elle consulta sa montre.

– Onze heures. Ça nous laisse le temps de faire la visite d'inspection et d'être rentrés à Hazar avant la tombée de la nuit. Mais avant tout, Colum, ça ne nous ferait pas de mal de manger quelque chose.

– Eh bien... Je ne suis pas en mesure de vous offrir un vrai petit-déjeuner irlandais, comtesse, mais les femmes de la cuisine font un excellent pain sans levain, et elles ont aussi du ragoût d'agneau ou de chèvre. Sinon, je peux vous proposer diverses conserves. Du corned-beef, des pommes de terre nouvelles, des carottes, des petits pois...

– Très bien, ça fera l'affaire, l'interrompit-elle. Ben, avez-vous apporté la glacière ?

– J'ai demandé à un homme de la mettre à la cuisine.

– Bien. Nous allons prendre un verre ensemble.

Carver quitta la tente par une tente-tunnel menant à la cuisine. Il y avait là une cheminée centrale en pierre, au-dessus de laquelle mijotaient trois marmites suspendues à des crochets. Une demi-douzaine de femmes s'occupaient à diverses tâches. La glacière en plastique bleu se trouvait sur une table basse.

Dans la tente principale, Kate Rashid s'adressa à Colum McGee :

– Ben Carver ne sait que ce que ses yeux ont pu lui montrer – le camp, et un aperçu de l'entraînement de nos recrues. Je ne veux pas qu'il en sache davantage. Nous ne parlerons sérieusement qu'après le repas.

– Comme vous voudrez. Je vais dire aux femmes de nous servir. Cependant, n'oubliez pas qu'un vieux de la RAF comme Ben Carver n'a pas les yeux et les oreilles dans sa poche.

Comme Colum s'éloignait, Ben reparut avec la glacière, qu'il ouvrit lui-même. À l'intérieur, trois bouteilles de champagne et des verres à vin en plastique. Il déboucha une bouteille et commença à faire le service.

– Quatre verres, Ben, précisa Kate en lui souriant.

– Le grand luxe, comme à la maison, observa Rupert à l'attention de sa cousine.

– Je préfère voir ça comme un pique-nique.

L'Irlandais revint.

– Alors, Colum, dit-elle, comment va votre programme d'entraînement ?

– C'est comme d'habitude, répondit-il avec un haussement d'épaules qui trahissait une certaine lassitude.

Ils s'assirent sur les coussins, le verre à la main.

– Attention ! ajouta Colum. Je ne dis pas que ces gamins palestiniens ne sont pas doués. Et ils ne manquent pas de fougue. Mais contre des troupes israéliennes, ils ne tiendraient pas longtemps.

– Je suis certaine que vous faites de votre mieux. Mangeons, à présent, et nous reparlerons de tout ça plus tard.

Au vieux fort, la tempête se calmait déjà. Villiers et ses hommes attendaient, sans impatience. Finalement il sortit son Codex 4 pour appeler Bobby Hawk.

– Où êtes-vous ?

– À une trentaine de kilomètres de l'oasis d'El Hajiz. Et vous ?

Villiers lui répondit.

– Vous êtes en déplacement ? ajouta-t-il.

– Non, nous nous sommes mis à l'abri dans une grotte.

– Bien. La tempête sera terminée d'ici une heure. Retrouvons-nous à El Hajiz. Nous avons perdu deux hommes, à propos. Omar et Selim.

– Seigneur ! Comment est-ce arrivé ?

– Je vous raconterai ça quand nous nous verrons.

Coupant la communication, il fit signe à Ahmed.

– Apporte-moi du thé.

Il reprit son téléphone et appela Ferguson à Londres pour le mettre au courant de la situation.

À Fuad, le repas s'acheva rapidement.

– J'ai connu pire, dit Kate Rashid. Colum, vous avez bien fait les choses.

– Nous sommes là pour vous donner satisfaction.

– Je suis heureuse de l'entendre. Parlons plus sérieusement, maintenant, dit-elle, et elle se tourna vers Carver. Si vous voulez bien nous excuser, Ben, nous allons avoir une réunion de travail.

Carver se leva et sortit sans demander son reste. L'argent qu'elle lui donnait pour son travail contentait largement sa cupidité. S'il ne pouvait faire autrement que de connaître l'existence du camp de Fuad, il aimait autant en savoir le moins possible sur ce qui s'y passait.

Sous la tente, Kate demanda à Colum :

– Comment ça va avec les instructeurs palestiniens ? Ils se comportent comment vous voulez ?

– Ça se passe bien.

– Parfait. Autre chose, maintenant. Si j'avais en tête un projet important qui nécessite l'intervention d'un expert en explosifs, où devrais-je m'adresser ? Je vous ai déjà posé la question la dernière fois que nous nous sommes rencontrés, souvenez-vous, et je vous avais demandé d'y réfléchir.

– Les meilleurs, au niveau international, ça reste les gars de l'IRA, même si certains types du camp des Protestants commencent à arriver sur le marché. Que sont devenus les spécialistes que vous aviez engagés pour abattre le Conseil des Aînés sur la route des Saints Puits ? Il y avait Aidan Bell, n'est-ce pas, avec Tommy Brosnan et Jack O'Hara ?

– Morts. Tous les trois. C'est Sean Dillon en personne qui a tué Aidan.

– Ah, Sean... Un vrai salopard, celui-là. Nous avons pourtant été très copains, autrefois, dit Colum, puis il eut un sourire mauvais. Quand je pense qu'il bosse aujourd'hui pour la Couronne...

– Alors, l'interrompit-elle, avec qui me suggérez-vous de travailler ?

– Barry Keenan. Voilà le bonhomme qu'il vous faut. C'est assez drôle, d'ailleurs, parce que Barry est le neveu d'Aidan Bell. Aujourd'hui c'est lui qui tient le territoire de Drumcree. Il en a éjecté l'IRA Provisoire, qu'il considère comme un ramassis de mauviettes. Son affection, ces temps-ci, va à l'IRA Véritable, des durs à cuire qui sont revenus aux revendications du républicanisme à l'ancienne. Il y a un vieux dicton irlandais qui dit, grossièrement traduit, que ces gars-là tueraient le Pape s'ils considéraient que ça peut servir leur cause.

– Amusant. Pouvez-vous m'organiser une rencontre avec Keenan ?

– Pas en Angleterre. Plusieurs juges n'attendent que l'occasion de le cueillir et de l'envoyer en prison, sous divers chefs d'inculpation.

– En Irlande, alors ?

– Oui. Là-bas, par contre, aucun problème. Même dans le Nord la police de la Couronne ne le toucherait pas. Depuis le début du processus de paix, il est tranquille.

– Je le verrai donc à Drumcree. Arrangez ça pour moi.

– Ça prendra peut-être du temps.

– Je ne suis pas pressée, dit-elle, et elle se leva. Voyons si le vent est suffisamment tombé pour que Rupert jette un œil sur le camp.

Colum considéra le cousin de Kate Rashid d'un air intrigué.

– Vous connaissez un peu le genre de choses que nous faisons ici, monsieur Dauncey ?

– Hmm, on peut dire ça comme ça, répondit Rupert avec un sourire nonchalant.

Plusieurs Bédouins les escortèrent jusqu'à une vaste tente plantée à la lisière de l'oasis. Une demi-douzaine de jeunes Arabes se trouvaient là, avec un instructeur, autour d'une table à tréteaux sur laquelle étaient étalés les divers éléments nécessaires à la fabrication d'engins explosifs. Il y avait des crayons détonateurs et autres amorces, des minuteries, plusieurs échantillons d'explosifs. Rien que du très basique, cependant – et sûrement pas de quoi impressionner Rupert.

– Passons à autre chose, dit-il à McGee. Avant que je ne perde mon enthousiasme.

Ils se dirigèrent vers le champ de tir. Les recrues étaient allongées à plat ventre sur le sol, le fusil à l'épaule, face à des cibles en forme de silhouette humaine placées à quatre cents mètres de distance.

– Passez-moi vos jumelles, dit Rupert à McGee.

Il examina les cibles.

– C'est mauvais, tout ça. Quelques touches accidentelles, mais la plus grande partie des balles passent à côté.

– Et vous pourriez faire mieux ? Si vous étiez familier de l'AK, vous sauriez qu'il donne le meilleur de lui-même en tant qu'arme automatique de courte portée. Quatre cents mètres, c'est beaucoup, même pour les meilleurs tireurs, rétorqua Colum d'un ton sarcastique. Mais je me trompe peut-être, et vous êtes un intime de l'AK ?

– Hmm... J'ai reçu une balle d'AK dans l'épaule gauche, c'est vrai. Mais par chance c'était pendant la dernière semaine de la guerre du Golfe.

Il sourit, avant d'ajouter :

– Personnellement j'ai toujours pensé qu'il faisait un excellent fusil à répétition.

Colum McGee se dirigea vers le râtelier. Il y saisit un AK, prit un chargeur sur l'étagère voisine, apporta le tout à Rupert.

– Faites-nous donc une démonstration.

– Avec plaisir.

Dauncey passa les jumelles à Kate.

– Prenons juste les cinq premières cibles à gauche, et les cinq sur la droite.

Colum fit signe à l'instructeur de donner un coup de sifflet. Les jeunes Arabes cessèrent de tirer, déchargèrent leurs armes et se levèrent. L'instructeur leur ordonna de reculer. Rupert s'avança. Il ne s'allongea pas sur le sol, mais resta debout. L'AK à l'épaule, il se mit à tirer lentement, méthodiquement, sur les cibles. Un murmure d'admiration s'éleva de l'assistance quand il eut terminé. Kate rendit ses jumelles à McGee.

– Dix touches en pleine tête. Je ne connais qu'un seul homme qui soit aussi doué, et c'est celui-là même qui a tué mon frère George et trois autres hommes à quatre cents mètres de distance. Il s'appelle Sean Dillon.

– Jamais vu un truc pareil, marmonna Colum.

– Vous ne seriez plus là pour le dire, répliqua Kate. Et maintenant ?

– Je vous montre le combat à mains nues. Dans l'ensemble, ils sont bons. Il faut dire que la plupart d'entre eux ont grandi dans la rue.

Cette activité avait lieu de l'autre côté de l'oasis, entre les palmiers, dans une large clairière où le sable était profond et souple. Les jeunes gens s'y affrontaient par paires. L'instructeur était un colosse au crâne chauve et à la moustache fournie, qui s'appelait Hamid et parlait un anglais très convenable.

– Mon cousin aimerait voir comment vous les formez, dit Kate.

Hamid toisa Rupert d'un air amusé.

– Ah, je comprends. Les touristes veulent du spectacle.

Il apostropha deux garçons et leur fit signe d'approcher.

– Essayez de me faire tomber, ordonna-t-il.

Les garçons échangèrent un regard inquiet.

– J'ai dit, essayez de me faire tomber ! cria Hamid.

Ils se jetèrent sur lui dans un même élan. Il évita sans difficulté le coup de poing du premier garçon qui l'atteignit, l'agrippa par la veste et se laissa tomber en arrière, un pied sur le ventre de son adversaire qu'il envoya valser en l'air par-dessus sa tête. Le jeune homme s'effondra par terre, Hamid roula sur le ventre et, dans le même mouvement, décocha un coup de pied à l'autre garçon – lui délogeant la rotule du genou gauche. Le garçon poussa un hurlement de douleur et s'écroula.

Hamid se remit debout et s'avança vers Kate, Rupert et McGee, les mains sur les hanches, un sourire victorieux aux lèvres.

– Ça vous suffit ? lança-t-il avec morgue.

– Nom de Dieu, vous êtes trop bon pour moi. Restons-en là, répondit Rupert en levant une main en signe d'apaisement.

Hamid éclata de rire, rejetant la tête en arrière. Rupert lui envoya un violent coup de pied à l'entrejambe. L'instructeur se courba brusquement en deux et s'écroula en position fœtale. Rupert posa un pied sur sa nuque.

– Vous êtes imprudent, mon ami. Très imprudent. Je pourrais facilement vous briser le cou, mais je ne le ferai pas parce que je pense que dans cette région il est difficile de trouver des hommes qui font votre boulot.

Il se tourna vers Kate.

– C'est terminé ? Nous pouvons y aller ?

– Salaud, dit-elle, et elle éclata de rire.

Carver était en train de bricoler à l'intérieur du Scorpion. Il descendit de l'appareil quand il les vit approcher.

– Vous êtes prêts à rentrer ?

– Nous passerons la nuit à Hazar, et demain matin à sept heures nous repartons à Northolt avec le Gulfstream, dit-elle, puis elle se tourna vers McGee. Je compte sur vous, pour Keenan et le rendez-vous de Drumcree, OK ?

Elle monta à bord de l'hélicoptère, suivie de Rupert et de Carver ; ils décollèrent quelques instants plus tard.

Quand Villiers et ses hommes atteignirent El Hajiz, Bobby Hawk s'y trouvait déjà avec sa troupe et leurs trois Land Rover.

– Heureux de vous revoir, dit Villiers en lui serrant la main. Le voyage a été bon ?

– Meilleur que le vôtre, j'ai l'impression. Que s'est-il passé ?

– Je vous raconterai tout ça plus tard. Dressons le camp.

Ils garèrent les cinq Land Rover en demi-cercle contre un escarpement, en tournant le dos aux palmiers et au bassin. Quelques hommes, la *jambiya* en main, coupèrent du petit bois dans les buissons alentour pour allumer un feu. Bientôt, de l'eau fut mise à chauffer dans deux casseroles. Villiers rassembla les Scouts pour leur parler.

– À ceux d'entre vous qui n'étaient pas avec moi, je dois annoncer qu'Omar a été tué par un sniper au bassin de Hama.

Un murmure de colère s'éleva du groupe.

– Calmez-vous. Ensuite, Selim a été assassiné à Hazar, la gorge tranchée. Je sais qui a commis ces deux meurtres. Il s'agit d'Abu, le garde du corps de la comtesse. Il aurait pu me tuer, moi, sans difficulté, mais il ne l'a pas fait. À Hama tout à l'heure, il a de nouveau attaqué, en visant une outre qu'Ahmed portait à la main. Manifestement il aurait pu le tuer, lui aussi, mais a choisi de lui laisser la vie sauve. Je me suis mis à découvert, je l'ai appelé pour qu'il se montre, là encore il aurait pu m'éliminer mais il n'en a rien fait. Parce que la comtesse veut que je reste en vie. Je ne mourrai que si nous franchissons la frontière. Par conséquent nous restons au Hazar pour le moment. Je voulais que vous soyez tous au courant de la situation.

Il se tourna vers Ahmed.

– Trois hommes aux mitrailleuses. Les autres peuvent manger.

Un moment plus tard, Villiers et Bobby se virent apporter chacun une assiette de ragoût, spécialité de la maison Heinz, composé de haricots à la tomate et d'une soupe à la volaille et aux poireaux. Avec autant de pain sans levain qu'ils pouvaient le souhaiter.

– Ce n'est pas à proprement parler le mess des officiers à Windsor, observa Villiers.

– Ça se mange, répondit Bobby Hawk avec un haussement d'épaules. Tous ces machins en boîte que nous ingurgitons, ça m'a donné le goût des plats simples et bons.

Il n'avait que vingt-deux ans, mais il avait déjà fait un tour au Kosovo avec les Lifeguards, dans les tanks Challenger et autres véhicules blindés. Il n'avait pu résister à l'idée de rejoindre le corps des Hazar Scouts quand l'armée lui en avait fait la proposition – même si cela avait eu pour conséquence de l'empêcher de monter en grade. Villiers, bien sûr, aurait pu lui expliquer que ce n'était qu'un retardement temporaire. Son passage chez les Scouts, au contraire, compterait beaucoup pour l'avenir de sa carrière militaire.

Ils terminèrent le repas. Un homme vint chercher leurs gamelles, un autre leur apporta des tasses en émail et une bouilloire emplie de ce thé noir amer que Bobby lui-même commençait à apprécier. Le crépuscule tombait. Les hommes allèrent s'asseoir contre les Land Rover, laissant Villiers et son commandant en second seuls près du feu.

– Vous pensez qu'il est là, mon colonel – Abu, je veux dire ? demanda Bobby Hawk.

– J'en suis certain.

– Vous croyez qu'il va encore frapper ?

– Oui, mais je doute qu'il veuille tuer un troisième homme. Il nous enverra de nouveau un avertissement. Pour me rappeler que Kate Rashid me tient à la gorge.

– J'espère que vous avez raison, dit le jeune sous-lieutenant, non sans une certaine émotion.

Ils restèrent là une heure entière, bavardant. Un Scout s'approcha, jeta des branches sur le feu, prit la bouilloire et la ramena pleine quelques instants plus tard.

Bobby la saisissait pour servir le thé, lorsqu'une détonation brisa le silence du crépuscule : un trou apparut dans la bouilloire que le jeune homme lâcha précipitamment tandis que l'eau brûlante en jaillissait.

– Seigneur !

Bobby Hawk se releva d'un bond en tirant un Browning de son holster. Il regarda autour de lui, prêt à faire feu.

– Non ! cria Villiers. C'est Abu, encore une fois. S'il a pu toucher la bouilloire, il aurait pu aussi bien vous abattre.

Mais les Scouts s'étaient eux aussi jetés sur leurs armes, et l'un des mitrailleurs se mit tout à coup à tirer dans l'obscurité. Villiers se redressa en agitant les bras.

– Arrêtez ! ordonna-t-il. Il ne tirera plus.

Le silence revint. Bobby rangea le Browning et eut un petit rire tremblant.

– J'espère que vous avez raison, mon colonel.

Et c'est alors qu'une deuxième détonation fendit l'air – un coup de feu qui atteignit le jeune homme en pleine poitrine, le soulevant de terre et le projetant en arrière. Les Scouts poussèrent un rugissement furieux et se mirent à tirer au hasard dans la nuit tombante. Villiers s'accroupit près de Bobby, qui eut un haut-le-cœur convulsif avant de rendre l'âme.

Le colonel Tony Villiers fut soudain la proie d'une colère comme il n'en avait jamais connu. Il hurla à ses hommes :

– Cessez le feu *maintenant* !

Ils baissèrent leurs armes avec dépit. Il se plaça le dos au feu, écartant les bras en grand.

– Abu, je suis là ! Où es-tu ? Tu tues des enfants, maintenant ? Viens, essaie d'avoir un homme !

Mais pour seule réponse, il entendit le bruit d'une Land Rover qui démarrait en trombe et s'éloignait dans le désert.

Abu conduisait d'une main, en tenant de l'autre un foulard contre sa joue droite. Il avait eu de la chance. Une balle perdue de mitrailleuse, juste après qu'il avait touché la bouilloire, avait éraflé son visage. Il s'en voulait d'avoir commis un acte injustifié. Sa stratégie était bonne – l'outre d'Ahmed à Hama, la bouilloire près du jeune officier ce soir. Il souhaitait juste leur montrer qu'il avait la capacité de les tuer, si nécessaire. Son second coup de feu contre Bobby Hawk ne pouvait même pas prétendre à l'excuse d'un geste réflexe. Il avait pris son temps, hésité – et puis la fureur et la douleur de sa blessure avaient eu raison de lui. Il n'avait pas tiré sur Villiers ; il avait eu assez de bon sens pour éviter cette erreur. La comtesse le comprendrait. Il l'espérait, en tout cas. Il se rangea sur le côté de la route, ouvrit la trousse de secours et en sortit des pansements pour se soigner. Puis il redémarra, roulant à vive allure à travers la nuit en direction d'Hazar.

Les hommes étaient en train de glisser le corps de Bobby Hawk dans une housse mortuaire. Villiers, assis près du feu, buvait du whiskey au goulot d'une bouteille qu'il conservait dans la trousse de secours pour les urgences médicales. Il en avala une longue gorgée, puis tira sur sa cigarette.

Il avait demandé à Kate Rashid pourquoi Abu ne l'avait pas abattu, lui, d'une balle en pleine tête. Elle avait répondu qu'il était trop important, et elle le pensait sincèrement. Il avait laissé cette affirmation obscurcir son jugement, il s'était trompé – trompé sur toute la ligne ! Et Bobby Hawk l'avait payé de sa vie.

Ahmed s'approcha.

– Voulez-vous voir le *sahib* sous-lieutenant une dernière fois ?

– Oui, merci. Je viens.

Il s'accroupit près de la housse mortuaire, dont la fermeture Éclair n'était remontée que jusqu'à la poitrine du mort, et contempla le visage de Bobby Hawk, ses yeux clos pour l'éternité... Une pensée insoutenable lui envahit l'esprit : dès le lever du jour la chaleur du désert entamerait un très rapide processus de décomposition du corps. Mais il y avait peut-être une solution. Villiers se tourna vers Ahmed.

– Fermez la housse et attachez le sous-lieutenant au capot d'une Land Rover comme nous l'avions fait avec Omar. Nous partons dans dix minutes. Nous rentrons à Hazar cette nuit.

– À vos ordres, *sahib* colonel.

Villiers s'assit sur un rocher, sortit le Codex et composa le numéro de la ligne sécurisée de Ferguson au ministère de la Défense. Le général était dans son bureau.

– C'est moi, Charles. Un nouveau drame vient de se produire.

Hannah Bernstein et Dillon se trouvaient à ce moment-là avec Ferguson, qui agita la main pour attirer leur attention et appuya sur le bouton du haut-parleur du téléphone rouge.

– Racontez-moi ça, Tony.

Villiers s'exécuta.

– J'ai commis une erreur monumentale, conclut-il. Et ce pauvre garçon en est mort.

– Ce n'est pas de votre faute, objecta Ferguson. La responsable, c'est Kate Rashid.

– Vous devriez appeler l'officier principal des Lifeguards. La mère de Bobby est veuve, et il a deux sœurs qui sont à l'université. Il faut les prévenir.

– Je pense que les Lifeguards s'en chargeront.

– Charles... Vous savez combien de temps un cadavre peut durer, par ici. J'ai donc un service à vous demander.

– Quoi donc ?

– Si vous pouviez nous envoyer Lacey et Parry avec le Gulfstream. Qu'ils décollent immédiatement de Farley Field... Ils arriveraient ici dans une dizaine d'heures. Moi, je trouve un cercueil à Hazar, j'accélère la paperasserie et ils pourront le ramener illico à Londres.

– Certainement, répondit Ferguson, et il fit signe à Hannah. Occupez-vous de ça immédiatement, commissaire.

Elle sortit du bureau.

– Autre chose ? demanda le général à Villiers.

– Oui. Je veux que vous sachiez qu'à partir de maintenant, je travaille pour vous. Il se passe quelque chose, par là-bas, et je vais faire le maximum pour découvrir ce dont il s'agit. Et tout ce que je pourrai faire pour la mettre hors d'état de nuire, je le ferai.

– C'est bon à savoir. Nous vous rappelons pour vous avertir de l'heure d'arrivée de Lacey et Parry.

Villiers raccrocha. Ahmed l'avertit que les Scouts étaient prêts pour le départ.

– Bien, dit-il. En route.

Il monta dans la Land Rover de tête, à côté d'Ahmed, et le convoi démarra.

Abu arriva à cinq heures du matin à la Villa Rashid. Le domestique l'informa que la maîtresse des lieux était déjà levée et qu'elle prenait sa douche. Il lui servit du café, puis alla prévenir la comtesse du retour de son garde du corps. Elle apparut bientôt en haut de l'escalier, enveloppée dans un peignoir. Abu se leva. Rupert Dauncey rejoignit sa cousine, vêtu d'un pantalon kaki et d'une saharienne.

Ils descendirent les marches.

– Ton visage fait peine à voir, dit-elle. C'est grave ?

– La caresse d'une balle. Aucun problème.

– Comment est-ce arrivé ?

Il lui raconta la scène, sans rien omettre.

– À cause de moi vous allez avoir des ennuis, madame la Comtesse. Le colonel ne laissera pas passer ça.

– Ce qui est fait est fait, répondit-elle, puis elle fronça les sourcils. Mais Villiers va sans doute revenir très vite à Hazar avec le corps. Je veux que tu partes d'ici sur-le-champ. En quittant la ville, appelle le docteur Yolpi, qu'il te soigne, puis file dans le Quartier Vide. Va à Shabwa, et attends là-bas jusqu'à ce que je te fasse signe.

Elle tendit la main, Abu la saisit et y déposa une bise, puis sortit sans un mot.

– Que fait-on ? demanda Rupert.

– Je vais m'habiller. Toi, tu fais les bagages. Nous partons à l'aéroport aussi vite que possible.

Elle se tourna vers le domestique, qui patientait en silence.

– Fais venir la limousine devant la porte.

Comme ils remontaient l'escalier, Rupert s'étonna :

– Pourquoi précipiter le départ ?

– J'ai un mauvais pressentiment. À cause de Tony Villiers. Je préfère ne pas le voir pour le moment.

– Quoi ? La dure femme que je connais aurait-elle peur, tout à coup ?

– Va te faire voir, mon chéri.

Un quart d'heure plus tard, ils étaient de retour dans le vestibule. Rupert portait leurs deux valises. Le domestique ouvrit la porte. Ils sortirent de la villa et trouvèrent les cinq Land Rover des Hazar Scouts garées dans la rue. Il y avait un homme à chaque mitrailleuse. Tony Villiers se tenait devant la Land Rover centrale, bras croisés sur la poitrine.

Après quelques instants d'hésitation, Kate descendit les marches du perron. Rupert la suivit.

– Eh bien, Tony, quelle surprise !

Villiers répondit sèchement, et sans tourner autour du pot :

– Je suis certain qu'Abu est arrivé ici avant nous.

Il désigna la housse mortuaire sur le capot de la Land Rover de tête.

– Bobby Hawk est là. Abu n'était qu'un exécutant. C'est votre œuvre, Kate.

– Vraiment ? Et que voulez-vous y faire ?

– Je déclare le *jihad* contre vous, Kate Rashid. Vous avez voulu la guerre, vous l'avez ! Et j'ajoute que j'ai l'intention de franchir la frontière du Quartier Vide quand je le voudrai.

– Je vous y attendrai.

– Bien. Maintenant, fichez le camp d'ici avant que je ne vous tue de mes propres mains.

Elle hésita de nouveau, et alla s'asseoir dans la limousine avec Rupert. Villiers regarda la voiture s'éloigner, puis il se dirigea vers la Land Rover de tête.

– Maintenant, mon ami, dit-il à Ahmed, il ne nous reste plus qu'à aller chez le croque-mort.

Le sergent relaya l'ordre à la troupe ; ils se mirent en route.

Oxford
Londres

9

À bord du Gulfstream, Kate Rashid regardait par le hublot, songeuse, tandis que Rupert sirotait un café noir.

– C'est très regrettable, dit-il, qu'Abu ait perdu la juste mesure des choses.

– Hmm... Je suis extrêmement contrariée. Maintenant, il se pourrait que j'aie à m'occuper de Villiers d'une façon que j'aurais préféré éviter.

– Tu veux dire... s'il franchit la frontière du Quartier Vide ?

– Oui. Je serais obligée d'ordonner qu'on les tue, lui et les Scouts.

– Pourquoi ne pas tout simplement donner l'ordre à ses hommes de le quitter ? Qu'ils s'évanouissent dans le désert... Après tout, ce sont tous des Rashid, et tu es leur chef.

– Tu refuses encore de comprendre, Rupert. Ils ont prêté serment. Ils appartiennent à Tony – jusqu'à la mort, si nécessaire.

– Nom de Dieu ! Je ne comprendrai jamais la mentalité arabe.

– Tu te répètes. Occupons-nous d'autre chose. J'ai réfléchi à cette manifestation qui doit avoir lieu à Londres dans les jours prochains. Le fameux Jour de la Liberté en Europe.

– Oui. Samedi qui vient. Eh bien ?

– Il vaudrait mieux éviter qu'on nous perçoive comme étant intimement liés à ce mouvement, surtout en ce moment où pas mal de gens nous surveillent de près. Nous devons proclamer que nous sommes opposés à toute forme de violence. Quand les matraques commenceront à s'abattre sur les têtes, je veux que nous passions pour la voix de la raison. Donc, voici ce que tu dois faire : tu vas aller à Oxford voir le professeur Percy. Dis-lui très clairement que le Fonds Caritatif Rashid ne s'intéresse qu'à des projets éducatifs, ou de progrès social. Explique-lui aussi que nous n'apprécions pas les manifestations qui risquent de dégénérer, comme celle de samedi, et que nous comptons sur lui pour le dire aux étudiants.

– Tu sais comment ils sont. Ils iront de toute façon.

– Oui, bien sûr qu'ils iront ! Mais tout le monde aura vu et entendu que nous n'étions pas d'accord. Et au cas où Percy rechignerait, fais-lui remarquer que je sais qu'il y a un trou de cinquante mille livres sterling dans les comptes de la branche Oxford de Lutte des classes & Action. Notre bon professeur a donc quelques explications à nous fournir...

– Tu penses réellement que la manifestation va mal tourner ?

– Mon cher, je compte bien là-dessus. Surtout avec la jeune Helen Quinn qui suivra le troupeau comme la gentille petite dilettante qu'elle est. Avec un peu de chance, elle sera arrêtée par la police. Ça ferait vraiment mauvais effet dans les journaux – la fille d'un prestigieux sénateur américain qui veut faire la révolution ! La presse à scandale adorerait ça...

– Vilaine. Tu ne manques jamais une occasion, n'est-ce pas ?

– Non, mon chéri. Et toi, veille à bien suivre mon exemple.

Samedi, il arriva à Oxford en milieu de matinée et se rendit directement au Lion. Le pub grouillait d'étudiants. Percy était là, lui aussi, assis devant une pinte de bière.

Rupert s'approcha pour le saluer, puis dit :

– Je vais me chercher un verre.

Comme il traversait la salle, il aperçut Helen Quinn et le jeune Grant au bout du comptoir. Souriant, il se dirigea vers eux. Il commanda un double Jack Daniel's au barman, puis dit :

– Bonjour, vous deux. Vous allez à la manifestation ?

Grant se renfrogna.

– En quoi ça vous concerne ? répondit-il avec agressivité.

– Alan, ferme-la, protesta Helen, et elle rendit son sourire à Dauncey. Oui, nous y allons en car, avec le groupe.

– Je préférerais que vous tous restiez ici. Ça pourrait mal tourner, cette affaire. J'ai lu pas mal d'articles dans les journaux, et je vois que ça risque de devenir violent. Nous ne pouvons pas accepter ce genre de choses.

Les étudiants, tout autour de lui, l'écoutait avec attention. Percy, qui avait quitté sa table pour le rejoindre, avait aussi entendu sa déclaration.

– Vous n'approuvez pas notre action ? répliqua Alan Grant.

– Nous n'approuvons pas les émeutes. Ni l'idée de voir la police vous briser le crâne à coups de matraque.

– Vous avez la trouille, c'est ça ? Un pédé dans votre genre, ça ne m'étonne pas.

Il renifla.

– Rupert Dauncey, dit-il, narquois. Ça sort d'où, un nom pareil ?

Certains étudiants éclatèrent de rire. Mais Helen protesta en élevant la voix :

– Ne sois pas grossier, Alan !

Le jeune homme haussa les épaules.

– Je sais d'où ça sort. C'est un nom de pédé, voilà tout !

Rupert sourit gentiment.

– À votre convenance.

Il saisit son verre et fit signe à Percy de venir s'asseoir avec lui.

– Je suis désolé, dit le professeur, l'air confus.

– Ce n'est pas grave. Il est jeune. Mais je suis très sérieux. Je crois que c'est trop dangereux d'aller à Londres. Je veux que vous montiez dans le car et leur disiez à tous de rester sagement ici.

– Monter dans le car ? Mais je vous ai déjà dit que j'ai d'autres engagements...

– Vous pouvez les oublier. Écoutez-moi bien. La comtesse et le Fonds Caritatif Rashid ont soutenu Lutte des classes & Action en toute bonne foi. Nous croyons aux idées que votre organisation défend – mais nous nous opposons formellement aux manifestations violentes.

– Mais... je ne peux pas les contraindre...

– Je m'en rends bien compte. Il n'empêche que vous pourrez leur faire part de votre sentiment sur la question quand ils seront avec vous dans le car.

– Non, je...

– Professeur, l'interrompit Dauncey, et il se pencha vers lui. Nous vous avons donné notre confiance, avec beaucoup de générosité. Et notre argent, en très grande quantité. Ne serait-il pas regrettable que l'on découvre qu'il y a un trou de cinquante mille livres dans les comptes de Lutte des classes & Action ?

Percy sembla se ratatiner sur lui-même.

– Je ne sais rien de tout ça, murmura-t-il.

– Oh, si, vous savez ! Imaginez que vous vous retrouvez à la prison de Wandsworth, un homme de votre standing, que vous prenez votre douche au milieu des assassins et des violeurs. Ça ne serait pas joli-joli, professeur.

Percy était blême.

– Pour l'amour du ciel, non...

– Nous n'apprécierions guère, nous non plus, d'avoir à essuyer un tel scandale. Ça ternirait notre réputation. Mais c'est vous qui en souffririez le plus, n'est-ce pas ?

– Très bien, bafouilla Percy. Comme vous voudrez. Mais ils iront de toute façon, quoi que je leur dise.

– Je vous aiderai. Vous expliquerez que je suis le représentant du Fonds Caritatif Rashid. Personne ne pourra dire ensuite que nous n'aurons pas tout essayé pour apaiser les esprits.

De l'autre côté de la salle, il vit Grant se diriger les toilettes. Il se leva.

– Je reviens.

Au moment où il entrait dans les toilettes, Grant se détourna de l'urinoir en remontant sa braguette. Ils étaient seuls.

– Qu'est-ce qu'il veut, le pédé ?

Rupert la frappa du pied dans le tibia, puis lui envoya un coup de poing en plein ventre. Comme Grant se pliait en deux sous la douleur, il saisit son poignet gauche et lui tordit le bras.

– Ça vous dirait d'avoir un bras cassé ?

Grant gémit.

– Non, s'il vous plaît, arrêtez !

Rupert lui vrilla davantage le bras. Le jeune homme poussa un hurlement. L'Américain le retourna face contre mur, de sa main libre il l'empoigna par la nuque et lui écrasa le visage contre la céramique.

– Maintenant, écoutez-moi. Je sais certaines choses à votre sujet. Par exemple, je sais que si vous avez la chance d'étudier à Oxford c'est parce que vous avez une bourse qui couvre intégralement vos frais, sous la forme d'une allocation mensuelle. Savez-vous qui est derrière cette bourse ? Répondez !

Grant gémit de nouveau et secoua la tête.

– *Nous*, dit Rupert Dauncey. Nous, le Fonds Caritatif Rashid. Et nous pouvons vous en priver tellement vite que ça vous donnerait le vertige. Par conséquent, si vous continuez à manquer de respect envers moi, vous serez éjecté d'Oxford et vous n'aurez plus qu'à aller bosser au McDonald's. Compris ?

– Oui.

– Tournez-vous, ordonna Dauncey en le lâchant.

Grant, des larmes dans les yeux, se frotta le bras. Rupert alluma une Marlboro.

– Maintenant, voilà ce que je veux que vous fassiez.

Le jeune homme glissa la main dans sa poche à la recherche d'un mouchoir. Ses doigts effleurèrent le stylo que son frère lui avait envoyé. Quelque chose – un obscur pressentiment – l'incita à l'allumer.

Rupert lui tendit un sachet en papier.

– Là-dedans il y a trois friandises. Des chocolats. Chacun contient un comprimé d'ecstasy. Je veux que vous en offriez un à votre copine pendant la manifestation.

– Pourquoi... pourquoi devrais-je faire ça ?

– Parce qu'il y a de bonnes chances que la police vous embarque quand ça tournera à l'émeute. Et ça tournera à l'émeute, n'en doutez pas. Ça serait très embarrassant pour son père que cette jeune fille soit sous ecstasy au moment d'être arrêtée, vous comprenez ?

– Et si ça ne se passe pas comme vous le prévoyez ? Si elle prend le comprimé et ne se fait pas pincer par les flics ?

– Il y aura d'autres occasions. Contentez-vous alors de la ramener au car saine et sauve.

– Nous ne revenons pas à Oxford ce soir.

– Pourquoi ?

– Mon frère travaille en Allemagne. Il a une petite maison, à Wapping. Il nous la prête pour le week-end.

– Et elle est d'accord ?

– Oui.

Rupert secoua la tête.

– Il faut qu'elle ait drôlement faim. Quelle est l'adresse ?

– Canal Street, au numéro dix. C'est au bout de Canal Wharf, au bord de la Tamise.

– Vous avez un téléphone portable ?

– Non. Il n'y a que le téléphone de la maison.

Rupert sortit un carnet et un stylo.

– Donnez-moi le numéro, ordonna-t-il, et il nota les chiffres égrenés par le jeune homme. Parfait ! Prenez bien soin d'elle, entendu ? Je vous contacterai ce soir. Souvenez-vous, donnez-lui le comprimé *pendant* la manifestation. Et faites attention à ce qu'elle ne prenne pas d'alcool. Le mélange la rendrait malade, Grant, et je ne veux pas de ça. Il suffit qu'elle plane. Est-ce que nous nous comprenons ?

– Oui, marmonna Grant.

– Et si vous dites quoi que ce soit – *quoi que ce soit* – à quiconque, vous le regretterez amèrement. Est-ce clair, là encore ?

Grant hocha la tête.

– Bien. Vous pouvez disposer.

Il laissa Grant sortir des toilettes, lui donna deux minutes d'avance, puis retourna dans le pub. La plupart des étudiants avaient quitté la salle. Percy l'attendait à sa table.

– Venez, dit Rupert en désignant la porte de la rue. Préparez-vous pour votre petit discours.

Le car était garé devant l'entrée principale du St. Hugh's College. Une quarantaine d'étudiants se trouvaient déjà à bord, une demi-douzaine d'autres piétinaient sur le trottoir, excités, impatients d'arriver à Londres. Rupert et Percy montèrent dans le véhicule.

– Vous venez avec nous, alors, monsieur ? cria quelqu'un à l'attention du professeur.

– Oui, mais tout en considérant que c'est une erreur d'y aller. Je crois que cette manifestation risque de très mal tourner.

– Arrêtez de délirer ! protesta un garçon.

– Non. Soyons sérieux. Lutte des classes & Action n'est pas une organisation violente. Nous prônons le changement, certes, mais le changement par des voies pacifiques. Je crains que la réunion d'aujourd'hui ne soit une terrible erreur. Nous ne devrions pas y aller. Aucun de nous ne devrait aller là-bas.

Rupert prit le relais.

– Écoutez-moi. Je m'appelle Rupert Dauncey, et je représente le Fonds Caritatif Rashid. Comme certains d'entre vous le savent, nous participons pour une large part au financement de Lutte des classes & Action. Mais nous ne pouvons soutenir des gens qui participent à des actions violentes. Et croyez-moi, aujourd'hui ça risque fort de mal tourner. Le professeur Percy a raison. La cause est juste, mais le jour et le lieu sont mal choisis.

Les étudiants réagirent comme il s'y attendait. Un chœur de « Qu'est-ce qu'on attend pour y aller ? » retentit d'un bout à l'autre du car. Rupert haussa les épaules.

– Après tout, c'est votre problème si vous voulez prendre des coups sur la tête.

Il s'assit à côté de Percy. Helen se trouvait juste à sa gauche, de l'autre côté de l'allée centrale. Grant, près de la vitre, détourna les yeux pour regarder dehors.

– C'est plutôt excitant, tout ça, confia-t-elle à Dauncey en souriant.

– Hmm... C'est donc votre première émeute ?

– Oh, ça je n'y crois pas. Tout va bien se passer, j'en suis sûre.

– Espérons que vous avez raison.

Elle détourna la tête à son tour, l'air troublé.

Les funérailles de Bobby Hawk eurent lieu à onze heures, ce même jour, dans un petit village du Kent appelé Pool Bridge, situé à une heure de route de Londres. Ferguson s'y rendit, accompagné de Dillon. Il faisait un vrai sale temps de mars, avec pour seul espoir la promesse du printemps à venir.

Dillon alluma une cigarette et baissa la vitre.

– La campagne est belle, par ici.

Une pluie fine se mit à tomber.

– Je me demande ce qu'elle a fait, depuis leur retour ? dit Ferguson.

– Kate ? Je n'en ai pas la moindre idée. Ce qui s'est passé au Hazar ces derniers jours doit lui avoir donné du grain à moudre, j'imagine.

– Quoi de neuf, du côté de Roper ?

– Rien pour le moment. Il dit qu'il explore toutes les pistes possibles. Mais il ne peut pas explorer le cerveau de notre amie. Au mieux, il peut anticiper ses intentions en fonction de ses allées et venues. Ce qui signifie que nous devons attendre qu'elle se déplace à nouveau.

– Je vois.

– Quoi qu'il en soit je passerai chez lui cet après-midi, au cas où.

– Parfait, répondit le général en se renversant contre le dossier de la banquette. Je me demande aussi ce qui se passe dans la tête de Tony.

– Elle n'aurait pas dû le provoquer, commenta Dillon. Là, elle a commis une grave erreur. Elle le regrettera aussi longtemps qu'elle vivra.

– Je l'espère bien, répondit Ferguson comme ils arrivaient à Pool Bridge.

Le village, avec ses cottages, son église ancienne, son pub et son hôtel campagnard de style géorgien, était typique de la vieille Angleterre. Une longue file de voiture en stationnement encombrait la petite rue menant à l'église.

– Nom d'un chien, nous sommes en retard, marmonna Ferguson en sortant précipitamment de la Daimler. Venez, Dillon !

La cérémonie commençait juste. L'église était si pleine de monde qu'ils durent rester à l'arrière. Ils aperçurent le cercueil, ainsi que le pasteur en habit de cérémonie sur les marches de l'autel. Madame Hawk et ses deux filles, vêtues de noir, étaient assises au premier rang. Le patron des Lifeguards était présent, ainsi que son homologue des Blues and Royals – chacun apportant son soutien à l'autre, comme toujours en de telles occasions.

Un peu plus tard pendant le service funèbre, le colonel des Lifeguards rejoignit le pasteur près du pupitre et fit un récit détaillé de la brève carrière de Bobby Hawk, ne tarissant pas d'éloges sur sa personnalité et ses états de service.

« OK, mais qu'est-ce que ça signifie, tout ça ? se demanda Dillon. À quoi bon le couvrir de louanges maintenant qu'il est mort ? Ce petit gars n'avait que vingt-deux ans, bon sang ! » C'est alors que l'organiste commença à jouer, et le public entonna un cantique.

Dehors, tandis qu'ils se rendaient au cimetière, le crachin tourna à l'averse. Le chauffeur du général s'approcha discrètement pour leur tendre un parapluie.

– Pourquoi est-ce qu'il pleut toujours aux enterrements ? demanda Dillon.

– Une sorte de tradition, je suppose, répondit Ferguson.

La cérémonie s'acheva. La foule se dirigea vers l'hôtel, où avait été dressé un buffet accompagné d'une sélection de vins. La plupart des invités semblaient se connaître. Dillon, qui se tenait à l'écart, demanda à un serveur de lui trouver un Bushmills.

Madame Hawk s'approcha de Ferguson et lui donna une bise sur la joue.

– C'est gentil à vous d'être venu.

– Je suis étonné que vous veniez me parler. Dans une certaine mesure, votre fils travaillait pour moi.

– Il faisait son devoir, Charles. C'est tout ce qui compte.

Elle s'éloigna ; le colonel des Lifeguards s'avança à son tour.

– Heureux de vous revoir, Charles. Sale histoire. Ça fait maintenant deux commandants en second que Tony Villiers a perdus là-bas.

– Pensez-vous qu'il aura des difficultés à remplacer Bobby Hawk ?

– Pas tant qu'il y aura des jeunes casse-cous, tout frais émoulus de Sandhurst, qui auront envie d'en découdre...

Le colonel jeta soudain un regard intrigué en direction de Dillon.

– Sean Dillon, dit Ferguson. Il travaille pour moi.

– Seigneur ! *Le* Sean Dillon ? J'ai bien souvent essayé de vous mettre la main au collet, dans l'Armagh sud. Mais ça remonte à des années. Tellement d'années que je préfère ne pas y penser...

– Et Dieu merci, vous ne m'avez pas attrapé, colonel, répondit poliment Dillon, puis il se tourna vers Ferguson. Je vous retrouve à la voiture.

Il était juste trois heures quand le car se gara près du fleuve ; aussitôt les étudiants se joignirent au flot de manifestants qui remontaient Horse Guards Avenue en direction de Whitehall. Rupert et Percy suivirent le mouvement, en restant à l'arrière du cortège. Ils passèrent sans le savoir un certain coin de rue où, pendant la guerre du Golfe, un professionnel de l'IRA nommé Sean Dillon, caché dans une Fort Transit blanche, avait commis un attentat au mortier contre la résidence du premier ministre située au dix, Downing Street.

Ils entendirent un vacarme impressionnant, le brouhaha d'innombrables voix, et quand ils tournèrent vers Whitehall ils se retrouvèrent mêlés à une foule déjà considérable. Des véhicules de la police barraient la chaussée, empêchant l'accès à Downing Street. Les policiers portaient la tenue anti-émeute ; un certain nombre d'entre eux étaient à cheval.

La foule augmentait rapidement, et continuait d'avancer sous la pression des nouveaux arrivants qui poussaient à l'arrière. Le contingent d'Oxford éclatait déjà, garçons et filles s'éparpillant dans la cohue. Helen Quinn et Alan Grant furent poussés d'un côté, Rupert et Percy trimballés vers le flanc opposé du cortège.

À l'avant, face aux forces de l'ordre, apparut un élément nouveau et inquiétant : des jeunes hommes aux visages dissimulés par des casques intégraux ou des cagoules. Et c'est alors que l'inévitable se produisit. Un cocktail Molotov jaillit de la foule, toucha terre juste devant les véhicules antiémeute et explosa dans un panache de flammes. Un autre suivit aussitôt, puis un troisième, obligeant les policiers à reculer précipitamment de plusieurs mètres.

Un rugissement de satisfaction s'éleva de la foule tandis que deux nouveaux cocktails Molotov fusaient à travers les airs. Puis l'affolement saisit la plus grande partie des manifestants : ils comprenaient tout à coup qu'ils étaient impliqués dans un événement beaucoup plus dangereux que ce à quoi ils s'étaient attendus. Un certain nombre tournèrent les talons, essayant de rebrousser chemin. C'est à ce moment-là que les policiers à cheval donnèrent l'assaut.

Ils furent accueillis par une pluie de projectiles, mais leurs collègues à pied les rejoignirent et se précipitèrent sur les premiers rangs de manifestants, levant leurs matraques pour frapper, et frapper encore. La panique la plus totale s'empara de la foule. Des cris retentirent d'un bout à l'autre du cortège, certains manifestants hurlant de terreur, ou d'indignation, d'autres éclatant en sanglots.

Henry Percy se tourna vers Dauncey, l'air horrifié.

– Je ne peux pas supporter ça. Je veux partir !

Ça ne valait pas la peine de rester, en effet. Rupert Dauncey lui-même n'avait aucune intention de s'attarder ici. D'autant que dans ce genre de situation la police ne faisait pas dans le détail. Le seul fait d'être là suffisait à mériter le coup de matraque et le panier à salade. Et de ça il n'était pas question.

– Ne vous affolez pas, ordonna-t-il à Percy. Suivez-moi.

Il commença à revenir sur ses pas, se frayant un passage à

travers la foule en bousculant et en poussant sans ménagement tous ceux qui se trouvaient sur son chemin.

Ils réussirent à regagner Horse Guards Avenue ; ils se joignirent à un flot de jeunes gens qui prenaient eux aussi la tangente, marchant aussi vite qu'ils le pouvaient, quand ils ne couraient pas carrément. Enfin ils arrivèrent à la Tamise, qu'ils longèrent jusqu'au car. Ils n'y étaient pas les premiers : une demi-douzaine d'étudiants les avaient précédés.

Titubant d'émotion, Percy monta dans le véhicule ; Rupert le suivit. Il y avait là deux filles qui pleuraient sans retenue. Les garçons n'avaient pas l'air fiers, eux non plus. Percy s'assit en se prenant la tête entre les mains.

Rupert regarda les étudiants.

– Je vous avais prévenus, et vous n'avez pas voulu m'écouter, dit-il d'un ton las, puis il se tourna vers le professeur. Dieu sait ce que sont devenus les autres. Mais c'est votre problème, à présent, n'est-ce pas ?

Il ressortit du car, marcha le long du fleuve dans la direction de Vauxhall Bridge où il réussit à attraper un taxi qui le conduisit à la maison de South Audley Street. Kate allait être ravie que les choses se soient aussi bien passées.

Il était maintenant seize heures trente à Whitehall, la panique était à son comble, les manifestants couraient en tous sens. Alan et Helen avaient réussi à se réfugier sous le porche d'un immeuble avec plusieurs autres garçons et filles. Il ne lui avait pas encore donné la drogue – il n'en avait pas eu l'occasion. En outre, il avait d'autres choses en tête. Si Helen avait peur, elle était aussi très excitée par tout ce qui leur arrivait. Tandis qu'elle s'agrippait à son bras comme à une bouée, il sortit une demi-bouteille de vodka de sa poche. Il dévissa le bouchon et but une grande rasade d'alcool. Dans la rue, la police chargea encore une fois ; Helen se blottit contre lui en gémissant. Grant se sentit durcir dans son caleçon. Aujourd'hui il allait s'envoyer cette nana – c'était gagné d'avance !

Mais autant s'assurer un succès complet.

– Calme-toi, dit-il gentiment. Tiens, bois un coup.

– Tu sais bien que je n'aime que le vin blanc.

– Bois ! Ça t'aidera à tenir le choc.

À contrecœur, elle prit la bouteille. L'alcool lui brûla la trachée et tout le torse.

– Ce que c'est fort ! se plaignit-elle.

– Pas si fort que ça. C'est juste le goût qui arrache. Prends-en encore un coup.

– Non, Alan, je n'aime pas ça.

– Fais pas l'imbécile. Bois, tu vas te sentir beaucoup mieux.

Elle lui obéit.

Une nouvelle clameur s'éleva de la foule tandis que la police repassait à l'assaut, implacable, les matraques s'abattant sans relâche sur les manifestants qui tournaient les talons et s'enfuyaient maintenant par groupes entiers.

– Il faut ficher le camp, dit Grant, et prenant la main d'Helen il l'entraîna en direction de Horse Guards Avenue.

Ils réussirent à regagner les bords de la Tamise. Le car était encore là, arrêté le long du trottoir, attendant les retardataires.

– Peut-être que nous ferions mieux de rentrer à Oxford, dit la jeune femme.

L'alcool lui tournait un peu la tête. Alan la prit par les épaules et l'étreignit.

– Mais non, ma jolie, dit-il d'un ton rassurant. Tout va bien se passer, maintenant. C'est sûr que cette manif c'était vraiment la merde, mais faut pas que ça nous gâche le week-end pour autant, hmm... ?

– Oui, d'accord, dit-elle, mais avec du regret dans la voix.

– Viens. Nous allons trouver un taxi.

Ce qu'ils firent quelques minutes plus tard.

À la propriété de South Audley Street, Rupert Dauncey éteignit la télévision. Les chaînes d'information avaient couvert toute la manifestation en direct.

– Tu les as vus ? dit-il, tout sourire, en se tournant vers Kate. Ils détalent comme des lapins !

– Je me demande ce qu'est devenue la petite Quinn ?

– Je vais appeler la maison où Grant avait prévu de l'emmener.

Il composa le numéro que lui avait donné le jeune homme. Le téléphone sonna plusieurs fois sans qu'il obtienne de réponse.

Fronçant les sourcils, Rupert reposa le combiné. Il regarda par la fenêtre. Soirée de mars, ténèbres glauques tombant sur la ville... Il se sentait tout à coup mal à l'aise, et il était incapable de s'expliquer pourquoi.

– Je crois que je vais aller faire un tour à Canal Street, voir s'ils sont là-bas. Je prends la Porsche, si tu es d'accord.

– Qu'est-ce qui t'arrive, mon chéri ? ironisa-t-elle. Tu prends cette affaire très à cœur, on dirait.

– Moi aussi, je t'aime, répliqua-t-il, et il sortit.

Dans le taxi, Grant se souvint subitement des chocolats à l'ecstasy, et en donna un à Helen. C'était trop tard pour satisfaire les objectifs de Dauncey, mais putain, avec ça elle allait être chaude, chaude, chaude ! Il avait bien l'intention de la niquer comme jamais. Et de niquer Dauncey, aussi, quoique dans un autre registre. Gros salopard prétentieux avec ses menaces à la gomme – Grant n'avait pas peur de lui ! Il avait tout enregistré de leur conversation dans les toilettes. Et juste avant de prendre le car il avait croisé un ami qui n'allait pas à la manifestation. C'était l'occasion idéale. Il lui avait confié le stylo enregistreur en lui demandant de le déposer dans sa boîte aux lettres, à St. Hugh's. Inutile de risquer de le perdre dans le tumulte d'aujourd'hui.

« Oh non, monsieur Dauncey, se dit Grant en souriant pour lui-même. De nous deux, c'est sûrement pas moi qui aurai le plus de soucis... »

À la maison de Canal Street, il commença à batifoler avec Helen sur le canapé. Elle était carrément saoule, maintenant, mais elle se débattait, essayant d'éviter ses baisers.

– Non, Alan, je me sens mal, protesta-t-elle. J'ai l'impression que ma tête va exploser.

– Tout va bien se passer. Je reviens dans une minute.

Tremblant d'excitation, il monta à la salle de bains où il s'aspergea le visage à l'eau froide, puis se passa un coup de peigne dans les cheveux. Il redescendait les marches lorsqu'il entendit tout à coup Helen pousser un hurlement. Il se précipita au rez-de-chaussée.

Elle se tordait convulsivement sur le canapé, le corps secoué de spasmes.

– Qu'est-ce qui t'arrive ? cria-t-il.

Il lui toucha le front. Elle était brûlante. Ses yeux se révulsaient et une écume blanche sortait aux coins de sa bouche. Exactement les symptômes d'horreur dont on lui avait parlé à propos des gens qui réagissaient mal à l'ecstasy.

Il ne pouvait pas ne pas s'occuper d'elle. Tout le monde savait qu'ils avaient passé la journée ensemble. Il n'avait qu'une seule solution : le St. Mark Hospital, à moins d'un kilomètre d'ici, dans High Street. Là-bas les médecins sauraient la remettre sur pied. Il se précipita dans le garage par la porte de communication de la cuisine, ouvrit la porte coulissante de la rue, puis s'assit au volant de la Ford Escort de son frère, dont il avait les clés. Deux minutes plus tard il avait garé la voiture devant la maison et était de retour auprès d'Helen. Il l'aida à se mettre debout, lui passa la bandoulière de son sac à main autour du cou. Elle continuait de trembler, et chancelait, mais curieusement elle fut capable de tenir sur ses jambes tandis qu'il l'accompagnait en la soutenant jusqu'à la Ford, où il l'allongea sur la banquette arrière.

Rupert Dauncey, au volant de la Porsche, venait de s'engager dans Canal Street lorsqu'il vit Grant sortir la jeune femme de la maison. Il comprit aussitôt, en la voyant dodeliner de la tête et tituber, que quelque chose ne tournait pas rond. Il dépassa l'Escort, fit demi-tour un peu plus loin dans la rue, et revint prendre Grant en filature au moment où il démarrait. Quelques minutes plus tard ils arrivèrent à l'hôpital.

Rupert les suivit dans le parking. Il observa Grant sortir la jeune femme de la voiture. Manifestement, elle souffrait le martyre et avait de plus en plus de difficulté à marcher. Grant l'entraîna vers la porte des Urgences en la portant presque. Dauncey leur emboîta le pas.

À l'intérieur, c'était la cohue – une situation typique des hôpitaux du service public britannique. Tous les sièges de la salle d'attente étaient occupés et de nombreuses personnes patientaient debout. Rupert resta en retrait, près de la porte. Grant regardait autour de lui, se demandant ce qu'il devait faire, lorsqu'Helen poussa un cri aigu et se mit à gesticuler frénétiquement. Il fut incapable de la retenir : elle lui échappa et s'écroula sur le sol. Les gens autour d'eux les dévisagèrent d'un air inquiet.

Une infirmière qui passait par là s'accroupit auprès d'Helen, dont la bouche écumait abondamment.

Elle leva les yeux vers Grant.

– Qu'est-ce qui lui est arrivé ?

Pris de panique, il mentit effrontément :

– J'en sais rien ! Je passais devant l'hôpital, elle était assise sur le trottoir en train de trembler comme une folle. Je me suis dit qu'elle avait l'air droguée et qu'elle avait besoin qu'on la soigne.

L'infirmière redressa le buste et apostropha ses collègues du comptoir d'accueil :

– Y'a urgence, par ici !

Tandis que deux brancardiers accouraient, les talons d'Helen se mirent à tambouriner furieusement sur le sol, son corps tout entier fut saisi d'une immense convulsion, puis se raidit et retomba. L'infirmière lui prit le pouls, avant de secouer la tête.

– Elle est partie.

– Non ! répliqua stupidement Grant. C'est pas possible !

Un brancardier lui posa une main sur l'épaule.

– Elle est morte, fiston.

– Oh, mon Dieu ! s'exclama Grant.

Il tourna les talons et prit la fuite. Rupert le suivit.

Grant était comme fou, incapable de savoir quoi faire. Lorsqu'il retourna enfin à la maison de Canal Street, il faisait presque nuit. Il gara l'Escort dans la rue, trouva sa demi-bouteille de vodka et s'assit à la table de la cuisine pour boire – gorgée sur gorgée, à toute vitesse. La sonnette de l'entrée retentit. Déjà à moitié saoul, il ignora son visiteur, mais la sonnette retentit de nouveau. Grommelant, il se leva pour aller voir qui c'était.

Comme Grant restait planté dans l'embrasure de la porte, chancelant, Rupert le poussa à l'intérieur.

– J'étais là tout à l'heure. Je vous ai filé jusqu'à l'hôpital.

Il referma la porte et entraîna le jeune homme vers la cuisine.

– J'ai tout vu. Elle est morte.

– C'est pas ma faute.

– C'est *complètement* votre faute, vous voulez dire !

Rupert le saisit par la cravate, sortit le Colt calibre 25 qu'il avait dans sa poche intérieure de veston et en posa le canon sur la tempe du jeune homme.

– Lui avez-vous donné un comprimé d'ecstasy ?

Grant tremblait énormément, à moitié parce qu'il était terrorisé, à moitié à cause de l'alcool qu'il avait ingurgité.

– Oui. J'ai fait comme vous m'aviez dit. Je ne comprends pas. J'ai déjà pris de l'ecstasy. Jamais je n'ai eu une réaction de ce genre.

– Ça arrive à certaines personnes. C'est une espèce d'allergie, répondit Rupert, puis il toisa Grant d'un regard méprisant. Mais ce n'est pas ça qui l'a tuée. Vous êtes complètement ivre !

Il jeta un coup d'œil vers la bouteille posée sur la table.

– Vous lui avez fait boire de la vodka, n'est-ce pas ? Vous l'avez saoulée, et ensuite vous lui avez donné la drogue alors que je vous avais bien dit d'éviter *impérativement* ce genre de mélange ! Vous avez vraiment foiré votre coup, hein ?

Grant se mit à pleurer.

– Moi, je ne voulais pas ! C'est elle qui a pris la bouteille. Je n'ai pas pu l'en empêcher. Et puis de toute façon, c'est *vous* qui m'avez passé l'ecstasy. C'est autant votre faute que la mienne.

L'excuse était monumentale de mauvaise foi, mais Rupert ne lui en fit pas la remarque. Il se contenta de lui remettre la cravate et le col de chemise bien en place.

– Vous savez quoi, Alan ? Vous avez raison. Mais vous n'avez pas bonne mine. Je crois que vous avez besoin de prendre l'air.

Il désigna une porte, au fond de la cuisine, qui donnait sur l'extérieur.

– Qu'est-ce qu'il y a, de ce côté ?

– Canal Wharf. La Tamise.

– Allons voir ça.

Il l'entraîna dehors, et regarda autour de lui.

– Pourquoi les fenêtres des maisons alentour sont-elles bouchées par des planches ? demanda-t-il.

– Les maisons sont vides. Le quartier va être entièrement reconstruit. Tout le monde est déjà parti, sauf mon frère. La ville a prévu de le reloger quand il rentrera d'Allemagne.

Il faisait presque nuit, à présent. Ils marchèrent jusqu'au bord du quai, sous le halo d'un réverbère blafard. Il y avait des lumières de l'autre côté du fleuve, un bateau-restaurant passa devant eux, ils entendirent quelques notes de musique.

Grant s'appuya au parapet, larmoyant.

– Quand j'étais gosse, je venais jouer ici. À marée basse il y a une plage, juste là, devant. Tous mes copains allaient se baigner, sauf moi. Jamais je n'ai réussi à apprendre à nager.

– C'est bon à savoir, répondit Rupert en se plaçant derrière lui.

Des deux mains il lui donna une brusque poussée dans le dos. Grant bascula par-dessus le parapet en criant, et tomba à l'eau.

Il refit surface quelques secondes plus tard, agitant frénétiquement les bras.

– Au secours ! hurla-t-il, et il coula de nouveau.

Il semblait parti pour de bon, mais il refit surface. Cette fois, cependant, il ne remuait plus beaucoup. Rupert se pencha par-dessus le parapet.

– Ça va, mon ami ? lança-t-il.

Il entendit un gargouillis, et le jeune homme disparut dans les eaux noires de la Tamise.

– Oui, je savais qu'un peu d'eau fraîche vous ferait du bien.

Il secoua la tête, puis ajouta doucement :

– Helen était une brave fille. Vous n'auriez pas dû faire une telle gaffe.

Il tourna les talons pour regagner la Porsche.

À la propriété de South Audley Street, Kate Rashid était assise au coin du feu, comme si elle n'avait pas bougé de là depuis que Rupert l'avait quittée.

– Alors, tu les as vus ? Sers-toi donc à boire.

Il secoua la tête, ouvrit la porte-fenêtre donnant sur la terrasse et s'alluma une cigarette.

– Je crois qu'un jour, dans un excès d'enthousiasme, je t'ai dit que pour toi je ferais n'importe quoi. Y compris tuer, si nécessaire.

– Je m'en souviens, mon chéri.

– Eh bien... C'est ce que je viens de faire.

Elle parut d'abord très étonnée, puis se mit à sourire.

– Que s'est-il passé ?

Rupert lui raconta tout.

Au St. Mark Hospital, l'infirmière qui eut à s'occuper de la dépouille d'Helen Quinn fouilla son sac à main et y trouva de nombreuses pièces d'identité, la plus évidente de toutes étant son passeport américain. Il y avait aussi une carte du Syndicat des Étudiants d'Oxford, et une carte de scolarité au nom du St. Hugh's College.

Les examens du sang révélèrent la présence non seulement d'alcool, mais aussi d'ecstasy chez la défunte. Comme il était d'usage en pareil cas, l'administration de l'hôpital transmit ces informations à la police, puis téléphona au principal de St. Hugh's pour lui annoncer la triste nouvelle. Le principal interrogea des étudiants qu'il rencontra dans les couloirs et dans les salles communes de l'établissement ; certains d'entre eux avaient fait le voyage en car avec Helen Quinn et Alan Grant. Il téléphona ensuite à l'ambassade américaine, à Grosvenor Square. Du fait du statut de Daniel Quinn, c'est à l'ambassadeur en personne qu'échoua alors le triste devoir de téléphoner au président des États-Unis sur sa ligne directe.

À la Maison-Blanche, dans le Bureau ovale, Jake Cazalet écouta son interlocuteur avec effroi, puis raccrocha et appela Blake Johnson à son bureau du Sous-sol pour lui demander de venir le voir sur-le-champ.

Blake arriva en bras de chemise, une liasse de documents à la main.

– J'avais des paperasses à vous montrer, de toute façon.

– Oubliez ça pour le moment, répliqua Cazalet, et il lui annonça la terrible nouvelle.

Blake était atterré.

– Je n'arrive pas à le croire. Cette histoire d'ecstasy, je veux dire. J'ai rencontré Helen plusieurs fois. Elle n'était pas du tout du genre à se droguer.

– Je ne sais pas quoi dire. Des étudiants en goguette... Qui peut savoir ce qui lui est passé par la tête ? dit Cazalet, et il soupira. La drogue est le pire fléau du monde moderne. Où se trouve Daniel, en ce moment ?

– Hier il a fait son rapport d'un endroit qui s'appelle Prizren. C'est au Kosovo, dans le secteur multinational. Vous étiez occupé, c'est moi qui l'ai pris au téléphone.

– Prizren ? Qu'est-ce qu'il fiche là-bas ?

– Il y a eu une échauffourée... Des Albanais pris en embuscade par des Serbes, ou quelque chose comme ça.

Cazalet hocha la tête.

– Je vais lui parler moi-même. C'est le moins que je puisse faire.

– Je ne vous envie pas. Comment voulez-vous procéder ?

– Il souhaitera revenir à Londres le plus vite possible. En usant des pouvoirs présidentiels, en combien de temps pouvons-nous organiser son retour ?

– Un hélicoptère de Prizren à Pristina, au nord du pays, puis un vol direct pour le Royaume-Uni. Je devrais avoir réglé ça d'ici une heure.

– Occupez-vous-en, alors. Mais avant, mettez-le-moi au bout du fil.

Quinn se trouvait à la sortie de Prizren avec un petit détachement de parachutistes français appartenant à la force multinationale. Quatre housses mortuaires contenant les corps de combattants serbes attendaient au bord de la route qu'un hélicoptère les emmène.

Un homme apporta une tasse de café à Quinn. Le chef du groupe, un jeune capitaine prénommé Michel, parlait au téléphone. Quinn sirotait le café, lorsque son portable sécurisé sonna. Il prit la communication.

– Allô ?

– Daniel ? Jake Cazalet.

Quinn était stupéfait.

– Que puis-je pour vous, monsieur le président ?

Cazalet hésita.

– Que faites-vous, en ce moment ?

– J'essaie de m'abriter de la pluie qui tombe à verse sur le trou du cul du monde, aux abords de Prizren. Je suis avec des Français. Nous avons quelques cadavres serbes à embarquer et nous attendons l'hélicoptère. Alors, de quoi s'agit-il ?

– Daniel... J'ai une nouvelle déchirante à vous annoncer.

– De quoi voulez-vous parler, monsieur le président ?

Cazalet lui dit tout.

Quinn coupa la communication quelques minutes plus tard ; il éprouvait un sentiment qu'il n'avait jamais connu de toute sa vie. Michel éteignit son propre téléphone et s'approcha de lui.

– *Hé, mon ami !* s'exclama-t-il en français, avant de repasser à l'anglais. On m'annonce à l'instant qu'ils détournent un hélicoptère rien que pour vous. Destination Pristina. Vous devez avoir le bras long, vous, pour mériter ce genre de faveur !

– Non. C'est une affaire personnelle.

Il fixa le jeune Français d'un regard absent.

– Ma fille, Helen... Je viens d'apprendre qu'elle est morte.

– *Mon Dieu.*

– Vingt-deux ans, Michel. C'est impossible, n'est-ce pas... Qui peut mourir à vingt-deux ans ?

Il se prit le visage entre les mains et éclata en sanglots.

Le jeune capitaine fit claquer ses doigts à l'attention de son sergent, qui lui apporta aussitôt une demi-bouteille de cognac.

– Vous feriez bien de boire un bon coup. Et deux fois de suite si ça peut vous aider, *mon ami*. Prenez votre temps.

Le bourdonnement d'un hélicoptère se fit entendre dans le lointain.

– C'est pour vous, dit simplement Michel.

Le président téléphona au chef d'état-major de l'ambassade américaine à Londres, lequel ne demandait pas mieux que de leur apporter son aide. Blake, assis en face de Cazalet, écoutait la conversation au haut-parleur.

– Vous connaissez bien l'Angleterre, Frobisher, et vous êtes aussi avocat, dit le président. D'après ce que vous savez maintenant, comment l'affaire va-t-elle être traitée ?

– La police doit forcément intervenir, monsieur le président. D'une part parce que la victime est morte sous ecstasy, et aussi parce que le jeune homme qui l'a amenée a pris la fuite. Cependant, quelqu'un a réussi à noter le numéro de sa voiture – une infirmière qui l'a suivi jusqu'au parking.

– Donc la police peut le retrouver ?

– Sans aucun doute. La plaque minéralogique mènera au propriétaire de la voiture.

– Et ensuite ?

– Il va y avoir une autopsie, suivie d'une enquête judiciaire menée par le coroner. Après quoi la dépouille sera libérée pour inhumation.

– Bien, dit Cazalet. J'ai pris les dispositions nécessaires pour que le sénateur Quinn arrive à Londres le plus vite possible. Vous resterez en liaison avec Blake Johnson pour le suivi de l'affaire. Pour Daniel Quinn, il faut mettre le paquet. Tout ce qu'il veut, nous devons le lui donner. Si la police ou la justice anglaises font barrage, utilisez les pouvoirs de l'ambassade pour obtenir satisfaction.

– À vos ordres, monsieur le président.

– Parfait. Je sais que vous ferez de votre mieux.

– Bien entendu.

Blake intervint :

– Bonjour, Mark, c'est Blake Johnson qui vous parle. Je vous préviendrai dans un moment de l'heure et du lieu où atterrira Daniel, et vous vous organiserez pour aller le chercher, OK ?

– Je m'occupe de lui. Ne vous souciez de rien.

Ils mirent fin à la discussion. Cazalet tambourina des doigts sur sa table, réfléchissant, puis regarda Blake.

– Même si Frobisher fait de son mieux, il est désavantagé. Tout ça se passe dans un pays étranger, où les procédures policières sont différentes, où le système judiciaire est différent...

– Où voulez-vous en venir ?

– Je crois que sur ce coup, nous avons besoin de Charles Ferguson.

– Je l'appelle immédiatement.

Quand Henry Percy apprit la nouvelle, il eut l'impression que le monde s'écroulait autour de lui. Les accusations de Dauncey concernant les détournements de fonds étaient justifiées. Les sommes qui passaient entre ses mains avaient exercé sur lui une fascination terrible – et puis la tentation l'avait emporté. Quelques mille par ici, quelques mille par là, qui s'en apercevrait ? Mais ça s'était retourné contre lui. Et maintenant, il y avait des morts !

Il téléphona à Dauncey à Londres.

– Dieu merci vous êtes là. Il est arrivé quelque chose de terrible.

– De quoi s'agit-il ? répondit Rupert, feignant l'ignorance.

Percy lui dit tout.

– Une si gentille jeune fille, ajouta-t-il. S'il y a bien quelqu'un que je n'aurais jamais imaginé prenant de la drogue, c'est elle ! Et ce qui me soucie, aussi, c'est le regard qui va être porté sur notre organisation. Cette terrifiante émeute, cette violence...

– En effet, des événements comme ceux d'aujourd'hui risquent de gâcher notre excellent travail, renchérit Dauncey. Mais personne ne pourra prendre le Fonds Caritatif Rashid en faute, professeur. Vous avez agi de façon remarquable, en homme responsable, lorsque vous êtes monté dans le car pour dissuader les étudiants de se rendre à Londres.

– C'est vrai, acquiesça Percy, un peu rassuré. Et... bien sûr il en va de même pour vous, monsieur Dauncey. Vous en avez fait plus que n'importe qui pour éviter que nos étudiants...

– Précisément, l'interrompit son interlocuteur. Et si la question devait être évoquée dans le cadre de l'enquête du coroner, tous les étudiants pourraient confirmer ce que nous leur avons dit, vous et moi.

Percy se sentit tout à coup allégé d'un grand poids.

– Mais oui !

– Soyez assuré de mon soutien. Quant à l'autre affaire qui nous préoccupait, j'en ai parlé à la comtesse, et elle pense qu'il s'agit sans doute d'une erreur de votre part. Une erreur commise en toute bonne foi.

– C'est très gentil de sa part, répondit Percy, transporté de joie.

– Nous nous reparlerons bientôt, dit Rupert, et il sourit en raccrochant le combiné.

Deux agents de police, un homme et une femme, arrivèrent en voiture devant la maison de Canal Street. Ils repérèrent aussitôt la Ford Escort, dont ils trouvèrent la clé de contact au volant.

– À notre époque, c'est très imprudent, observa le policier.

– N'empêche, c'est la bonne voiture, répliqua sa collègue en vérifiant le numéro de la plaque minéralogique.

Par la vitre de la porte d'entrée, ils aperçurent un rai de lumière au fond de la pièce. Ils sonnèrent, mais personne ne vint ouvrir. Ils contournèrent la maison par la ruelle qui la bordait. À l'arrière, la lumière brillait dans la cuisine ; mais la porte était verrouillée. Ils frappèrent et attendirent encore.

Au même moment, deux jeunes hommes qui se promenaient sur le quai s'arrêtèrent contre le parapet, en face de la maison, pour uriner dans la Tamise. La marée était descendue, dévoilant une petite plage sous le quai. Au même instant les deux hommes baissèrent les yeux et aperçurent le cadavre de Grant à demi échoué sur le sable.

– Nom de Dieu ! s'exclama l'un deux.

Il se retourna et apostropha les policiers qui repartaient vers leur voiture de patrouille.

– Eh ! Par ici ! cria-t-il. Il y a un macchabée sur la plage.

Les deux agents se précipitèrent vers eux.

À Pristina, le premier avion en partance pour Londres était un Hercules de la Royal Air Force. La nouvelle concernant Quinn avait circulé, et l'équipage était sous le choc. Chacun veilla à se montrer attentionné envers le sénateur. Celui-ci fut assez raisonnable pour se forcer à manger un peu, et boire deux tasses de café – en autorisant le sergent de la RAF qui lui avait été affecté à y ajouter un peu de cognac.

Le pilote de l'avion vint le voir. Il avait un visage enfantin qui collait mal avec son grade de commandant.

– C'est une immense perte, monsieur, et je suis terriblement désolé. Demandez-nous tout ce que vous voudrez.

– C'est gentil.

Quinn alluma une cigarette, songeur. « Une immense perte... » Ça disait assez bien les choses, et la souffrance qui allait avec. La mort était tellement définitive ! Il avait appris ça très tôt, avec la barbarie du Vietnam.

Mais il y avait une chose qui bloquait dans sa tête, c'était l'idée que Helen se soit droguée. Il n'arrivait pas à y croire. La Helen qu'il avait connue et aimée ne faisait pas ça...

Il se renversa contre le dossier du fauteuil pliant que le sergent lui avait apporté, étendit les jambes, croisa les mains sur le ventre, et sombra dans le sommeil de l'épuisement.

10

Le lendemain matin, Charles Ferguson savourait un excellent petit-déjeuner devant la cheminée de son appartement de Cavendish Place, lorsqu'il reçut un appel téléphonique de Blake Johnson. Il l'écouta, le visage grave.

– Sale histoire. Qu'attendez-vous de moi ?

– Daniel Quinn voudra avoir des réponses. Le président pense que vous pouvez l'aider à les obtenir.

– C'est-à-dire que vous ne croyez pas à l'explication la plus simple ? Une jeune femme en goguette, trop d'alcool, le mauvais comprimé au mauvais moment...

– Non. Et je pense que Daniel n'y croira pas, lui non plus. Faites de votre mieux, Charles. Hannah pourrait l'aider à y voir clair auprès de Scotland Yard, ainsi qu'avec le coroner. Dillon sait lui aussi se montrer créatif, en certaines occasions.

– Appliqué à Sean la formule ne manque pas de sel. Mais en effet, nous devrions pouvoir vous aider. Je m'en occupe, Blake.

Il appela Hannah Bernstein sur son portable. Elle était en route pour le bureau.

– Écoutez-moi attentivement, ordonna-t-il, et il lui raconta ce qu'il venait d'apprendre.

– C'est affreux. Que dois-je faire ?

– Contactez vos amis de la Special Branch. Utilisez vos pouvoirs exceptionnels. Trouvez ce que la police a fait depuis la mort d'Helen, et ce qu'elle a déjà découvert.

– Bien, monsieur.

Il raccrocha, puis appela Dillon. Celui-ci, vêtu d'un survêtement bleu, une serviette sur la nuque, était en train de courir dans les rues du quartier de Stable Mews. Lorsque son portable sonna, il ralentit l'allure pour répondre.

– Où êtes-vous ? demanda Ferguson.

– Jogging matinal. Et vous, où êtes-vous ?

– Chez moi. Je veux que vous alliez voir Roper.

– Pourquoi ?

Ferguson lui dit tout.

L'interphone de la maison de Regency Square bourdonna, la porte s'ouvrit et Dillon s'avança dans le couloir. Roper, assis comme d'habitude dans son fauteuil roulant, travaillait devant un ordinateur. Il tourna la tête et fronça les sourcils.

– Vu votre tête, je dirais que vous avez besoin de mon aide.

– Tout juste. La fille de Daniel Quinn, Helen, est morte. Paraît-il parce qu'elle avait pris de la drogue. Elle a été admise hier soir aux Urgences du St. Mark Hospital, où elle est décédée.

– Seigneur.

Roper pianota au clavier pour pénétrer le réseau informatique de l'hôpital. Il ne mit pas longtemps à dénicher les informations qui les intéressaient.

– Helen Quinn, vingt-deux ans, nationalité américaine, résidante du St. Hugh's College à Oxford. Les examens préliminaires révèlent un taux d'alcoolémie élevé, et montrent que la jeune femme avait pris de l'ecstasy. L'autopsie aura lieu aujourd'hui à midi.

– Bon sang de merde, grogna Dillon. Alors c'est vrai. Son père ne va pas aimer ça du tout. Qu'est-ce que vous avez d'autre ?

– Je peux consulter son dossier à Oxford.

– Allez-y.

Dillon alluma une cigarette tandis que Roper travaillait au clavier.

– Et voilà. L'habituelle fiche de renseignements universitaire. Étudiante en sciences politiques, philosophie et économie. Membre du Syndicat des Étudiants d'Oxford, de la Société Mélomane, de l'Atelier Littéraire...

Roper écarquilla les yeux.

– Ah ben ça, je n'en reviens pas ! À Oxford il y a une antenne de Lutte des classes & Action. Et elle en était membre !

– Quoi ? s'exclama Dillon. Helen *Quinn* était membre de Lutte des classes & Action ?

– Je vais voir s'ils ont un site Internet... Oui, c'est le cas. Et attendez... Maintenant nous savons pourquoi elle était à Londres hier. Lutte des classes & Action a envoyé une délégation à ce fiasco de manifestation, Jour de la Liberté en Europe...

– Ça paraît logique, commenta Dillon.

Roper se renversa contre le dossier du fauteuil.

– En effet. Amusant, n'est-ce pas ? Daniel Quinn tient Kate Rashid à l'œil. Rashid subventionne tout un fatras d'organisations plus ou moins réglo. L'une d'elles est Lutte des classes & Action, et devinez qui en est membre ? La fille de Daniel Quinn !

– Vous sous-entendez que Kate Rashid aurait quelque chose à voir avec la mort de la jeune femme ?

– Non, non, mais il n'empêche que... C'est une sacrée coïncidence. Et je déteste les coïncidences. J'aime que la vie soit bien ordonnée. Un plus un, chez moi, ça doit toujours faire deux.

– Et l'homme qui dit ça est celui qui a passé sept heures à désamorcer la plus grosse bombe que l'IRA ait jamais posée, puis s'est retrouvé dans une chaise roulante à cause d'un quasi-pétard.

– Admettons, fit Roper, et il haussa les épaules. Certains jours un plus un égale trois, d'accord. Vous avez besoin d'autre chose ?

– Le compte-rendu de l'autopsie de midi, dès que possible.

– Très bien. Voulez-vous que je jette un coup d'œil chez Scotland Yard, voir où ils en sont ?

– Hannah s'en occupe, mais ça ne ferait pas de mal de voir ce que vous pouvez trouver de votre côté. Maintenant je dois y aller. Prévenez-moi quand vous avez du nouveau.

Dillon sortit. Roper s'introduisit dans le système informatique du Bureau central de Scotland Yard. Il examina le dossier qu'il découvrit au nom d'Helen Quinn, et fronça les sourcils. Le rapport établissait un lien avec un certain Alan Grant, de Canal Street, à Wapping, présumé mort par noyade et considéré comme étant celui qui avait amené Helen à l'hôpital. Roper se carra dans son fauteuil, perplexe. Ce nom, Alan Grant, lui rappelait quelque chose... Et c'est alors qu'il se souvint où il l'avait vu. Retournant sur le site web de Lutte des classes & Action, il eut la confirmation qu'il cherchait : Alan Grant, étudiant à Oxford, lui aussi au St. Hugh's College, en deuxième année de physique.

Encore une « coïncidence »... Là, ça n'était pas crédible. Roper décrocha le téléphone pour appeler Ferguson.

À Cavendish Place, Dillon observait la rue par la porte-fenêtre du salon. Il se tourna lorsque Ferguson, assis au coin du feu, reprit la parole :

– Donc, nous savons non seulement qu'elle est allée à Londres, mais aussi que le jeune Alan Grant l'a amenée à l'hôpital, puis a pris la fuite avant de trouver la mort en se noyant.

– Et j'ai autre chose ! annonça une voix féminine.

C'était Hannah Bernstein, qui venait de faire irruption dans la pièce.

– Quinn et Grant se sont rendus à Londres dans un car spécialement affrété par un professeur d'Oxford appelé Henry Percy. Et devinez qui était de la balade ?

– Qui donc ? relança Ferguson avec calme.

- Rupert Dauncey. Qu'en dites-vous ?

Dillon éclata d'un rire amer. Ferguson marmonna :

– Qu'est-ce qu'il faisait là-bas, lui, nom de Dieu ?

– Percy a fait une déclaration détaillée aux inspecteurs de Scotland Yard qui l'ont interrogé. Le Fonds Caritatif Rashid subventionne Lutte des classes & Action, comme nous le savons, et Dauncey est allé à Oxford pour dissuader les étudiants de se rendre à la manifestation. Il leur a expliqué que c'était trop dangereux. Lui et Percy sont même tous les deux montés dans le car pour tenter de convaincre les étudiants de ne pas se rendre à Londres, et d'éviter toute violence.

– Le voyage s'est quand même fait, et... Dauncey est allé avec eux ? demanda le général.

– Oui, avec Percy. Mais ils ont quitté les lieux dès que ça s'est envenimé. Percy est retourné au car, Dauncey lui a dit qu'il rentrait à son domicile.

– Ça tombe à pic, que Dauncey se soit pointé là-bas, dit Dillon. Et qu'il ait fait de nobles déclarations.

– Et attendez la suite ! Percy a présenté Dauncey à Helen Quinn. L'Américain souhaitait rencontrer sa compatriote, paraît-il.... Percy a précisé qu'il avait entendu Dauncey la presser de ne pas aller au rassemblement, mais que son petit ami, Alan Grant, s'était fichu de lui en public. Ils ont fini par se rendre à Londres tous ensemble, mais là les uns et les autres se sont perdus de vue. Percy dit ne pas savoir où les deux jeunes gens étaient passés.

– Hmm, fit Ferguson. Donc, tel que ça se présente, nous pouvons penser qu'au moment où la manifestation a mal tourné ils sont allés à Canal Street, sans doute pour y avoir des relations sexuelles, qu'ils ont trop bu, qu'ils ont pris de l'ecstasy et qu'elle a mal réagi à la drogue. Grant l'emmène alors à l'hôpital, elle meurt dans la minute et il prend la fuite. Paniqué, ne sachant où aller... il se suicide.

– Tout ça se tient bien, convint Dillon. Sauf que nous trouvons les empreintes de ces enfoirés de Rashid un peu partout.

Le téléphone sonna. Hannah répondit ; c'était Roper, qui dit :

– Je vous faxe l'autopsie d'Helen Quinn. En ce moment ils s'occupent de Grant. Je fais suivre le rapport dès qu'il est disponible.

Elle alla chercher le document dans le bureau de Ferguson, et le parcourut en revenant vers le salon.

– C'est confirmé, monsieur. Elle avait bu beaucoup trop d'alcool, et avait pris un cachet d'ecstasy. Par ailleurs en bonne santé, bien nourrie... Pas vierge, mais pas trace de relations sexuelles avant sa mort.

Elle tendit le fax à Ferguson, qui l'examina à son tour.

– Pauvre fille. Dieu sait comment son père va réagir, dit-il, et il releva les yeux. Moi-même je ne sais pas quoi en penser.

– Eh bien, moi, je sais, affirma Dillon. Si vous voulez bien m'excuser, j'ai des choses à faire.

– Quoi donc ? demanda Hannah.

– Ça me concerne. Je vous appelle plus tard, Charles.

Il sortit de l'appartement, prit un taxi jusqu'au ministère de la Défense, y demanda une limousine et ordonna au chauffeur de l'emmener à Oxford. Il avait en tête une idée précise.

La circulation était fluide, ils arrivèrent là-bas en une heure et demie. Comme ils traversaient les faubourgs d'Oxford, il appela Roper avec son portable.

– Pouvez-vous me fournir l'adresse d'Henry Percy ? D'après le rapport de police, peut-être ?

– Attendez.

Roper revint en ligne deux minutes plus tard.

– Il habite un appartement. Kaiser Lane, au numéro 10B. Qu'est-ce que vous allez faire ?

– Je vous raconterai ça plus tard.

Ils trouvèrent Kaiser Lane sans difficulté ; le 10B se trouvait en haut d'une cage d'escalier lugubre, dans une maison jumelle de style victorien. Dillon tira un cordon près de la porte, une clochette à l'ancienne tintinnabula. Au bout d'un moment il entendit un bruit de pas derrière le battant, qui s'ouvrit enfin sur Percy. Celui-ci avait les yeux chassieux, comme s'il venait de se réveiller.

– Professeur Percy ?

– Oui.

– C'est monsieur Dauncey qui m'envoie à vous.

Percy esquissa un sourire.

– Je vois. Entrez donc.

Il lui fit signe de le suivre jusqu'au bout du couloir, dans un petit salon.

– Bien. Dites-moi ce que je peux faire pour vous ?

– Tout d'abord j'aimerais vous présenter un ami à moi, le célèbre Walther PKK.

Dillon sortit le pistolet de sa poche.

– Et voici son ami intime, ajouta-t-il. On l'appelle Carswell le Silencieux.

Il vissa l'objet au canon du Walther.

– De telle sorte que maintenant je peux vous tirer une balle dans le genou sans que personne n'entende le moindre bruit.

Percy était terrifié.

– Qui êtes-vous ? Que voulez-vous ?

– J'ai lu la déclaration que vous avez faite à la police au sujet de la mort d'Helen Quinn. Vous y affirmez que Rupert Dauncey s'opposait à ce que les étudiants aillent à la manifestation, parce qu'il savait que ça tournerait au vinaigre ?

– Oui.

– Et ensuite, dans le car, vous leur avez tous les deux clairement fait savoir que vous n'étiez pas d'accord avec cette manif ?

– Oui, oui ! Il y avait plus de quarante étudiants. Ils peuvent vous confirmer ce que je dis. La police d'Oxford en a déjà interrogé plusieurs.

Dillon l'agrippa par le col, le renversa en arrière contre une table, lui planta le Walther dans le genou.

– Vous voulez donc dire que Rupert Dauncey est blanc comme neige, c'est bien ça ?

Percy perdit totalement les pédales.

– Non, non. Enfin je veux dire, oui ! Mais, heu... C'est juste qu'il a changé d'attitude.

– Comment ça ?

– Au début, il était très en faveur des actions... concrètes. Il considérait que c'était bon pour les étudiants.

Percy marqua un temps d'arrêt, hésitant, avant d'ajouter :

– Il s'est arrangé pour que certains d'entre eux aillent suivre une formation spéciale, en Écosse.

– Helen Quinn y est-elle allée ?

– Pas elle. Mais son petit ami, Alan Grant, oui.

– Vous savez qu'il est mort ?

– Oui, la police m'a prévenu. Ils m'ont dit qu'il s'était suicidé.

Dillon le lâcha et recula.

– Ne croyez pas tout ce qu'on vous raconte. Et vous, c'est tout ce que vous avez à me dire ? Dauncey était plutôt du genre féroce, et aujourd'hui il a viré sa cuti ?

– C'est ça.

Dillon planta de nouveau le canon du Walther dans le genou de Percy.

– Et vous espérez que je vais gober ce conte de fées ? Quand l'avez-vous vu pour la dernière fois ?

– Nous avons parlé au téléphone hier soir.

– Qu'est-ce qu'il a dit ?

– Que c'était une bonne chose que lui et moi ayons parlé aux étudiants comme nous l'avons fait, car nous allions sans doute être appelés à témoigner dans le cadre de l'enquête du coroner.

– Ouais. C'est drôlement bien tombé, votre petit speech, n'est-ce pas ?

Dillon se redressa en le dévisageant, et commença à dévisser le silencieux.

– Vous n'avez pas oublié de me dire quelque chose, Henry ? Quelque chose qui pourrait orienter votre gentille petite histoire dans une autre direction ?

Percy songea aux cinquante mille livres sterling, puis décida prudemment de rester silencieux.

– Je vous ai dit la vérité, et Dieu m'en est témoin, affirma-t-il avec solennité.

– Ah. À votre place je ne mêlerais pas Dieu à tout ça, professeur. Nous nous reverrons à l'audience du coroner. Et la prochaine fois que vous aurez Dauncey au bout du fil... n'oubliez pas de lui dire que Sean Dillon est passé par ici.

Il sortit du salon. Percy hésita un instant, puis décrocha le téléphone.

– Dauncey ? Percy à l'appareil.

Dans le couloir, Dillon sourit pour lui-même, et quitta l'appartement.

En arrivant à Londres, Daniel Quinn demanda à Frobisher de le conduire en premier lieu à l'ambassade américaine, et de l'y attendre. Il monta les marches du perron et se présenta aux agents de sécurité. Deux minutes plus tard un capitaine des Marines en uniforme vint l'accueillir.

– Je suis le capitaine Davies, sénateur. C'est un honneur de faire votre connaissance. L'ambassadeur, monsieur Begley, vous attend.

Quinn, qui n'était pas rasé et portait encore la tenue militaire qu'il avait au Kosovo, lui serra la main.

– Si je puis me permettre, ajouta Davies, vous avez l'air d'un homme qui revient droit de l'enfer.

– Disons que je ne vous recommande pas les Balkans pour vos prochaines vacances, capitaine.

– Je vois. Par ici...

Quelques minutes plus tard il ouvrit la porte du bureau de l'ambassadeur, et Quinn y entra.

– Bonjour, Elmer.

Begley était vêtu d'un costume sur mesure de Savile Row, et ses cheveux gris étaient parfaitement peignés. Il n'aurait pu y avoir plus saisissant contraste entre les deux hommes. Il contourna sa table de travail pour venir serrer la main de Quinn.

– Daniel, je suis terriblement désolé. S'il y a quoi que ce soit que nous puissions faire – *quoi que ce soit* –, toutes les ressources de l'ambassade sont à votre disposition. Asseyez-vous.

– Si ça ne vous ennuie pas, Elmer, je vais rester debout. Je voulais juste venir ici pour reprendre contact avec vous. Maintenant j'aimerais aller chez moi, me doucher et me changer, et puis j'ai rendez-vous avec le général Ferguson.

– Charles ? C'est un ami. Avec lui, vous êtes entre de bonnes mains. Mais n'oubliez pas, vous pouvez nous demander n'importe quoi.

– Merci, Elmer.

La maison de Quinn, à Park Place, se trouvait dans une ruelle perpendiculaire à South Audley Street ; c'était un agréable bâtiment de style Régence, précédé d'une petite cour. Luke Cornwall, son chauffeur, un grand noir originaire de New York, était en train de laver la Mercedes au jet. Il se figea, le visage grave, en voyant Quinn.

– Sénateur. Que vous dire ?

– Il n'y a rien à dire, Luke, mais je vous remercie. Pour le moment je me sens... comme un tas de merde. Je vais me doucher et me changer. Ensuite je veux que vous m'emmeniez à Cavendish Place.

– C'est entendu.

Comme Quinn montait les marches du perron, la porte s'ouvrit sur Mary Cornwall. Elle avait travaillé de longues années à la maison de Boston, elle avait connu Helen toute petite – et ses yeux étaient baignés de larmes. Il l'embrassa sur la joue.

Elle se mit à sangloter.

– Parfois je me demande s'il y a vraiment un Dieu, là-haut.

– Oh, il y en a un, Mary. Ne perdez jamais la foi.

– Je peux vous préparer quelque chose à manger ?

– Pas maintenant. Je dois me changer. J'ai un rendez-vous dans un moment.

Il longea le couloir lambrissé, monta l'escalier deux à deux et ouvrit la porte de sa chambre. C'était une pièce vaste et lumineuse, lambrissée d'une boiserie d'érable. Certaines de ses toiles préférées en ornaient les murs, et il y avait un somptueux tapis turc sur le parquet. D'habitude, chaque fois qu'il revenait ici il éprouvait un plaisir conscient à entrer dans cette chambre. Mais là, tout ce qu'il voyait devant lui n'avait aucune signification.

Il passa à la salle de bains pour se déshabiller, abandonnant tous ses vêtements sur le sol, ouvrit en grand les robinets de la douche et se savonna vigoureusement le corps, essayant de se nettoyer de l'odeur du Kosovo et de la mort.

Une demi-heure plus tard il redescendit au rez-de-chaussée, vêtu d'un costume Armani, chaussé de richelieus, impeccablement rasé et peigné. Mary était dans la cuisine ; il ne la dérangea pas. Il ouvrit la porte de la façade et descendit au bas du perron. Luke, en uniforme bleu marine, l'attendait près de la voiture.

Rupert Dauncey attendait Quinn, lui aussi. Il avait réussi à apaiser Henry Percy quand celui-ci, paniqué, lui avait téléphoné après avoir eu la visite de Dillon – mais il n'appréciait guère d'avoir encore l'Irlandais sur le dos. Soucieux, également, de savoir où se trouvait Daniel Quinn, il avait interrogé un ami qui travaillait à l'ambassade américaine et appris que le sénateur était en route pour Park Place.

Park Place ! Un vrai coup de chance. Dauncey, qui ne connaissait pas l'adresse exacte de Quinn, avait roulé au pas dans le quartier. C'est alors qu'il avait aperçu Luke debout près de la Mercedes. Et maintenant, garé au bout de la rue, il voyait Quinn sortir de la maison, monter dans la limousine...

Luke démarra. Dauncey fit demi-tour et les suivit.

Ce fut Hannah Bernstein qui alla accueillir Quinn à la porte de l'appartement de Ferguson. Elle le reconnut sans problème pour l'avoir vu en photo dans leurs dossiers, tout comme il la reconnut grâce aux documents que Blake Johnson lui avait montrés à Washington.

– Commissaire Bernstein.

– Sénateur Quinn. Suivez-moi, je vous prie.

Elle le guida jusqu'au salon. Dillon sirotait un Bushmills debout près de la porte-fenêtre. Ferguson se leva.

– J'aimerais tellement pouvoir dire que c'est un plaisir de vous recevoir ici, dit-il en serrant la main de Quinn. Nous partageons tous votre douleur.

– Je vous en suis reconnaissant.

– Connaissez-vous Sean Dillon ?

– De réputation.

Quinn et Dillon se saluèrent.

– Si vous êtes correctement renseigné à mon sujet, vous devez savoir que mon grand-père est né à Belfast et s'est battu avec Michael Collins. Il a été expulsé vers les États-Unis en 1920.

– Ça signifie qu'il appartenait sans doute à la Fraternité républicaine irlandaise, dit Dillon. Pire que la mafia, ceux-là...

Quinn sourit malgré lui.

– On peut dire ça.

– Bushmills ? J'en prends un avec vous.

Comme Quinn hésitait, Dillon ajouta :

– Je vous recommande même d'en avaler un double. La commissaire a concocté un dossier qui ne va pas vraiment vous remplir de joie.

– En ce cas, je suivrai votre conseil.

Dillon servit le whiskey dans un verre à fond épais et le lui tendit. Quinn but le tout en une seule gorgée, puis posa le verre sur le guéridon, avant de prendre la chemise cartonnée que lui tendait Hannah.

– Ce dossier contient l'historique complet de nos relations avec les Rashid, ainsi que le compte-rendu de ce que nous savons pour le moment au sujet du décès de votre fille, y compris le rapport d'autopsie et le rapport de l'enquête de police. Pour compléter le tout, nous venons juste d'y ajouter le rapport de l'autopsie de son petit ami, Alan Grant.

– Qui ça ? Jamais je n'ai entendu parler de lui, répliqua Quinn, stupéfait. J'ignorais même qu'elle avait quelqu'un.

– Hélas, c'était manifestement le cas, dit Hannah Bernstein.

– *Hélas ?*

– Tout est là, sénateur, répondit-elle d'une voix posée.

– Accompagnez le sénateur à mon bureau, dit Ferguson. Il pourra y lire le dossier tranquillement.

Quinn suivit la commissaire.

– Pauvre bougre, marmonna Dillon tandis que la porte se refermait sur eux.

– Comme vous dites, et je n'ai pas hâte de voir sa tête quand il aura lu ces papiers. Vous ne feriez pas mal de me servir un verre, à moi aussi.

Quinn revint dans le salon vingt minutes plus tard. Son visage était très pâle. Il tendit le bras. Le dossier tremblait entre ses doigts.

– Je peux le conserver ?

– Bien sûr, répondit Ferguson.

– Merci. Maintenant je dois aller à la morgue. Pour l'identification.

– Avant, buvez ça, dit Dillon en lui servant un nouveau Bushmills, qu'il lui tendit. Cul sec. Vous en aurez besoin. Et puis je crois que je vais vous accompagner.

– C'est gentil à vous, répondit Quinn, avant de se tourner vers Hannah. Que savez-vous au sujet de l'enquête du coroner ?

– L'audience a lieu demain matin. Nous avons réussi à faire accélérer la procédure.

– Bien. Plus tôt ce sera réglé, mieux ça vaudra pour nous tous.

Il but le Bushmills et rendit le verre à Dillon.

– Allons-y, qu'on en finisse.

Rupert Dauncey avait patienté dans sa propre Mercedes, garé dans la rue en face de la porte de Ferguson. Il vit enfin Quinn ressortir – accompagné de Sean Dillon. Les deux hommes montèrent dans la limousine du sénateur, qui démarra aussitôt.

– Dillon, murmura-t-il, songeur. Ça c'est intéressant.

Et il les prit en filature.

La morgue se trouvait dans un bâtiment qui, de l'extérieur, ressemblait à un vulgaire entrepôt. À l'intérieur, cependant, c'était une autre histoire. Il y avait une réception spacieuse et agréable, à la décoration soignée. Au bureau d'accueil, une jeune femme leva les yeux et sourit.

– Que puis-je pour vous ?

– Je m'appelle Daniel Quinn. Je crois que vous avez ma fille, ici ?

Elle perdit son sourire.

– Oh, je suis désolée. Nous avons été prévenus il y a un petit moment que vous veniez identifier le corps. J'ai téléphoné aussitôt au commissariat le plus proche. C'est à cinq minutes d'ici...

– Merci.

– J'ai aussi prévenu le professeur George Langley. C'est l'expert médico-légal avec lequel nous travaillons le plus souvent, et par chance il est ici en ce moment même. J'ai pensé que vous voudriez lui parler.

– Merci. Nous l'attendons.

Quinn et Dillon s'assirent sur un canapé, mais il ne s'écoula que deux minutes avant qu'un homme de petite taille, aux cheveux gris, et d'allure très énergique, n'entre dans la salle. La réceptionniste lui murmura quelque chose à l'oreille, puis il s'avança vers eux.

– George Langley.

– Daniel Quinn. Et voici Sean Dillon, un ami.

– Mes plus sincères condoléances.

– Puis-je voir ma fille ?

– Bien entendu, dit Langley, et il se tourna vers la jeune femme. Envoyez-nous le policier dès qu'il sera là.

Il les conduisit dans une vaste salle aux murs carrelés de blanc, équipée d'un éclairage au néon, où s'alignaient plusieurs tables d'opération en acier au design futuriste. Deux corps se trouvaient là, couverts d'une espèce de drap en caoutchouc blanc.

– Êtes-vous prêt ? demanda Langley.

– Je ne le serai jamais davantage.

Helen Quinn, les yeux clos, le visage détendu, paraissait dormir d'un sommeil profond. Un bonnet en plastique couvrait sa tête ; un filet de sang s'en échappait, près de l'oreille. Quinn se pencha et l'embrassa sur le front.

– Merci.

Langley remit le drap en place.

– J'ai lu votre rapport, dit Quinn. L'alcool, la drogue... Il n'y absolument aucun doute ?

– Je crains que non.

– Ça lui ressemble si peu. Ce n'est pas la fille que je connaissais.

– C'est parfois une surprise, pour les parents, hélas, dit Langley d'un ton apaisant.

– Et le garçon ? Est-ce lui ? demanda Quinn en désignant l'autre table. Je ne savais même pas qu'elle avait un ami.

– Eh bien, oui... C'est Alan Grant.

Langley hésita, puis dit :

– Je ne devrais pas faire ça, mais... c'est une affaire peu habituelle.

Il souleva le drap pour que Quinn puisse voir le visage de Grant. Celui-ci paraissait encore plus jeune dans la mort que de son vivant.

– Merci.

Langley reposa le drap.

– Pensez-vous qu'il se soit suicidé, comme la police le suppose ?

– Dans mon métier, monsieur, je n'ai à déterminer que des certitudes. Il avait absorbé une grande quantité de vodka, mais il n'avait pas pris d'ecstasy. Et sur son corps il n'y a aucune ecchymose, aucune trace de meurtrissure. Est-il tombé du quai par accident ? S'est-il jeté à l'eau ? Je ne peux pas vous aider de ce côté-là.

On frappa à la porte de la salle ; un sergent de police en uniforme s'avança.

– Ah, vous voilà, professeur.

Le policier tenait une écritoire à pince sous son bras.

– Je regrette d'avoir à vous poser cette question, monsieur le sénateur, mais auriez-vous l'obligeance de me dire si vous avez formellement identifié la jeune femme décédée ici présente ?

– C'est ma fille, Helen Quinn.

– Merci, monsieur. Si vous voulez bien signer ici, dit le policier en lui présentant un document posé sur la planche.

Il fit signe à Dillon.

– Vous serait-il possible de signer en tant que témoin ?

Quinn et Dillon s'exécutèrent, puis le policier se retira.

– Nous nous verrons demain à l'audience du coroner, dit Langley.

– Bien sûr. Je vous remercie pour tout, dit Quinn, et il sortit de la salle avec Dillon.

Ils s'assirent à l'arrière de la Mercedes ; Luke démarra aussitôt.

– Sale histoire, marmonna Dillon.

– Nous allons vous déposer chez vous, répondit simplement Quinn, puis il se renversa contre le dossier de la banquette en fermant les yeux.

Derrière, Rupert Dauncey les reprit en chasse.

11

Le lendemain matin, Daniel Quinn arriva au palais de justice à dix heures. Il y avait peu de monde dans le hall, qu'un policier de faction arpentait d'un pas tranquille. Quinn s'assit sur un banc à côté d'un jeune homme vêtu d'un trench-coat, mal rasé, à l'air fatigué. Un sac de voyage était posé par terre à ses pieds.

Quinn sortit un paquet de Marlboro, en tira une cigarette et l'alluma. Son voisin fit la grimace.

– Vous en voulez une ? proposa Quinn en lui tendant le paquet.

– Ah... Je suis censé avoir arrêté, mais au diable !

Il prit une cigarette et l'alluma à la flamme du briquet de Quinn. Ses mains tremblaient.

– Je suis lessivé. J'arrive de Berlin, et il y a eu du retard à

Tempelhof. Vous savez ce que ça donne, les aéroports, quand vous restez planté sur une chaise pendant quatre ou cinq heures. J'ai bien cru que j'allais rater l'audience de ce matin.

Quinn, qui avait lu le dossier d'Hannah Bernstein plusieurs fois, sut alors avec certitude à qui il avait affaire.

– Vous vous appelez Grant, n'est-ce pas ?

Le jeune homme le regarda avec étonnement.

– Heu... C'est exact. Fergus Grant.

– Et vous êtes le frère d'Alan Grant.

– Comment le savez-vous ? Qui êtes-vous ?

– Daniel Quinn. Le père d'Helen.

Grant baissa les yeux, consterné.

– Mon Dieu.... Vous savez, je ne suis au courant de presque rien, dans cette histoire, à part qu'ils sont morts tous les deux. La police m'a prévenu par téléphone, en ne me disant que l'essentiel. Qu'on a trouvé Alan noyé, que sa copine était décédée. Je ne savais d'ailleurs même pas qu'il avait une petite amie !

– Moi, j'ignorais qu'elle était avec Alan. Et vos parents, où sont-ils ?

– Mon paternel nous a quittés quand j'avais douze ans. Maman est morte d'un cancer il y a cinq ans.

– Je suis désolé.

Grant haussa les épaules, puis écrasa le mégot de sa cigarette sous son talon.

– Les flics ne m'ont donné aucune autre explication. Je ne sais rien...

– Vous aurez tous les détails dans un moment, je pense.

Hannah Bernstein apparut à la porte du hall, suivie de Ferguson et de Dillon.

– Excusez-moi, dit Quinn.

Il marcha à leur rencontre.

– Le jeune homme qui est là-bas, c'est Fergus Grant, le frère d'Alan. Il arrive de Berlin.

– Ah, oui, acquiesça Hannah. J'ai appris tout à l'heure que le coroner avait opté pour une audience conjointe.

Avant qu'elle ait pu en dire plus, les portes du tribunal s'ouvrirent, et un huissier s'avança.

– La séance de la Troisième Cour est ouverte !

Ils entrèrent dans la salle, suivis de Grant et d'une demi-douzaine de personnes – des curieux, qui venaient ici pour se distraire plus qu'autre chose. À l'intérieur, il y avait plusieurs employés de l'administration judiciaire, un sergent de police en uniforme, et le greffier. Hannah s'approcha de ce dernier pour lui parler, puis retourna auprès de ses collègues, qui avaient pris place sur un banc.

Quelques instants plus tard, George Langley s'avança et alla saluer le greffier.

– Le médecin légiste, dit Dillon à Ferguson.

Rupert Dauncey et Henry Percy arrivèrent cinq minutes plus tard, accompagnés d'un huissier qui les présenta au greffier. Comme ils se retournaient pour aller s'asseoir, Dauncey regarda dans la direction de Quinn et de son groupe, et esquissa un sourire. Il s'assit sur un banc, avec Percy, de l'autre côté de l'allée centrale.

Le greffier annonça d'une voix forte :

– La cour se lève pour saluer le coroner de Sa Majesté.

Le coroner, un homme aux cheveux blancs qui avait davantage une tête de vieux savant que de juriste, entra dans le tribunal et s'installa dans le fauteuil de son perchoir, dominant tout le monde. Une porte latérale s'ouvrit ensuite sur les jurés, précédés d'un huissier. Ils se serrèrent sur les bancs qui leur étaient réservés, le greffier leur fit prêter serment et l'audience put commencer pour de bon.

Le coroner s'exprimait avec concision, et d'une voix plutôt sèche.

– Avant tout je dois faire la déclaration suivante : les circonstances étant ce qu'elles sont, et avec la permission du Bureau du Grand Chancelier d'Angleterre, cette audience s'attachera à l'examen conjoint des décès d'Helen Quinn et d'Alan Grant, deux affaires qui sont étroitement liées.

Il hocha la tête à l'adresse du greffier.

– Nous examinerons d'abord le rapport de police.

Le sergent en uniforme fut appelé à la barre. Il exposa rapidement les éléments importants de l'affaire : comment Helen Quinn avait été amenée à l'hôpital, comment on avait retrouvé la trace d'Alan Grant à Canal Street, puis découvert son corps au bord de la Tamise.

Le greffier remercia le policier pour appeler ensuite Henry Percy. Celui-ci vint à la barre, et confirma son identité avec beaucoup de nervosité dans la voix.

Le coroner prit l'un des nombreux documents étalés devant lui.

– Ainsi, professeur, vous connaissiez bien Helen Quinn et Alan Grant ?

– Oui !

– Pouvez-vous confirmer qu'ils avaient une relation amoureuse ?

– Je le confirme, comme pourraient le faire tous les étudiants de leur entourage.

– Savez-vous s'ils avaient des problèmes relationnels ?

– Au contraire. Ils s'entendaient à merveille.

– Le jour qui nous intéresse, celui du voyage en car jusqu'à Londres et de la manifestation de Whitehall, vous étiez vous-même avec le groupe, je crois savoir ?

– Oui. Nous avions entendu dire que l'événement risquait de tourner à l'émeute, et nous avions peur que nos étudiants aient des problèmes. Nous les avons donc suppliés de ne pas y aller...

– Vous ont-ils écouté ?

– Une demi-douzaine d'entre eux seulement.

– Vous dites « nous ». Il s'agit de vous et de qui d'autre ?

– J'étais avec monsieur Rupert Dauncey. Il représente le Fonds Caritatif Rashid, lequel subventionne Lutte des classes & Action, le groupe militant dont je suis membre.

– Lutte des classes & Action, répéta le coroner en regardant un document qu'il tenait à la main. Un nom bien curieux. Que signifie-t-il ?

– Il témoigne de notre aversion pour le capitalisme. Nous visons à rééduquer nos contemporains, à changer leur mode de pensée.

– Et vous faites ça en les prenant très jeunes, répliqua sèchement le coroner.

Des rires fusèrent dans le tribunal.

– Vous pouvez disposer, dit le coroner à Percy.

Le greffier appela Rupert Dauncey à la barre. Vêtu d'un superbe costume en flanelle bleue, le représentant du groupe

Rashid avait beaucoup de prestance. Le coroner ne le retint pas longtemps.

– J'ai consulté la liste de toutes les organisations que votre Fonds subventionne et soutient, monsieur Dauncey. Toutes sont parfaitement dignes de louanges, j'en suis sûr.

– La Comtesse de Loch Dhu et Rashid Investments distribuent chaque année des millions de dollars, à travers le monde entier, à ces organisations.

– Certes. Revenons au voyage de Londres. Vous n'étiez pas d'accord avec cette manifestation ?

– Absolument pas. Quand j'ai appris, par-dessus le marché, que le Front Anarchiste Unifié en était le principal organisateur, j'étais horrifié. Je me suis rendu à Oxford pour soutenir le professeur Percy pendant qu'il exhortait les étudiants à rester chez eux.

– Et là-bas, vous avez vu Helen Quinn et Alan Grant ?

– J'étais assis dans le car à côté d'eux. Le professeur Percy me les avait présentés, lors d'une de mes précédentes visites à Oxford. J'ai énormément insisté auprès de la jeune femme pour qu'elle renonce à aller à Londres. Et puis Grant m'a dit qu'ils avaient prévu de passer le week-end en amoureux dans la maison de son frère, je me suis donc dit qu'ils avaient une raison valable de faire le voyage... Mais aujourd'hui je regrette amèrement de ne pas avoir réussi à persuader Helen de m'écouter.

– Vous n'avez aucune responsabilité dans cette affaire, monsieur Dauncey, affirma le coroner.

– Certes, mais les jeunes gens qui se sont rendus à cette manifestation, dont Helen Quinn, sont membres d'une organisation financée par le groupe Rashid, répondit Dauncey, l'air contrit.

Et si nous avions pu éviter le déplacement à Londres, les choses n'en seraient pas où elles en sont maintenant...

– Ça, monsieur, nous ne pouvons pas le savoir. Mais les doutes qui vous accablent sont tout à votre honneur. Veuillez vous retirer.

Rupert Dauncey, ayant fait une excellente impression sur la cour et les jurés, regagna sa place dans les travées. Le professeur George Langley fut appelé à témoigner à son tour.

– J'ai devant moi les rapports d'autopsie des défunts, dit le coroner. Vous avez vous-même pratiqué ces deux autopsies, n'est-ce pas ?

– En effet.

Le greffier distribuait des copies des rapports aux jurés.

– Mesdames et messieurs, leur dit le coroner, je vous propose d'y jeter un rapide coup d'œil, pour vous familiariser avec ce type de document. Je vous donne cinq minutes.

– C'est généreux, murmura Dillon d'un ton ironique.

– Tiens-toi bien, pour une fois, répliqua Hannah entre ses dents.

– Parce que j'ai l'habitude de mal me tenir ?

Dillon se tourna vers Quinn.

– Ça va ?

– Pour le moment, oui.

L'assistance patienta tandis que le coroner lisait un dossier posé devant lui. Enfin, il releva les yeux.

– Poursuivons. Professeur Langley, veuillez nous communiquer les éléments essentiels de ces rapports.

– Pour Helen Quinn, j'ai déterminé qu'elle a bu une grande

quantité de vodka, puis a avalé un cachet d'ecstasy un peu plus tard.

– La drogue a été prise *après* l'alcool, pas avant ?

– *Après*, absolument. L'analyse chimique aurait donné un résultat très différent si elle avait avalé l'ecstasy en premier.

– Vous ne dites pas « alcool », vous spécifiez qu'il s'agit de vodka.

– En effet. Nous pouvons identifier le type d'alcool. En fait, nous sommes même capables de déterminer de quel sorte de vodka il s'agit. La marque de la bouteille, je veux dire.

– Cela a-t-il une importance quelconque dans cette affaire ?

– Certainement. Car les analyses permettent d'établir un lien entre Helen Quinn et Alan Grant.

– Venons-en au cas du jeune homme. Encore une fois, quels sont les éléments marquants de votre rapport ?

– Alan Grant avait bu énormément de vodka. La même que celle avalée par Helen Quinn. J'avais identifié la marque. Sur ma requête la police a fouillé la maison de Canal Street et y a trouvé la bouteille. Quasiment vide.

– Et pour l'ecstasy ?

– On a trouvé un sachet en papier dans la poche de veste de Grant. À l'intérieur il y avait deux chocolats, chacun contenant un comprimé d'ecstasy. J'en ai fait faire l'analyse au laboratoire.

– Et ?

– Ces comprimés étaient du même lot que celui absorbé par Helen Quinn. Il ne peut y avoir le moindre doute là-dessus.

– À présent, venons-en aux circonstances du décès.

– Alan Grant est mort par noyade. Aucune élément ne nous permet de dire si c'est un décès d'origine criminelle. Il n'y avait par exemple aucune ecchymose sur le corps du jeune homme. Je me suis rendu à Canal Street et j'ai inspecté le quai...

– Pour en conclure... ?

– Le long du quai, il y a un parapet qui n'est pas très haut. Il s'agit peut-être d'un accident. Un homme en état d'ébriété, comme l'était Grant, pourrait facilement basculer dans l'eau par-dessus ce parapet. Ou bien...

Il haussa les épaules.

– Ou bien quoi ?

– Ou bien il a pu sauter volontairement. Saoul, ravagé de culpabilité à cause de la mort de son amie...

– Mais là, bien sûr, professeur, vous parlez par conjecture, et ce tribunal ne doit s'en tenir qu'aux faits avérés. Vous pouvez vous retirer.

– Comme vous voudrez.

Langley alla se rasseoir ; le coroner se tourna vers le jury.

– Mesdames et messieurs, c'est une affaire tragique, en effet, que celle de ces deux jeunes gens, étudiants dans l'une de nos plus prestigieuses universités, qui meurent ainsi au seuil de la vie. Cependant, comme je viens de le rappeler au professeur Langley, nous devons ici nous en tenir aux faits dont nous sommes certains, et non nous perdre en conjectures. Aussi, permettez-moi de vous rappeler les éléments fondamentaux des deux dossiers...

Il se tut, paraissant rassembler ses idées. Le public patienta en silence.

– Qu'ils aient l'un et l'autre bu de la vodka en grande quantité ne fait aucun doute. Qu'Alan Grant, pour dire les choses clairement, se soit débarrassé de la jeune femme mourante au

St. Mark Hospital est aussi hors de doute. Au sujet de l'ecstasy, il y a certaines questions que vous devez vous poser : pourquoi Alan Grant n'en a-t-il pas pris ? pourquoi la jeune femme seulement ? Vous pourriez vous demander s'il n'avait pas caché le comprimé d'ecstasy dans un chocolat dans le but de duper Helen Quinn, de le lui faire avaler à son insu – mais je dois vous rappeler que nous n'avons rien qui nous permette de confirmer une telle hypothèse. Peut-être s'était-elle elle-même procuré ces comprimés, dissimulés dans des chocolats pour des raisons de sécurité. Il est parfaitement raisonnable de penser qu'il a pris la fuite parce qu'il paniquait, et ce même si elle avait pris la drogue de son propre chef...

Il joignit les mains devant son visage comme pour prier, et leva les yeux vers le plafond.

– Concernant la mort d'Alan Grant, il s'agit d'une noyade, nous le savons. Mais a-t-il lui même décidé de mourir, par peur, par culpabilité peut-être... ? Ça, nous ne le saurons jamais. Et ça rend inadmissible un verdict de mort accidentelle.

« Un dernier mot au sujet de cette regrettable affaire. Monsieur Dauncey, au nom du groupe Rashid, a montré qu'il se sentait coupable de n'avoir pu empêcher les étudiants d'aller à la manifestation de Londres. Mon opinion est très différente de la sienne. On trouve sans difficulté de la vodka à Oxford, et il en va de même pour l'ecstasy. Je ne vois pas en quoi le voyage à Londres ou la manifestation de Whitehall ont la moindre influence sur les événements qui nous concernent. Cependant, les sentiments de monsieur Dauncey lui font honneur.

Il rassembla en une pile bien nette les documents éparpillés devant lui, puis fit pivoter son fauteuil pour s'adresser de nouveau aux membres du jury.

– Aussi, quel conseil puis-je vous donner dans pareille affaire, où nous n'avons aucun témoin ? Alan Grant a-t-il fait avaler le comprimé d'ecstasy à la jeune femme à son insu, ou l'a-t-elle pris de son plein gré ? Nous l'ignorerons toujours. Est-il tombé du quai parce qu'il était saoul, ou s'est-il donné la mort par désespoir ? Là encore, nous n'en savons rien. Dans ces conditions, je peux vous suggérer un verdict de constat de décès sans cause déterminée. Verdict qui sera à la fois légal et bien adapté à la situation. Vous pouvez, bien sûr, vous retirer pour délibérer.

Les jurés ne se donnèrent pas cette peine. Ils se penchèrent les uns vers les autres en échangeant des murmures, puis se redressèrent au bout de quelques instants. Leur président se leva.

– Le verdict de décès sans cause déterminée nous paraît convenable.

– Merci, dit le coroner. Que cela soit ainsi consigné.

Il se tourna vers le public.

– J'en viens maintenant à la question du parent le plus proche. Si Fergus Grant est présent, qu'il ait l'obligeance de se lever.

Grant obtempéra, l'air perplexe.

– Vous êtes le frère d'Alan Grant, c'est donc à vous que je délivre le permis d'inhumer, déclara le coroner. Vous pouvez à présent disposer de sa dépouille à votre convenance. Avec mes plus sincères condoléances.

– Merci, monsieur, répondit Grant, et il se rassit.

– Sénateur Daniel Quinn.

Quinn se leva.

– Je vous délivre le permis d'inhumer. Également avec mes plus vives condoléances.

– Merci, dit Quinn.

– La cour se lève pour le coroner de Sa Majesté ! annonça le greffier.

Et ce fut terminé. Le jury sortit par une porte latérale, le public se dispersa. Comme Rupert Dauncey passait à proximité du groupe de Ferguson, il salua Quinn d'un hochement de tête.

– Je vous prie de recevoir mes condoléances, sénateur.

Hannah et Fergus Grant s'approchèrent de la table du greffier, qui leur remit à chacun un permis d'inhumer. Comme Grant se dirigeait vers la porte, Quinn l'arrêta en lui touchant l'épaule.

– Écoutez... Je suis vraiment désolé. Le coroner a dit juste. Nous ne saurons jamais le fin mot de l'histoire. Et nous ne pouvons effacer ce qui s'est passé. Alors il faut aller de l'avant.

Grant, qui semblait au bord des larmes, le prit quasiment dans ses bras.

– Avec l'aide de Dieu, dit-il d'une voix entrecoupée.

– Avec Son aide, peut-être, acquiesça Quinn.

Ils regardèrent Grant sortir dans le hall et se diriger vers la rue.

– Et maintenant ? demanda Ferguson à Quinn.

– Si vous me donniez l'adresse d'un crématorium, ça m'arrangerait. J'aimerais ramener ses cendres en Amérique. Et si vous pouviez user de votre influence pour accélérer les choses, général, je vous en serais très reconnaissant.

– Commissaire ? demanda Ferguson à Hannah.

– Je m'occupe de tout, sénateur, dit-elle.

– Alors venez avec moi en voiture, commissaire, et nous discuterons de l'organisation de la cérémonie. Je ne veux pas de véritables obsèques – j'arrangerai ça chez moi –, mais la présence d'un prêtre catholique serait appréciable.

– Considérez que c'est fait.

– Je vous accompagne, dit Dillon, et il se tourna vers le général. Je vous verrai plus tard.

– C'est vous qui menez la barque, maintenant ? demanda Ferguson.

– Comme toujours, non ?

Ils prirent la direction de Park Place. Hannah, assise près de la vitre, passait coup de téléphone sur coup de téléphone. Elle y était encore quand ils arrivèrent chez Quinn. Mary ouvrit la porte, le sénateur les précéda jusqu'au salon.

– Café, Mary.

– Et pour moi, du thé, dit Dillon.

La domestique sortit ; Quinn regarda Dillon.

– Il a été bon, l'ami Dauncey. Très bon.

– Oui, acquiesça Dillon. Mais il va trébucher. Il y a quelque chose de pas net dans son jeu. Nous avons juste à découvrir quoi.

Hannah éteignit enfin son téléphone.

– Voilà, j'ai chargé une entreprise de pompes funèbres avec laquelle nous travaillons souvent de passer prendre le corps de votre fille à la morgue. Ensuite, la cérémonie aura lieu aujourd'hui même au crématorium de North Hill, à quatorze heures. Le père Cohan vous y attendra.

– *Nous* y attendra, rectifia Dillon. J'irai là-bas avec vous, sénateur.

– Alors je viendrai aussi, ajouta Hannah. Si ça vous convient.

– Bien sûr, répondit Quinn. Je vous remercie.

– Les amis sont là pour ça, Daniel, dit Dillon.

Le père Cohan, un Irlandais, était sans doute la seule bonne chose du crématorium de North Hill. La cérémonie fut une expérience négative en tous points, et la musique de chœur « céleste » qu'un magnétophone à cassettes diffusait en arrière-plan n'arrangeait rien. Mais Cohan était aussi énergique et plein de bonne volonté qu'on pouvait le souhaiter.

– « Je suis la résurrection et la vie, a dit le Seigneur. Celui qui croit en moi vivra, quand même il serait mort. »

« Je ne sais pas, songea Quinn. Le gâchis le plus total d'une jeune vie – et pourquoi, dans quel but ? Non, je ne peux plus croire à tout ça, plus maintenant. Que ceux qui veulent avoir la foi écoutent ces balivernes, mais pas moi ! » Et pour quelque raison étrange, il pensa tout à coup à la sœur Sarah Palmer, à Bo Din et au Vietnam, il y avait tant et tant d'années de ça...

Le père Cohan aspergea le cercueil d'eau bénite, puis le tapis roulant l'emporta vers le trou noir du crématorium. C'était terminé.

Le directeur de l'établissement s'avança vers Quinn.

– Nous vous livrerons les cendres ce soir, sénateur. Park Place, c'est bien cela ?

– Au numéro huit, répondit Quinn en lui serrant la main. Je vous remercie.

Ils sortirent de la salle, suivis de Cohan.

– Vous avez une voiture, mon père ? demanda Hannah.

– Oui, je me débrouille.

Il prit les mains de Quinn entre les siennes.

– Laissez-vous du temps, sénateur. Il y a une raison à toute chose. Vous comprendrez un jour.

Ils marchèrent jusqu'à la Mercedes, près de laquelle Luke patientait.

– C'est terminé, donc, dit Dillon.

Quinn secoua la tête.

– Non, il y encore un détail que je veux régler avant de partir. Je vais à Oxford récupérer les affaires d'Helen dans sa chambre, au St. Hugh's College. Je vous dépose en passant ?

– Sa chambre ? répéta Dillon, songeur, tandis qu'il allumait une cigarette. Vous savez quoi ? Je n'ai jamais vu sa chambre, ni celle de Grant. Ça ne vous ennuie pas si je viens avec vous, n'est-ce pas ?

Ils arrivèrent à Oxford une heure et demie plus tard. Quinn guida Luke à travers la ville, et la Mercedes s'arrêta enfin devant les portes de St. Hugh's. Le portier sortit de sa loge.

– Je peux vous aider ?

– Vous vous souvenez peut-être de moi ? Daniel Quinn. Je viens prendre les affaires de ma fille.

Le portier perdit son sourire.

– Bien sûr, monsieur. Permettez-moi de vous dire à quel

point je suis navré. C'était une jeune fille charmante. Je vais appeler le principal pour le prévenir de votre arrivée.

– C'est gentil à vous.

Ils entrèrent dans la cour ; Luke se gara devant la porte principale. Quinn et Dillon descendirent de voiture.

– Avant de monter chez Helen, nous allons saluer le principal, dit le sénateur. Son bureau est par là, après la salle des étudiants. C'est là que les jeunes se rassemblent pour passer le temps...

Dans le hall, juste après l'entrée, il y avait des rangées de casiers individuels aux noms de tous les étudiants de l'établissement, classés par ordre alphabétique. Quinn s'arrêta devant celui de sa fille, l'ouvrit d'une main tremblante. À l'intérieur se trouvaient trois lettres. Il les regarda l'une après l'autre, et soupira profondément.

– Celle-là, dit-il en montrant une enveloppe, c'est la dernière que je lui ai envoyée du Kosovo.

Dillon fit glisser son index sur les noms, jusqu'à tomber sur le casier d'Alan Grant. Il n'y avait là aucun courrier, mais quelque chose... Un gros stylo ? Dillon tendit la main et saisit l'objet, l'examina quelques instants, puis le glissa dans sa poche. Ce stylo avait quelque chose de bizarre – mais quoi... ?

Une porte s'ouvrit un peu plus loin dans le hall. Le principal vint à leur rencontre.

– Bonjour, sénateur. Je ne puis vous dire à quel point nous sommes tous bouleversés.

Ils se serrèrent la main.

– Je présume que vous êtes venu récupérer les vêtements et

les objets personnels de votre fille. J'avais déjà demandé qu'on prépare ses valises. J'espère avoir bien fait ?

– Oui. Je vous remercie.

– Voulez-vous que je vous accompagne ?

– Ça ne sera pas nécessaire.

– Voici les clés de sa chambre, dit le principal en lui donnant un trousseau.

Il parut soudain gêné, puis ajouta d'une voix hésitante :

– Votre fille était une remarquable jeune femme, très appréciée des enseignants comme de ses camarades. Ce que j'ai entendu dire des circonstances de sa mort, c'est... invraisemblable. Ça lui ressemble si peu que ça n'a même aucun sens...

– Je suis de cet avis, et je vous suis reconnaissant de me le dire.

Quinn s'éloigna dans le couloir ; Dillon le suivit.

La chambre d'Helen se trouvait au premier étage. Le mobilier se composait d'un lit une place, d'une armoire, d'une table de travail, d'une chaise et d'un fauteuil. Deux valises pleines étaient posées sur le parquet, et sur le lit il y avait un sac de voyage vide, grand ouvert. Deux étagères étaient remplies de livres, quelques objets divers traînaient çà et là. Sur le bureau, une photo encadrée de Quinn et d'Helen, le père tenant sa fille par les épaules, tous deux souriants. Il régnait dans cette chambre une atmosphère tranquille et studieuse – mais la pièce était comme emplie de la présence de la jeune femme. Quinn s'appuya au bureau, le dos courbé, le corps secoué par un violent sanglot.

Dillon lui posa une main sur l'épaule.

– Gardez votre calme. Respirez à fond.

– Je sais. Ça va aller, répondit Quinn, et il se redressa en reniflant. Je vais remplir le sac de voyage avec les bouquins et les quelques trucs qui sont là.

Il commença à prendre les livres sur les étagères. Dillon s'approcha de la fenêtre, sortit le stylo de sa poche et l'examina.

– Qu'est-ce que vous avez là ?

– J'ai trouvé ça dans le casier d'Alan Grant. Ce stylo me rappelle quelque chose, comme si j'avais...

Il fit claquer ses doigts.

– Mais bien sûr !

– Quoi ?

– J'ai déjà vu un de ces joujoux. Ce n'est pas un stylo ordinaire. C'est un appareil enregistreur.

Quinn posa les livres dans le sac et s'approcha de Dillon.

– Comment ça ? Vous en êtes sûr ?

– Il faut tourner le capuchon, et appuyer dessus. Ces petits bidules ont une capacité d'enregistrement étonnante.

– Mais qu'est-ce qu'un type comme Alan Grant faisait avec ça ?

– Nous allons peut-être le découvrir maintenant, dit Dillon, et il alluma l'appareil.

Il avait vu juste. Le son était très clair ; une voix d'homme s'éleva du stylo : « Là-dedans il y a trois friandises. Des chocolats. Chacun contient un comprimé d'ecstasy. Je veux que vous en offriez un à votre copine pendant la manifestation... »

Dillon éteignit l'appareil d'une pression du pouce. Un lourd silence tomba sur la chambre. Quinn le regardait fixement, le visage livide et crispé.

– Je connais cette voix, murmura-t-il.

– Moi aussi.

Quinn s'assit au bord du lit.

– Écoutons la fin...

Quand ils eurent entendu tout ce que Rupert Dauncey avait dit au jeune Grant, Quinn resta assis un long moment, sans rien dire, la tête entre les mains. Enfin, il releva les yeux.

– C'est donc ce fumier qui est responsable de la mort de ma fille.

– Je le crains, en effet.

– Mais pourquoi Grant a-t-il suivi ses instructions ?

– Aucune idée. Dauncey avait peut-être le moyen de le contraindre à faire ce qu'il a fait. L'enregistrement donne nettement l'impression que Dauncey avait la main haute sur lui. Et en plus, Grant a très bien pu se dire que ce n'était pas grave. Des tas de jeunes gens s'essaient à l'ecstasy. Il est probable qu'il en avait déjà pris lui-même auparavant.

Dillon se tut, songeur, et secoua la tête.

– Je ne pense pas qu'il avait l'intention qu'Helen meure, ajouta-t-il.

– Est-ce que ça expliquerait qu'il se soit ensuite suicidé ?

– *Si* il s'est suicidé. Plus nous nous penchons sur cette affaire, plus nous y trouvons les traces de l'ami Dauncey. Mon petit doigt me dit que nous ne sommes pas au bout de nos surprises. Ce type est capable de n'importe quoi.

– Eh bien moi aussi, dit Quinn en se mettant debout. Retournons à Londres, Sean. L'enregistrement de ce stylo, est-il possible d'en faire une copie ?

– Je pense que oui. J'ai un ami qui pourra s'en charger.

– Alors en route.

Quinn prit les deux valises, Dillon le sac de voyage, et ils quittèrent la chambre.

À Regency Square, Dillon fit les présentations entre Quinn et Roper, puis ce dernier examina le stylo.

– Je connais bien ces appareils. Je peux en copier le contenu sur une cassette. Le son n'en sera que meilleur.

– Une seule cassette, précisa Quinn. Je ne veux pas qu'il y ait plusieurs copies.

– Comme vous voudrez. Avant tout, j'ai besoin d'écouter l'enregistrement une fois en entier.

Il désigna la porte de la cuisine à Dillon.

– Après avoir essuyé vos affreux commentaires sur mon vin, Sean, j'ai fait livrer une bouteille de whiskey irlandais. Ce n'est pas du Bushmills, mais je pense qu'il vous conviendra. Sur l'étagère près du congélateur.

Roper fit rouler son fauteuil vers une sorte d'établi encombré d'appareils électroniques, et se mit au travail. Dillon trouva la bouteille de whiskey, deux verres, servit Quinn et se servit à son tour. Ils s'assirent côte à côte sur le rebord de la fenêtre.

– Qu'avez-vous l'intention de faire ? demanda l'Irlandais.

– Je veux rencontrer Kate Rashid et Dauncey.

– Vous en êtes certain ?

– Oh, oui, répondit Quinn, très calme. Ne vous inquiétez pas. Je n'aurai pas de pistolet caché dans ma poche, même si ce n'est pas l'envie qui m'en manque. Il y a d'autres moyens.

Roper fit pivoter son fauteuil.

– Un stylo, une cassette, dit-il en tendant les mains.

Avant que Dillon ait pu faire un geste, Quinn s'approcha et saisit les deux objets.

– Je pense que c'est à moi de les prendre. Avec tous mes remerciements, commandant.

– Le plaisir a été pour moi, dit Roper, puis il regarda Dillon. Tenez-moi au courant de la suite des événements, d'accord ?

Ils téléphonèrent à Ferguson, qui était à Cavendish Place. Quand ils arrivèrent à l'appartement, Hannah et le général étaient assis côte à côte près du feu, examinant des documents confidentiels.

– Comment ça s'est passé, à Oxford ? demanda Ferguson.

– Eh bien... On peut dire que ce fut une expérience très révélatrice, répondit Dillon.

Hannah fronça les sourcils.

– Qu'est-ce que ça veut dire, ça ?

– Je laisse le sénateur vous éclairer.

Ce fut au tour de Ferguson de grimacer.

– Quinn... ?

– Avant de vous expliquer la situation, j'aimerais soulever une question. Commissaire, vous êtes officier de police en service actif. Vous allez maintenant entendre des choses qui constituent une preuve de conduite criminelle, mais c'est *mon* problème. Si vous ne pouvez m'assurer de votre silence, je préférerais que vous nous laissiez seuls. Sans vouloir vous offenser, bien sûr.

Hannah, interloquée, dévisagea Quinn sans rien dire. Ferguson déclara d'une voix posée :

– La commissaire est détachée à mon service, et soumise aux restrictions qui s'imposent aux agents des services secrets. Ce qui se dit entre nous reste entre nous.

Il se tourna vers Hannah.

– Veuillez confirmer ce que je viens de dire.

L'air perplexe, elle hocha la tête.

– Je le confirme, monsieur.

Ferguson s'adressa de nouveau à Quinn.

– Alors, qu'avez-vous à nous... révéler ?

– Dans le casier d'Alan Grant, nous avons trouvé un stylo.

– Un stylo enregistreur secret, précisa Dillon.

Quinn montra le stylo, puis la cassette.

– Le commandant Roper vient de faire une copie de l'enregistrement, et la qualité du son est excellente. Ça devrait vous intéresser.

– Commissaire ? dit Ferguson.

Hannah se leva, prit la cassette que lui tendait Quinn et alla la mettre dans le magnétophone qui se trouvait dans l'angle du buffet. Elle appuya sur la touche de lecture. Une voix forte et claire s'éleva dans la pièce : « Là-dedans il y a trois friandises. Des chocolats. Chacun contient un comprimé d'ecstasy... »

Ensuite, Hannah s'exclama :

– Jamais je n'ai entendu pareille horreur. Cet homme est un monstre !

– Un salopard de la pire espèce, grogna Ferguson.

– Grâce à cette cassette, ajouta-t-elle, nous pouvons le faire arrêter immédiatement par la police.

– Et l'inculper de quoi ? répliqua Quinn. Meurtre ? Non. Homicide involontaire ? Non. Un bon avocat n'aurait aucun mal à démontrer que Dauncey n'avait pour ultime intention que de causer des ennuis à ma fille, et ce dans le but de salir ma réputation. Au pire, il pourrait être accusé d'avoir contribué à sa mort, mais je n'en suis même pas sûr.

– Il ne s'agit pas que de ça, sénateur, vous le savez aussi bien que moi...

– Bien sûr. Mais avec les ressources dont les Rashid disposent, comment puis-je être sûr qu'il sera puni à la hauteur de son crime ? Dauncey dira qu'il est désolé, que son antipathie envers moi l'a entraîné trop loin, ou je ne sais quoi encore – et quel genre de condamnation aura-t-il ? Allez, dites-moi...

– Que dalle, renchérit Dillon. Vous avez raison. La cassette est une lourde pièce à conviction, mais elle ne suffit pas.

– En outre, je ne pourrais rien dire de ce que nous savons dans d'autres domaines, que ce soit vos problèmes passés avec les Rashid, la tentative d'assassinat contre le président – tous les événements auxquels vous êtes liés, mes amis, sont classés top secret.

– Donc, Dauncey et Rashid resteront impunis ? demanda Hannah.

– Je n'ai pas dit ça. Si nécessaire, je n'aurai aucune hésitation à tuer Rupert Dauncey de mes propres mains.

Un silence gêné tomba sur la pièce. Puis Quinn reprit :

– Mais j'ai d'autres idées. Et pour commencer, je vais à la maison de South Audley Street pour les mettre face à cet enregistrement. Dillon, voulez-vous m'accompagner ?

– Je suis votre homme.

Ferguson soupira et se leva.

– Je suppose qu'il vaut mieux que je vienne, moi aussi, pour être la voix de la raison.

Il se tourna vers Hannah.

– Pas vous, commissaire. Même si vous êtes tenue au secret, mon petit doigt me dit qu'il vaut mieux que vous n'assistiez pas à cette rencontre.

Luke les conduisit à la propriété des Rashid ; une domestique en robe noire et tablier blanc les accueillit à la porte.

– La comtesse est-elle chez elle ? demanda Ferguson.

– Oui, monsieur.

– Ayez l'obligeance de lui faire savoir que le général Ferguson, le sénateur Quinn et monsieur Dillon aimeraient lui parler.

Ils patientèrent dans le hall pendant que la domestique montait à l'étage. Elle reparut un petit moment plus tard au sommet des marches :

– Messieurs, je vous prie de me suivre.

Elle les fit entrer dans le salon. Kate Rashid était assise près du feu ; Dauncey se tenait debout derrière elle.

– Eh bien, dit-elle, qui donc avons-nous là ? Les Trois Mousquetaires ? Un pour tous, et tous pour un ?

– Ce n'est pas drôle, Kate, dit Dillon. Et je crois que vous allez perdre votre humour quand vous aurez entendu ce que nous avons à vous faire écouter.

– Quoi donc ?

Quinn sortit le stylo de sa poche.

– Nous avons trouvé ceci à Oxford. Il appartenait à Alan

Grant. Je sais que vous savez de qui il s'agit, ne faites pas semblant de l'ignorer.

– Bien sûr que nous connaissons Alan Grant, dit Kate Rashid. Ne soyez pas si mélodramatique, sénateur !

– Voici maintenant ce que vous ne savez pas. Ce stylo dissimule un enregistreur numérique. Et Alan Grant l'a allumé quand votre cousin a commencé à le menacer.

Kate Rashid parut soudain décontenancée. Mais elle se ressaisit très vite.

– Absurde. Où donc un jeune homme comme lui aurait-il pu se procurer cet objet ?

– Son frère est spécialiste en matériel de surveillance, dit Dillon. Il lui a fait cadeau du stylo.

Quinn sortit la cassette de sa poche.

– Nous avons pris la liberté de faire une copie de l'enregistrement. La qualité du son est encore meilleure. Vous allez comprendre.

Il y avait un magnétophone dans un angle du salon. Quinn l'alluma et y glissa la cassette. Après quelques instants d'un silence tendu, la voix de Rupert Dauncey s'éleva des haut-parleurs.

Après quoi, Dillon dit :

– Quelle que soit la façon dont on regarde les choses, c'est très mauvais pour vous, Kate.

Il se tourna vers Dauncey.

– Et pour vous.

– Peine de prison garantie, je pense, dit Ferguson.

Rupert était d'un calme remarquable. Comme imperturbable. Il alluma une cigarette, l'air serein.

– Faites ce que vous voudrez, dit-il. Vous n'irez pas bien loin. Vous le savez, Ferguson, n'est-ce pas ?

– Vous faites une petite erreur, rétorqua Quinn. Ce que voulez dire, c'est que nous n'irons pas *assez* loin. Vous n'écoperez que d'une condamnation insignifiante, que vous ne servirez qu'à moitié de toute façon. Et vous savez quoi ? Vous avez raison.

Il brandit le stylo.

– Qu'est-ce que ça vaut, ça ? *Rien*. Sa seule véritable utilité aura été de me faire savoir que vous êtes responsable de la mort de ma fille.

Quinn jeta le stylo et la cassette dans la cheminée, au milieu des flammes.

– Pour l'amour du ciel ! s'exclama Ferguson tandis que les deux objets prenaient feu et se mettaient à fondre.

Dillon lui-même avait l'air stupéfait.

– Demain matin, je prends l'avion de Boston pour y ramener les cendres de ma fille, reprit Quinn. Quand elle sera inhumée, je reviendrai. C'est alors que nous commencerons à jouer pour de bon.

– Qu'est-ce que ça signifie, ça ? demanda Kate Rashid, visiblement ébranlée.

– Comtesse, j'ai l'intention de partir en guerre contre vous et votre compagnie. J'ai l'intention de vous ruiner. Et je le ferai, même si je dois y perdre la vie.

Il se tourna vers Rupert Dauncey.

– Et vous, vous êtes déjà mort.

Il tourna les talons et sortit du salon, suivi de Dillon et de Ferguson.

Après leur départ, Kate Rashid soupira et dit :

– Très désagréable, cette discussion. Qu'en penses-tu, mon chéri ? Mais il faut admirer le geste de Quinn. Tu crois que c'est vrai, qu'il n'y avait qu'une seule copie de la cassette ?

– Je n'ai jamais été aussi certain de quoi que ce soit de toute ma vie, répondit-il en allumant une cigarette. Je vais faire surveiller sa maison, que nous soyons prévenus de son retour.

– Et ensuite ?

– Ensuite, je m'en occupe.

Il sourit.

– « Même si je dois y perdre la vie », qu'il a dit. Ça pourrait lui arriver plus tôt qu'il ne le pense. Et toi, de ton côté ? Où en es-tu, avec ton histoire de spécialiste en explosifs ?

– J'attends encore que Colum McGee me téléphone. Dès qu'il aura organisé une rencontre avec Barry Keenan, nous prendrons l'avion pour Belfast et nous nous rendrons à Drumcree.

– Vais-je finir par savoir pourquoi ?

– Bien sûr. Mais pas tout de suite. Tout vient qui sait attendre, mon chéri.

Elle semblait avoir retrouvé toute sa bonne humeur.

– Que veux-tu faire, en attendant ? demanda-t-il.

– Nous allons nous amuser un peu. Je pensais aller à Dauncey Place. J'y ai un petit avion, à l'aérodrome local, un Black Eagle. Je me disais que nous pourrions aller jusqu'à l'île de Wight, et y pique-niquer.

– Mais... Ferguson et son équipe ?

– Mon cher Rupert, c'est bien à eux que je pense. Ils ne croiront *jamais* que nous n'allons là-bas que pour pique-niquer. Ça va les rendre dingues !

Sur une idée de Ferguson, Luke les conduisit au Dorchester. Ils s'assirent à une table d'angle du Piano Bar.

– Du champagne ne me semble guère de circonstance, dit le général.

– Non, mais un cognac me ferait du bien, dit Quinn.

Il tendit sa main droite, qui tremblait légèrement.

– À partir de maintenant, je dois apprendre à me contrôler.

– Je trouve que vous vous êtes remarquablement contrôlé, jusque-là, dit Ferguson. Mais écoutez-moi, sénateur... Dans cette affaire, nous devons avancer avec prudence. Avant le décès de votre fille nous n'avions rien de concret, rien qui légalement nous permette de prendre en défaut Kate Rashid et son groupe. Cet enregistrement nous mettait le pied à l'étrier, vous avez choisi de le détruire – ce qui nous renvoie à la case départ.

– La décision m'appartenait, objecta Quinn, et il avala d'un trait le cognac.

– Mais c'est une décision regrettable si elle signifie que vous envisagez une réponse violente.

– Non, général. Vous m'avez mal compris. Mon geste m'a ouvert de multiples options. Et... Oui, j'envisage une réponse violente.

– Auquel cas, intervint Dillon, vous pouvez compter sur moi.

– Dillon, n'oubliez pas pour qui vous travaillez.

– Le fin mot, général, c'est que je travaille comme je le veux, répliqua Dillon avec aisance. Si ça ne vous plaît pas, je vous dis adieu.

Ferguson le dévisagea longuement.

– Je regretterais beaucoup d'entendre ça, dit-il, puis il se tourna vers Quinn pour ajouter plus posément : Je me soucie pour vous, pour votre sécurité.

– Je sais.

Le sénateur se leva.

– Je dois y aller. J'ai des choses à faire.

– N'oubliez pas de téléphoner à Blake Johnson, lui rappela Ferguson. Cette histoire concerne aussi le président.

– Là, vous pouvez m'aider, dit Quinn. Téléphonez vous-même à Blake, général, et mettez-le au courant de ce qui s'est passé.

Il sourit.

– Merci, Sean, ajouta-t-il, et il s'éloigna.

– Il a l'air calme, mais il est en rage, marmonna Ferguson, maussade. Ce n'est pas bon du tout.

– Ce n'est jamais bon d'être furieux, acquiesça Dillon, et ils finirent leur cognac.

Londres
Boston
Washington
Londres

12

Le lendemain matin, Kate Rashid et Rupert Dauncey quittèrent la propriété de South Audley Street dans une Bentley bordeaux. Dillon les guettait au bout de la rue ; vêtu de cuir noir des pieds à la tête et coiffé d'un casque intégral, il faisait semblant de bricoler quelque chose sur sa moto. Quand la voiture passa devant lui il enfourcha la Suzuki pour les prendre en filature.

Il était venu ici sans raison particulière, et il n'avait prévenu ni Ferguson ni Hannah qu'il ne passerait pas au bureau. Il faisait un temps magnifique. La circulation était dense mais, la Bentley ne passant pas inaperçue, il pouvait les suivre de loin. Ils prirent l'autoroute quasiment tout le trajet, jusque dans l'Hampshire, puis empruntèrent des routes de campagne où il dut se montrer plus prudent pour ne pas se faire repérer.

Il fut étonné de constater qu'ils ne tournaient pas vers Dauncey Place, la propriété des Rashid, comme il l'avait supposé. Il se cala derrière deux camions agricoles que la Bentley avait dépassés, et puis soudain la voiture ralentit pour obliquer à gauche. Dillon aperçut une enseigne : AÉRODROME DE DAUNCEY.

C'était un de ces petits terrains d'aviation qui avaient probablement servi de base RAF pendant la Seconde Guerre mondiale, puis avaient été reconvertis pour un usage civil. Il y avait un bâtiment de bureaux, une tour de contrôle, et une trentaine d'avions alignés au bord de deux pistes herbeuses. Il y avait aussi plusieurs voitures garées sur le parking, dont la Bentley.

Dillon arrêta la moto au bout de la première piste et sortit ses jumelles. Comme Ferguson aimait s'en vanter à son sujet, il était capable de conduire ou piloter à peu près n'importe quel engin – et il connaissait la plupart des avions qui étaient là.

Un joli petit Black Eagle roulait lentement au sol sur la piste. Il s'arrêta à une trentaine de mètres de Dillon ; un homme en salopette blanche en descendit. Rupert Dauncey et Kate Rashid sortirent alors du bâtiment principal pour marcher à sa rencontre. Elle portait une combinaison noire et avait des Ray-Ban sur les yeux. Dauncey était vêtu d'un pantalon noir et d'un blouson d'aviateur. Ils discutèrent quelques minutes avec l'autre homme, puis montèrent dans l'avion. L'Eagle roula vers le bout de la piste, fit demi-tour et accéléra pour décoller.

Dillon longea la piste ; il apostropha l'homme en salopette blanche, qui se dirigeait vers le bâtiment.

– Superbe, cet Eagle ! dit-il en pointant un doigt vers le ciel. Une vraie beauté. De nos jours c'est un appareil de collectionneur.

– Il appartient à la Comtesse de Loch Dhu. Elle le pilote elle-même. Et elle est douée, croyez-moi.

– Où est-ce qu'elle va, aujourd'hui ?

L'homme prit la cigarette que Dillon lui offrait.

– Parfois elle aime aller passer la journée en France, mais là elle m'a dit qu'elle voulait visiter l'île de Wight. En faisant d'abord un arrêt chez elle, à Dauncey Place. Elle y a une piste d'atterrissage.

– C'est légal, ça ?

– Quand on est propriétaire de la moitié du comté, tout est possible ! répondit l'homme en riant. Il y a une cafétéria à l'intérieur, si vous voulez quelque chose...

– Non, merci, il vaut mieux que je me remette en route.

Dillon retourna à la Suzuki et démarra. Il rentra à Londres, songeur.

Il ne s'arrêta que lorsqu'il arriva à Wapping, sur le parking du Dark Man. Harry Salter, Billy, Baxter et Hall étaient à l'intérieur, en train de déguster un hachis Parmentier. Tous, sauf Billy bien sûr, avaient un verre de bière devant eux.

Harry Salter le regarda en fronçant les sourcils.

– Hmm, qu'est-ce que vous voulez ?

Dillon retira son casque. Harry éclata de rire.

– Ah c'est toi, mon salaud ! Tu cherches à décrocher un rôle dans un road-movie, ou quoi ?

– Je suis allé faire une balade dans l'arrière-pays. En pays Rashid, pour être précis. Le village de Dauncey et ses alentours...

Harry perdit son sourire.

– Ça veut dire des ennuis ?

– On peut dire ça.

– Alors tu ferais bien de prendre un verre, avant de parler.

Il fit signe à Billy, qui se leva, passa derrière le bar et revint avec une demi-bouteille de Bollinger et une coupe à champagne.

Dillon fit sauter le bouchon.

– Dis-moi ce que tu en penses, Billy, commença-t-il en se servant à boire. À dix kilomètres de la propriété, Dauncey Place, il y a un aérodrome où je vois notre amie Kate prendre les commandes d'un Black Eagle – un avion similaire à celui dans lequel Carver nous a transportés l'année dernière, toi et moi, dans le Hazar.

– Elle est *pilote* ?

– Je viens moi-même de le découvrir. J'ignorais qu'elle avait sa licence.

– Eh bien on en apprend tous les jours, commenta Harry. Mais ce n'est pas pour nous dire ça que tu es venu, j'imagine ?

– Non, il y a autre chose.

Dillon but une longue gorgée de champagne, puis leur fit part de ce qui s'était passé : Quinn, sa fille, Alan Grant – il leur raconta toute l'histoire.

Quand il se tut, un silence pesant tomba sur la table.

– Quel fumier, ce Dauncey, murmura enfin Billy.

– C'est peu de le dire, renchérit Harry. Quand je l'ai vu pour la première fois, j'ai tout de suite vu qu'il était dangereux. Que va-t-il se passer, maintenant ?

– Quinn revient à Londres dans quelques jours. Nous aviserons à ce moment-là.

– Il avait perdu la tête quand il a détruit le stylo et la cassette, dit Harry. Avec l'enregistrement, Dauncey aurait été envoyé en prison.

– Mais pour combien de temps ? répliqua Billy. Non, pas d'accord. Quinn a eu raison. Il veut plus que ce que la justice courante peut lui offrir, et je dirais qu'il a besoin de renforts...

– Alors tu veux l'aider à partir en guerre ? demanda Harry.

– C'est à peu près ça.

– Et le général ?

– Désapprouve ma démarche, répondit Dillon.

Billy soupira.

– De quoi est-ce qu'on parle, là, nom de Dieu ? Kate Rashid nous a tous condamnés à mort, n'est-ce pas ? Et Ferguson fait partie de ses ennemis. Je pense que nous devons tous nous soutenir, et nous entraider.

– Je suis aussi de cet avis, dit Harry, et il tendit la main à Dillon. Compte sur nous, Sean. Quoi qu'en dise Ferguson.

Avant de quitter Londres, Daniel Quinn téléphona à son vieil ami Tom Jackson – le Jackson du Vietnam et de Bo Din. Il le trouva à son bureau de Boston, chez Quinn Industries, et le bouleversa en lui apprenant la mort d'Helen. Il jugea cependant inutile de lui révéler tous les détails de l'affaire.

– Je peux vous aider à quelque chose ? demanda Jackson.

– Oui. Je ramène les cendres d'Helen avec moi. J'aimerais que vous contactiez monseigneur Walsh. Je veux des funérailles demain, et je veux quelque chose de discret, avec très peu de monde.

– Je comprends.

– Je veux aussi éviter, aussi longtemps que possible, que les journalistes ne fourrent leur nez là-dedans et ne se mettent à tricoter autour de l'idée qu'elle serait morte parce qu'elle prenait de la drogue.

– C'est entendu.

– Par conséquent, poursuivit Quinn, je ne préviens pas pour le moment l'ensemble de la famille, ni nos amis. J'aimerais que vous soyez avec moi demain, Tom, mais je préfère être franc : c'est surtout parce que j'aurai peut-être besoin de vos bons offices.

– Je suis à votre disposition, Daniel.

– Appelez Blake Johnson à la Maison-Blanche pour le prévenir. Qu'il informe le président. Je m'en remets à vous.

Tom Jackson, avocat brillant et perspicace, demanda après un bref silence :

– Daniel, y a-t-il quelque chose derrière cette tragédie ?

– Un de ces jours, mon vieux copain, je vous dirai tout.

Le lendemain après-midi, Daniel s'assit seul sur le premier banc de l'église du cimetière Lavery, où les Quinn possédaient un caveau. La cérémonie fut conduite par monseigneur Walsh, qui était le prêtre de la famille depuis si longtemps qu'il avait lui-même baptisé Helen. Il était assisté d'un prêtre beaucoup plus jeune, le père Doyle. Deux employés du cimetière vêtus de noir attendaient à l'arrière.

En ces pénibles circonstances, monseigneur Walsh faisait de son mieux. D'une certaine façon la scène rappelait ce qui s'était passé au crématorium de Londres, et Quinn laissa lui passer au-dessus de la tête les paroles routinières que le jeune prêtre prononçait :

– « Je suis la résurrection et la vie », a dit le Seigneur...

« Non, ce n'est pas vrai, songea-t-il. Il n'y aucune résurrection qui tienne. Il n'y a rien d'autre que la mort ! »

Il entendit la porte de l'église s'ouvrir et se refermer avec un claquement, puis un bruit de pas dans l'allée centrale. Une main se posa sur son épaule et il leva les yeux pour voir Blake Johnson, qui esquissa un sourire avant de s'asseoir sur le banc derrière lui.

Ils se levèrent pour le Notre-Père, puis Walsh aspergea d'eau bénite l'urne contenant les cendres d'Helen. En sourdine passait une musique d'orgue enregistrée. Le jeune prêtre saisit l'urne et fit signe à Quinn, qui s'avança pour la prendre entre ses mains.

Un petit cortège se forma dans l'allée centrale, les deux employés du cimetière à l'avant, puis les hommes d'Église, Quinn suivant avec les cendres de sa fille, Tom Jackson et Blake Johnson fermant la marche. Comme pour respecter la tradition, la pluie se mit à tomber au moment où ils sortaient de l'Église. Les employés donnèrent des parapluies à Johnson et à Jackson, puis l'un d'eux abrita Quinn et son collègue se chargea de protéger les prêtres de l'ondée.

La procession chemina à travers le cimetière. Celui-ci, très ancien, était planté de sapins et de cyprès, et décoré de statues d'anges ailés. Sur les pierres tombales et les monuments, presque tous de style gothique, des inscriptions vibrantes d'émotion témoignaient de la foi des hommes en la possibilité d'une vie dans l'au-delà.

Ils s'arrêtèrent devant un immense caveau à colonnes, dont

la porte en bronze était flanquée de statues d'anges. L'un des employés sortit une clé, ouvrit le battant et s'effaça.

Quinn sourit aux deux prêtres.

– Si ça ne vous ennuie pas, j'aimerais entrer seul.

À l'intérieur du caveau se trouvaient plusieurs cercueils ornementés : son père et sa mère, son épouse, et trois autres membres de la famille. Dans le mur avait été creusée une niche adaptée à l'urne d'Helen. Des bouquets de fleurs se trouvaient dessous, posés à même le sol. Jackson avait précisé à Quinn que le nom et les dates de sa fille seraient sculptés dans la pierre sous la niche, puis peints à l'or.

Il resta là un moment, au calme – sans incliner la tête pour prier, car il était désormais au-delà de la prière.

– Adieu, mon amour, murmura-t-il, et il sortit.

Un employé verrouilla la porte. Monseigneur Walsh s'approcha.

– Daniel, ne vous fermez pas au monde. Ne vous fermez pas à Dieu. Il y a une raison à chaque chose.

– Ah oui ? marmonna Quinn. Vous me pardonnerez si aujourd'hui je ne partage pas cet optimisme. Mais je vous remercie d'être venu. Helen vous a toujours beaucoup aimé. À présent, veuillez m'excuser...

Quinn s'éloigna. Jackson et Blake lui emboîtèrent le pas. Arrivé au parking, devant le cimetière, il se tourna vers eux.

– Désolé, Blake, ce n'est pas mon meilleur jour. Je vous suis reconnaissant d'être ici.

– Le président aurait voulu venir, Daniel, mais cela aurait attiré du monde. Il savait que c'était la dernière chose que vous vouliez.

– J'apprécie cette marque de considération.

– Vous retournez à Londres ?

– Dès que possible.

– Le président veut vous voir.

– Pourquoi ?

– Le général Ferguson nous a appelés. Il est inquiet. Nous le sommes tous. Je regrette d'avoir à vous rappeler qu'un mandat présidentiel portant votre nom vous soumet à l'autorité exclusive du président des États-Unis. Vous n'avez pas le droit de refuser.

– Mandat présidentiel ? répéta Tom Jackson. J'en avais entendu parler, mais je croyais que c'était un truc de roman.

– C'est tout à fait réel, répondit Blake.

– OK, fit Quinn. Je vais chez moi, je fais mes bagages pour l'Angleterre et je vous retrouve à l'aéroport. Pouvez-vous raccompagner Tom ?

– Pour l'amour du ciel, qu'est-ce qui se passe ? s'exclama Jackson.

Quinn soutint le regard de Blake.

– Ferguson vous a-t-il tout raconté ?

– Oui.

– Parfait. Vous pouvez donc expliquer l'affaire à Tom sur le chemin du retour. Dites-lui tout. On se retrouve plus tard à l'aéroport, c'est entendu ?

Il monta dans la voiture à côté de son chauffeur, lui donna ses instructions, et ils démarrèrent.

Blake était venu à Boston dans un Gulfstream de la flotte présidentielle. Quinn, qui avait son propre appareil, ordonna à ses pilotes de les suivre, Johnson et lui, jusqu'à Washington, et de réserver un créneau de décollage pour Londres.

Jackson était venu lui dire au revoir.

– Daniel... Si vous voulez que ce salopard meure, laissez-moi faire, mais ne vous en chargez pas vous-même. Il n'en vaut pas la peine.

– Ça me regarde, Tom. Ne vous tracassez pas pour moi. À propos, je vous fiche à la porte du service juridique.

Jackson le regarda d'un air atterré.

– Mais... Qu'est-ce que j'ai fait ?

– Rien que de l'excellent travail partout où vous avez posé vos pattes, répondit Quinn en souriant. Bert Hanley m'a téléphoné. Son cœur va plus mal que jamais. Les médecins lui ordonnent d'arrêter. Par conséquent, vous êtes le nouveau directeur général du groupe et c'est effectif sur-le-champ. Je resterai dans les parages en tant que président, mais... vous vous débrouillerez très bien sans moi.

Il se donnèrent l'accolade.

– Dieu vous bénisse, Tom, mais maintenant j'ai à faire.

Une sourire désabusé se peignit sur ses lèvres.

– C'est comme autrefois, à Bo Din...

– Non, Daniel ! répliqua Jackson.

Mais Quinn avait déjà passé le portillon du contrôle de sécurité.

Plus tard, dans l'avion, Blake dit :

– Tom Jackson ne jure que par vous.

– C'est un type merveilleux, et pour lui j'irais en enfer s'il le fallait. Mais ce que j'ai à faire maintenant, je ne peux pas l'éviter. Je suis très déterminé.

Il renversa la tête contre le dossier du fauteuil et ferma les yeux.

Clancy Smith leur ouvrit la porte, ils entrèrent dans le Bureau ovale. Cazalet, en bras de chemise, les lunettes sur le nez, était en train de signer des documents. Il leva les yeux, se redressa et fit le tour de la table.

– Daniel. J'aimerais pouvoir dire que c'est un plaisir de vous revoir.

– Monsieur le président, considérons que nous nous comprenons, et allons de l'avant. Que puis-je pour vous ?

– Asseyons-nous.

Ils s'installèrent autour de la table basse. Cazalet reprit la parole :

– Le général Ferguson nous a téléphoné, à Blake et à moi-même. Je suis extrêmement choqué de ce qu'il m'a dit de la conduite de Rupert Dauncey.

– Son action n'était pas réellement dirigée contre Helen, vous comprenez. Dauncey n'envisageait pas de tuer ma fille. Il voulait simplement qu'elle aille à cette manifestation sous l'emprise d'une drogue, et qu'étant arrêtée – *peut-être* arrêtée –, elle nous pose un sérieux problème d'image, à moi sur le plan personnel, à vous sur le plan politique.

– Et la chose a pris une tournure abominable, dit Blake.

– Ferguson nous a expliqué les raisons pour lesquelles vous avez détruit les enregistrements, enchaîna Cazalet. Mais là, je me dois de vous dire, en toute honnêteté, que je suis consterné. Vous auriez pu faire tomber Dauncey devant un jury.

– Il aurait écopé d'une peine ridicule, monsieur le président, et ça ne me suffit pas. Il n'a pas assassiné ma fille, mais il est entièrement responsable de sa mort. Ce n'est pas ce malheureux et inconscient jeune homme qui l'a tuée. J'ai l'intention de faire payer son crime à Dauncey.

– Mais proprement, Daniel, et sans violer la loi. Nous devons toujours agir dans le cadre de la loi.

– La loi ne peut rien, ou très peu, contre l'empire Rashid et Rupert Dauncey. Dites-moi une chose : que se passe-t-il si la loi ne peut être appliquée ? N'ai pas le droit que justice soit faite ?

– Non, répondit le président, car la justice n'est rien sans la loi. C'est ce qui nous relie les uns aux autres, c'est le cadre de nos vies à tous. Sans la loi, nous ne sommes rien.

– Et c'est exactement là-dessus que prospèrent les criminels, les vilains de tout poil. Je suis fatigué, monsieur le président, et je sais qu'un tas de gens pensent comme moi. Fatigué que les malfaiteurs restent impunis.

– Ce que je dis n'en reste pas moins vrai.

– En ce cas, nous devons convenir que sur cette question nous sommes en désaccord l'un avec l'autre.

Quinn se leva.

– Si vous êtes déterminé à aller dans cette voie, Daniel, je ne peux plus vous protéger. Vous vous en rendez compte, n'est-ce pas ?

– Je m'y attendais.

– Je me dois de préciser que pour moi, vous n'avez plus de

statut légal à Londres. L'ambassade ne vous apportera plus aucune assistance.

– Et le mandat présidentiel tombe ?

– Je suppose qu'il est caduc, en effet.

– Puis-je disposer, à présent ? Mon avion m'attend, nous avons un créneau de décollage pour Londres dans...

– Une dernière chose. Le général Ferguson partage mon point de vue. Il n'engagera ni sa propre personne, ni aucun membre de son équipe dans la voie que vous avez choisie. Ça signifie que vous ne pourrez pas compter sur l'aide de Sean Dillon.

– Monsieur Dillon m'a affirmé le contraire, et il me fait l'effet d'un homme de parole.

– Je regrette de l'entendre. Adieu, sénateur.

Blake raccompagna Quinn.

– J'espère que vous savez ce que vous faites.

– Je n'ai jamais été plus sûr de moi.

Quinn quitta la Maison-Blanche, Blake retourna dans le Bureau ovale. Cazalet avait repris place à sa table de travail.

– Vous pensez que j'ai eu tort ?

– Non, monsieur, certainement pas. Mais il a raison sur un point. Personne ne pourra faire tomber Kate Rashid ou son groupe en ayant recours à la justice, ou à aucune autre méthode... régulière. Il s'agit maintenant d'une de ces histoires qui exigent l'intervention d'hommes comme Dillon.

– Mais Daniel Quinn n'est pas un Dillon. Il n'y a pas un gramme de méchanceté en lui !

– Peut-être la mort de sa fille l'a-t-il changé, monsieur le président. Nous verrons.

Tard dans la soirée, à Londres, Rupert Dauncey reçut un appel téléphonique de l'un des hommes qu'il avait postés devant la maison de Daniel Quinn dans une camionnette des télécoms. Ils étaient deux – anciens SAS – à assurer la surveillance ; ils s'appelaient Newton et Cook.

– Il est de retour, monsieur, dit ce dernier.

– Quand est-il arrivé ?

– Il y a une heure. J'ai essayé de vous joindre plus tôt, mais ça ne répondait pas.

– Je faisais mon jogging.

– Là j'ai pensé que vous aimeriez savoir que son chauffeur vient de sortir de la maison en grand uniforme et qu'il attend près de la Mercedes. Quinn va sûrement quelque part.

– Je serai avec vous dans deux minutes.

Dauncey raccrocha le combiné, saisit son portable et se précipita vers la porte de la maison. Quelques instants plus tard il sortait du garage au volant de la Porsche de Kate. Comme il approchait le coin de Park Place, il vit la Mercedes tourner au carrefour et aperçut Quinn assis à côté de Luke. Il les prit en filature. Il appela Newton et Cook.

– Je l'ai, et je le suis. Vous, ne bougez pas.

À cette heure avancée, à Londres, la circulation était fluide. Quinn alluma une cigarette et se renversa contre le dossier du siège. Il avait toujours aimé circuler de nuit en voiture à travers la ville, surtout tard dans la nuit. Les rues désertes balayées par la pluie, la solitude, les émotions exacerbées... « Qu'est-ce que je fais, maintenant ? » se demanda-t-il, et la question provoqua en lui un immense désarroi.

Ils se dirigèrent vers le fleuve, passèrent la Tour de Londres, St. Katherine's Dock, pour arriver enfin dans Wapping High Street où Luke se gara devant le prieuré St. Mary. Il y avait déjà un an qu'il était venu ici pour la dernière fois, entre deux missions pour le président. Le prieuré se composait d'un vaste bâtiment en pierre grise, plutôt lugubre, dont la porte en chêne était toujours ouverte. Il y avait aussi, bien sûr, une chapelle dont on apercevait le clocher de la rue, par-dessus le mur d'enceinte.

– Je n'en ai pas pour longtemps, dit Quinn à Luke.

Il descendit de voiture et traversa la rue. Une plaque en pierre gravée annonçait : PRIEURÉ ST. MARY, PETITES SŒURS DE LA PITIÉ. MÈRE SUPÉRIEURE : SŒUR SARAH PALMER.

– « Nous ne fermons jamais », murmura Quinn en se rappelant ce que lui avait dit autrefois la sœur, et il franchit le seuil du prieuré.

Dans son cagibi, le portier de nuit buvait du thé en lisant l'*Evening Standard*. Il leva les yeux.

– Bonsoir.

Un petit écriteau, sur le mur, disait : *La chapelle est ouverte à tous ceux qui désirent se recueillir.*

– La Mère supérieure est-elle ici ?

– Je l'ai vue entrer dans la chapelle il y a un petit moment, monsieur.

– Merci.

Rupert, garé à quelques voitures de distance de la Mercedes, avait vu Quinn traverser la rue et entrer dans le prieuré. Il attendit trois minutes, puis le suivit.

Décontracté, souriant, il s'avança vers le portier.

– Mon ami qui vient d'entrer ici, où est-il allé ?

– À la chapelle, monsieur, il cherchait la Mère supérieure.

– Merci.

Dès qu'il franchit la porte de la chapelle, il y entendit distinctement deux voix – un homme et une femme. Il scruta les lieux. Il faisait très sombre, seules les bougies de l'autel chassaient quelque peu les ténèbres. Il s'avança sur la pointe des pieds et se posta derrière un pilier pour écouter leur conversation.

En entrant dans la chapelle Quinn s'était immobilisé et avait contemplé la statue de la Vierge sur le côté de l'autel. Les bougies qui brûlaient à ses pieds donnaient l'impression qu'elle flottait dans les airs. Sœur Sarah Palmer était à genoux sur le sol, frottant les dalles avec une brosse. Une tâche pénible qui était généralement réservée aux novices, mais qu'elle s'imposait comme une leçon d'humilité, en dépit du fait qu'elle était Mère supérieure. Le froid, l'humidité et l'encens donnaient à la chapelle une atmosphère et une odeur typiques.

– Des bougies, de l'encens, de l'eau bénite, dit Quinn avec douceur. Il n'en faudrait pas beaucoup plus pour que je me signe.

Elle cessa de frotter le sol et leva calmement les yeux.

– Daniel. Quelle surprise ! Où étiez-vous donc ces temps derniers ?

– Au Kosovo.

– C'était dur ?

– Oui. Beaucoup trop de cadavres dans les rues.

Elle posa la brosse dans le seau, puis y prit un chiffon avec lequel elle commença à sécher le sol.

– Aussi dur qu'à Bo Din ? demanda-t-elle.

– Aussi dur. Mais d'une façon différente.

Elle lâcha le chiffon et regarda de nouveau Quinn.

– Que se passe-t-il, Daniel ?

– Helen est morte.

Elle se figea, le dévisageant.

– Oh, mon Dieu...

Il s'assit sur le banc le plus proche. Elle se redressa et vint s'accroupir devant lui.

– Comment est-ce arrivé ? Pourquoi ?

D'une voix monocorde, il lui raconta toute l'histoire.

Après quoi elle dit :

– Dieu vous impose une terrible épreuve, Daniel. Ce qui est arrivé, c'est horrible, mais vous ne devez pas laisser ce drame vous détruire à votre tour.

– Et comment faire ? répliqua-t-il.

– Il vous faut chercher refuge dans la prière, demander Son soutien à Dieu...

– Au lieu de chercher à me venger ? l'interrompit-il, et il secoua la tête. Je ne ressens rien d'autre qu'un affreux désir de vengeance. C'est une chose étrange que la souffrance, savez-vous. J'ai découvert qu'il est possible de trouver un certain réconfort dans la blessure de l'autre, de celui qui vous a fait du mal. Et c'est comme si on n'en avait jamais assez. En laissant pour le moment Rupert Dauncey en liberté, je fais durer sa souffrance, sa punition.

– De telles pensées vous détruiront.

– Si c'est le prix à payer, j'y consens.

Il se leva, et elle se redressa à son tour.

– Pourquoi êtes-vous venu ici, Daniel ? Vous saviez que je ne pourrai jamais approuver ce que vous avez l'intention de faire.

– Oui, mais il était important que je vous dise moi-même ce qui est arrivé. Et que j'essaie de vous faire comprendre ma démarche.

– Alors qu'espérez-vous ? Que je vous bénisse ?

Elle parlait d'une voix dure, et son visage exprimait une colère sourde à l'encontre de Quinn. Pendant quelques instants il eut l'impression de se retrouver face à la jeune nonne qu'il avait connue à Bo Din.

– Bénissez-moi, oui, ça ne me fera pas de mal.

Elle secoua la tête et fit alors la chose la plus difficile qu'elle eût jamais faite de toute sa vie. Pour le bien de son ami, elle lui refusa ce qu'il demandait :

– Va, âme chrétienne ! Au nom de Dieu le Père Tout-Puissant qui t'a créé, quitte ce monde.

– Ah... Très pertinent, répondit Quinn, et il sourit tristement. Au revoir. Dieu vous garde, Sarah.

Il tourna les talons et s'éloigna.

Pleine de désespoir, elle se laissa tomber à genoux face à la Vierge et se mit à prier. Soudain elle sentit une présence derrière son dos. Ouvrant les yeux, elle vit un homme s'accroupir près d'elle. Des cheveux blonds, un visage d'ange – mais c'était le Diable en personne qui était là, elle le comprit dans l'instant.

– Tout va bien, ma sœur, je ne vous veux aucun mal, dit-il. J'ai suivi notre ami jusqu'ici. J'ai vu votre nom sur la porte. Je sais qui vous êtes. Vous êtes la remarquable jeune nonne de Bo Din.

– Et vous, qui êtes-vous ?

– Beaucoup de choses. Un piètre catholique, pour commencer. Ne vous inquiétez pas, jamais je ne vous ferai le moindre mal. Dieu ne me le pardonnerait pas.

– Vous êtes fou.

– C'est possible. Je suis aussi l'homme à qui il reproche la mort de sa fille.

– Rupert Dauncey, murmura-t-elle.

– En effet.

Il se remit debout.

– J'ai apprécié votre façon de le... bénir. Maintenant, une prière pour les morts est de circonstance, dit-il, et il sourit de nouveau. N'oubliez pas de lui téléphoner. Qu'il sache que j'étais ici.

Le bruit de ses pas s'estompa à mesure qu'il s'éloignait. Sœur Sarah se redressa et s'assit sur un banc, plus terrifiée qu'elle ne l'avait jamais été.

La Mercedes s'arrêta dans la cour de la maison de Park Place. Quinn et Luke en descendirent.

– Demain, je n'aurai pas besoin de vous de bonne heure, dit Quinn. J'irai faire un jogging dans Hyde Park à sept heures et demie. Demandez à Mary de préparer le petit-déjeuner pour neuf heures.

De l'autre côté de la rue, dans leur camionnette maquillée en véhicule des télécoms, Newton et Cook avaient tout entendu. Cook téléphona à Dauncey, qui venait de rentrer chez lui, et l'informa de la situation.

– Très bien. Rentrez chez vous, et revenez demain matin en tenue de jogging. Quand il sort de la maison, vous le suivez jusqu'au parc.

– Et puis quoi ?

– Vous faites ce que vous avez à faire.

Rupert n'alla pas voir Kate pour la mettre au courant des derniers événements. Sa rencontre avec la sœur Sarah Palmer, c'était quelque chose de trop personnel – sa cousine ne comprendrait jamais les sentiments qui l'habitaient maintenant. Il se servit un Jack Daniel's, prit le journal du soir et s'assit dans un fauteuil. Un moment plus tard le téléphone sonna.

– Quinn à l'appareil, dit une voix dure. Sœur Sarah vient de m'appeler. Je jure devant Dieu que si vous faites le moindre mal à cette femme...

– Ne dites pas de bêtises, sénateur, l'interrompit Rupert. Sœur Sarah est bien la dernière personne au monde à qui je veuille du mal. Une femme aussi remarquable, on n'y touche pas. Donc... Bonne nuit. Dormez à poings fermés.

Il raccrocha.

Quinn reposa le combiné et prit conscience qu'il croyait Dauncey. Il y réfléchit quelques instants, puis, sur une impulsion, appela Sean Dillon à Stable Mews.

– Quinn à l'appareil.

Il lui raconta ce qui venait de se passer.

– Je le crois, quand il dit ne lui vouloir aucun mal, conclut-il. Je ne sais pas pourquoi, mais je le crois sans réserve.

– Très bien. L'important, de mon point de vue, c'est qu'il vous a suivi jusqu'au prieuré St. Mary. Probablement depuis chez vous. Je dirais que vous êtes surveillé. Y a-t-il quelque chose d'inhabituel dans la rue ?

– Attendez une minute.

Quinn alla à la fenêtre, regarda dehors, reprit le combiné.

– Il y a une camionnette des télécoms juste en face.

– Télécoms, mes fesses.

– Merci pour le tuyau.

– Comment ça s'est passé à Boston ?

– Comme vous pouvez l'imaginer. À Washington, par contre... j'ai été déçu.

Il lui parla de sa rencontre avec le président, puis précisa :

– Il m'a clairement fait comprendre que Ferguson et lui étaient sur la même longueur d'onde.

– Hmm... Aucune importance. Je suis mon propre maître, et l'ai toujours été. Je viendrai vous voir demain matin, et nous pourrons parler de tout ça.

– Je vais courir dans Hyde Park à sept heures et demie. Venez donc prendre le petit-déjeuner avec moi, vers neuf heures.

– Le rendez-vous est pris, dit Dillon, et il raccrocha.

Il se réveilla tôt le lendemain matin. Regardant son réveil, il réalisa qu'il avait le temps de rejoindre Quinn pour son jogging. Il enfila un survêtement, descendit au rez-de-chaussée, ouvrit la porte du garage et enfourcha la Suzuki.

En chemin pour Park Place, il songea à la camionnette des télécoms dont Quinn lui avait parlé, et se demanda comment régler ce problème. Peut-être un appel anonyme à la police... Une solution simple et efficace.

Il tourna de Grosvenor Square vers South Audley Street et, comme il se dirigeait vers Park Place, vit Quinn sortir de chez lui en courant et traverser la rue. Quelques instants plus tard, deux hommes en survêtement sortirent de la camionnette et le suivirent. Dillon poussa un juron, accéléra jusqu'à la maison de Quinn, mit la Suzuki sur sa béquille, plongea la main au fond de la sacoche de selle pour y ouvrir le compartiment secret et en tirer un Walther qu'il glissa dans la poche de son survêtement. Il prit les trois homme en chasse, en courant de toutes ses forces.

Quinn traversa Park Lane par le passage souterrain, monta l'escalier de l'autre côté sans cesser de courir, s'engagea dans Hyde Park. Newton et Cook le talonnaient, mais Dillon n'était plus très loin.

C'était une matinée brumeuse, et il crachinait. Une demi-douzaine d'hommes de la Cavalerie de la Garde Royale faisaient faire des exercices à leurs montures ; il y avait aussi quelques cavaliers solitaires qui trottaient ou galopaient ici et là. Quinn traversa une pelouse et s'engouffra entre les arbres. La brume y était plus dense ; il n'y avait personne en vue.

Il entendit tout à coup un bruit de pas précipités derrière son dos. Comme il se tournait, Newton l'agrippa par l'épaule et lui fit un croche-pied. Il trébucha et mit un genou à terre. Cook lui envoya un coup de pied dans la poitrine. Quinn roula sur lui-même et réussit à se redresser juste au moment où Cook levait de nouveau la jambe pour le frapper. Alors, tout lui revint en un éclair – toutes les ficelles du métier. Il para sans difficulté l'attaque de son adversaire, le ceintura et le fit basculer par-dessus sa hanche. Newton surgit de derrière, glissa un bras autour de son cou : Quinn se laissa tomber à genoux en vrillant le buste, projetant l'homme sur le côté.

Mais ils se redressèrent tous les deux et lui firent face.

– C'est fini, mon gars, dit Cook. T'es cuit.

Une détonation fendit l'air, bruit mat dans l'atmosphère gorgée d'humidité. Dillon surgit, Walther en main.

– Je crois que c'est vous qui êtes cuits, dit-il en s'approchant des deux hommes. Qui vous envoie ? Dauncey ?

– Va te faire voir, répliqua Cook.

Dillon le frappa à l'entrejambe, se tourna vers Newton et l'agrippa par le devant de son survêtement en lui collant le Walther contre l'oreille gauche.

– T'as deux solutions. Un, je te bousille l'oreille. Deux, tu me dis qui vous envoie.

Newton paniqua.

– OK, OK ! C'est Dauncey.

– Tu vois, c'était facile. Occupe-toi de ton copain. Ensuite, appelle le patron et dis-lui que Dillon était de la fête.

Il rit

– Je ne voudrais pas être dans vos pompes, les gars, quand il apprendra que vous avez raté votre coup.

Il fit signe à Quinn.

– Allons-nous-en. Reprenons ce jogging.

Ils s'éloignèrent en courant.

À peu près au moment où Newton et Cook apprenaient la mauvaise nouvelle à Dauncey, Quinn et Dillon se présentaient à Ferguson à Cavendish Place. Hannah les rejoignit, elle aussi, en réponse à l'appel du général ; elle arriva à temps pour entendre ce qui s'était passé la veille au prieuré, puis ce matin dans le parc.

Dillon termina son récit et sourit.

– Nous savons maintenant à quoi nous en tenir. C'est la guerre totale.

– Peut-être, répliqua Ferguson, mais nous n'avons toujours pas la moindre preuve contre Dauncey. Il niera avoir eu le moindre contact avec ces deux hommes.

– Ça, je m'en contrefiche, objecta Quinn. Comprenez une fois pour toutes qu'il ne s'agit plus de faire appel à la police. Désormais, il n'appartient qu'à nous de prendre les décisions qui s'imposent, en fonction de ce que nous savons.

– Le président m'a téléphoné, voyez-vous, dit Ferguson, puis il haussa les épaules. Vous ne pouvez plus compter que sur vous-même...

– Il n'est pas seul, intervint Dillon. Il peut compter sur moi.

– Si vous jouez ce jeu-là, je vous exclus de mon équipe, déclara calmement le général. À votre place, je réfléchirais.

– C'est tout réfléchi.

Dillon se tourna vers Quinn.

– Allons-y, sénateur.

Ils quittèrent la pièce. Hannah fronçait les sourcils.

– Vous êtes sûr de ce que vous faites, monsieur ?

– La seule chose dont je suis sûr, c'est que Dillon va maintenant donner le meilleur de lui-même. Il va être impitoyable.

– Et ça vous convient ?

Ferguson sourit.

– À merveille.

13

Plus tard dans la journée, Dauncey déjeuna avec Kate et lui raconta, sans cacher sa contrariété, les événements de la matinée.

Elle secoua la tête.

– Ça fait combien, Rupert... La troisième fois ? Soit Quinn est protégé par une puissance surnaturelle, soit nous allons sérieusement devoir réexaminer notre façon de gérer ce genre d'affaire.

Elle le toisa d'un regard lourd de sens, puis sourit.

– Mais pour le moment, je me fiche un peu de tout ça. Quinn n'était qu'un amuse-gueule. Le grand jeu va bientôt commencer.

– Que veux-tu dire ?

– Barry Keenan m'a appelée. Colum McGee l'a prévenu que je voulais le rencontrer.

– Où ?

– À Drumcree, dans trois jours. Nous prenons l'avion jeudi après-midi, nous dormons à l'Europa, et le lendemain matin nous irons en voiture à Drumcree. Si tout se passe bien nous pourrons redécoller d'Aldergrove le soir même.

– Et c'est là que tu vas enfin me dire ce que tu mijotes ?

– Absolument, mon chéri.

Au même instant, Quinn et Dillon sonnaient à la porte de Regency Square. Le battant s'ouvrit sur un déclic ; comme d'habitude ils trouvèrent Roper devant ses ordinateurs, dans le salon.

– J'allais justement vous appeler, dit-il. Rashid et Dauncey prennent l'avion pour Belfast jeudi après-midi. Ils descendent à l'Europa, et il est prévu qu'ils reviennent à Londres vendredi soir.

– Vous pensez que c'est important pour nous ? demanda Quinn à Dillon.

– Je ne sais pas. Peut-être qu'ils ne vont là-bas que pour les affaires courantes. Mais la dernière fois que je me suis retrouvé en Irlande avec Kate Rashid, c'était parce qu'elle voulait engager des types de l'IRA. Nous irons à Belfast avant elle, et nous la surveillerons. Peut-être pourrai-je en profiter pour vous montrer les délices de cette charmante ville.

Roper sourit.

– Maintenant que vous avez terminé votre laïus, est-ce que je peux en placer une ?

– À quel sujet ?

– Il se trouve que je sais déjà où elle va. Je suis une âme simple, mais il m'a paru logique qu'elle ait là-bas une voiture et un chauffeur au nom de sa compagnie. Et j'ai trouvé ça dans leurs ordinateurs. Le chauffeur s'appelle Hennessy, et il conduit une Volvo. C'est lui qui les trimballera pendant les deux jours.

– Petit salopard, dit Dillon en riant.

– Non. *Brillant* salopard. Je me suis souvenu de vos démêlés avec Rashid, Aidan Bell et l'IRA, l'année dernière... et je me suis souvenu que le nom de Drumcree était apparu en grosses lettres dans cette affaire.

– Nom de Dieu, ne me dites pas...

– Eh oui ! Je vous le dis. Hennessy doit les prendre à l'Europa, Dauncey et elle, à neuf heures trente vendredi matin... pour les conduire au Royal George, à Drumcree. C'est un nom étrange, tout de même, pour un pub qui se trouve en plein cœur d'une région tenue par l'IRA.

– Moi aussi je suis du comté de Down. Là-bas les gens ont le sens de l'histoire. Ce pub a toujours eu ce nom. Autre chose ?

– Bien sûr, répondit fièrement Roper. Comme vous vous en souvenez, Drumcree était autrefois le territoire d'Aidan Bell. C'est-à-dire avant que vous ne les supprimiez, lui et ses deux acolytes, Tony Brosnan et Jack O'Hara.

– Pour être précis, j'ai tué Aidan et Jack. C'est Billy Salter qui a tué Brosnan.

– J'en apprends tous les jours, et ça me plaît. Quoi qu'il en soit, j'ai eu l'idée de fouiner dans les systèmes informatiques de la police royale de l'Ulster, et du renseignement militaire à Lisburn, histoire de voir ce qu'ils ont sur Drumcree en ce moment.

Quinn, qui avait écouté jusque-là en silence, laissa échapper un soupir de stupéfaction.

– Vous êtes capable de faire ça ?

– Je suis capable de n'importe quoi, dit Roper, et il eut un sourire en coin. Même d'entrer à la Maison-Blanche.

– Peu importe, dit Dillon. Drumcree ?

– Eh bien, d'après Lisburn, c'est un brave gars du nom de Barry Keenan qui règne aujourd'hui sur la région. Vous le connaissez ?

– De longue date. C'est le neveu d'Aidan Bell.

– Il a deux anges gardiens, Sean Casey et Franck Kelly. Mais ils ne sont plus avec l'IRA Provisoire. Maintenant ils appartiennent à l'IRA Véritable.

– Barry est un as des explosifs. Il a toujours été doué pour fabriquer des bombes, précisa Dillon, puis il plissa les yeux. Ça signifie qu'elle recommence.

– Kate Rashid ? Elle recommence quoi, au juste ? demanda Quinn.

– Je dirais qu'elle va se payer Keenan pour qu'il fasse ce qu'il sait le mieux faire : détruire quelque chose dans une splendide explosion. Et ça ne sera pas quelque chose d'anodin, sinon à quoi bon se donner la peine d'engager l'homme considéré comme l'un des meilleurs, voire le tout meilleur poseur de bombes de l'IRA ?

– Comment découvrir quelle est sa cible ?

– Si elle suit le même programme que la fois dernière, elle

rencontrera Keenan dans l'arrière-salle du Royal George. Une pièce tranquille, où l'on peut parler sans être entendu. Kate ne va pas déballer son histoire à Keenan devant les clients du bar, expliqua Dillon, et il se tourna vers Roper. Un appareil d'écoute, de préférence avec un enregistreur. Il faudrait le cacher quelque part dans l'arrière-salle...

– Vous aurez le temps de faire ça ?

– À mon avis ils n'arriveront pas là-bas avant onze heures. Si nous quittons Belfast à sept heures et demie, nous serons à Drumcree à neuf heures. Le pub sert le petit-déjeuner – saucisse, œufs, bacon..., rien que du traditionnel irlandais. L'un de nous en profitera pour poser l'enregistreur dans l'arrière-salle.

Dillon regarda de nouveau Roper.

– Est-ce que vous pouvez nous avoir l'appareil adéquat ?

– Un enregistreur ordinaire ne suffirait pas. Ils risquent de se parler longtemps. Mais il se trouve que j'ai justement ici le joujou qu'il vous faut. Il peut contenir jusqu'à deux heures de conversation.

Il ouvrit un tiroir et en sortit un boîtier argenté à peine plus large que sa paume.

– Deux heures à partir de quand ? demanda Dillon.

– À partir du moment où vous l'allumez.

Roper tira du tiroir un autre boîtier, minuscule, en plastique noir, portant un unique bouton rouge.

– Télécommande. Vous déclenchez quand vous la voyez entrer dans le pub.

– Et ça marchera ?

– La difficulté, ensuite, intervint Quinn, c'est de récupérer l'enregistreur.

– De ce côté-là j'ai bon espoir, assura Dillon.

Il prit l'enregistreur et la télécommande, les glissa dans sa poche.

– Je pense à une chose, Dillon, dit Roper. Votre tête n'est pas à proprement parler inconnue des gens de l'IRA, en particulier à Drumcree où vous avez déjà sévi...

– C'est vrai. L'armée britannique me connaissait, elle aussi, mais en trente ans elle n'a jamais été fichue de m'attraper.

Il sourit à Daniel Quinn.

– Je faisais du théâtre, autrefois, avant de répondre à l'appel de la cause glorieuse, ajouta-t-il, et il gloussa. Une fois, à Belfast, j'ai déambulé dans Falls Road habillé en clocharde. Personne n'y a rien vu. Je peux me déguiser.

– Vous prenez le Gulfstream ? demanda Roper.

– Non. Ce coup-ci je piloterai moi-même.

Roper le considéra d'un air curieux.

– Je vous expliquerai ça plus tard, mon vieux, dit Dillon. Allons-y, Daniel.

Quand ils furent dans la Mercedes, Dillon expliqua :

– Il y a un aérodrome, à Brancaster, dans le Kent. Notre bureau y possède un gentil petit Beechcraft.

– Nous n'aurons pas de difficulté ?

– Pour l'avoir ? Non. J'ai encore toutes mes autorisations, au plus haut niveau.

– Alors même que Ferguson vous a désavoué ?

– Ne vous tracassez pas pour Ferguson. Il déconne. Le fait qu'il refuse de s'engager dans cette affaire signifie simplement qu'il protège son service, au cas où il y aurait des problèmes. Il n'en veut pas moins le résultat de notre travail.

– Vous en êtes sûr ?

– Absolument. Maintenant, allons réserver ce Beechcraft.

Ils n'eurent aucun problème pour obtenir l'avion, mais le seul créneau de décollage libre, le lendemain, se situait après l'heure du déjeuner – plus tard que Dillon ne l'aurait souhaité. Ils prirent une collation dans un café au bord de la route, puis, de retour à Londres, Luke déposa Dillon chez lui à Stable Mews.

Il alla à la cuisine, se servit un Bushmills et s'assit au bout de la table. La mécanique était en mouvement, à présent, il le sentait. Il ne savait pas exactement ce que Kate Rashid avait en tête, mais le temps de l'attente était passé, et tant mieux. Cependant une chose le tracassait. L'Irlande restait un pays difficile. Si les choses tournaient mal, Quinn serait-il capable de faire face ? Presserait-il la détente sans se poser de questions ? Jusqu'à maintenant il avait toujours bien réagi, mais tuer un homme, ce n'était pas la même chose que casser la figure à deux voyous dans un jardin public.

Dillon soupira. Il avait besoin de quelqu'un pour protéger ses arrières. Et il n'y avait qu'une seule personne à qui il pouvait s'adresser.

Il se rendit en voiture à Park Place, chez Quinn, lequel vint l'accueillir à la porte.

– Je dois voir des amis, dit Dillon. Venez, ça complétera votre éducation.

Ils allèrent à Wapping ; Dillon se gara sur le parking du Dark Man. Dora était derrière le comptoir, en train d'essuyer des verres. Ni Harry ni Billy ne se trouvaient dans la salle.

– En bas, sur le bateau, dit-elle.

Dillon fit signe à Quinn de le suivre à l'extérieur. Comme ils marchaient sur le quai, il se mit à pleuvioter.

– Parmi ses nombreuses activités, Harry possède une petite flotte de bateaux de tourisme, qui circulent sur la Tamise. En ce moment il en rénove un, le *Lynda Jones*. Il en est fier et heureux comme un gamin. Vous allez voir ça.

À cet endroit, quelques embarcations à l'abandon et deux péniches à demi coulées au bord de la rive donnaient au fleuve un air désolé qui ne manquait pas d'un charme étrange. Le *Lynda Jones* se trouvait au bout du quai ; on y accédait par une passerelle en bois. Baxter et Hall étaient à la proue en train de vernir les boiseries. Harry et Billy, assis à une table sous le taud de poupe, lisaient. Le jeune homme avait un livre en main, son oncle le journal.

– C'est de la philo, Billy ? lança Dillon.

Les Salter levèrent les yeux.

– Tiens donc ! fit Harry. Voyez un peu qui vient nous rendre visite.

– Harry, Billy, j'aimerais vous présenter un ami, le sénateur Daniel Quinn.

Harry fronça les sourcils, puis il se leva et tendit la main.

– Nous connaissons toute votre histoire, sénateur. Asseyez-vous donc.

Il se tourna vers Dillon.

– J'imagine qu'il ne s'agit pas d'une visite de courtoisie. Que se passe-t-il ?

– Je t'explique ça dans une minute, Harry. Avant tout... Billy, j'aimerais que tu me fasses voir les lambris que tu as posés dans la cabine la semaine dernière.

Harry et Quinn restèrent assis près de la table. Billy descendit dans la cabine principale ; Dillon le suivit et referma la porte derrière lui.

– Qu'est-ce qui t'arrive ? demanda le jeune homme en lui faisant face.

– Kate Rashid va demain à Belfast. J'y vais aussi. Quinn m'accompagne, parce qu'il veut se venger de ce qui est arrivé à sa fille. J'ai donc un petit problème sur les bras. Quinn est un héros du Vietnam, OK, mais le Vietnam c'était il y a très, très longtemps, tu piges ? Et là-bas, des tas de gens me connaissent. J'ai besoin de quelqu'un pour me couvrir.

– Et ce quelqu'un, c'est moi ! dit Billy avec un grand sourire. Je suis ton homme. Je m'ennuie, ici, de toute façon. Quand on est ensemble, toi et moi, on s'amuse comme des fous. Viens, remontons annoncer la bonne nouvelle à Harry.

Quand ce fut fait, l'oncle de Billy répondit avec enthousiasme :

– Peut-être que je ferais bien de venir, moi aussi.

– Pas la peine, objecta Dillon. Avec un peu de chance, nous ne passerons pas plus d'une heure ou deux à Drumcree.

– Et vous saurez ce que cette salope nous mijote, dit Harry.

– Il doit s'agir de quelque chose de spécial, précisa Dillon.

Harry les regarda tour à tour, lui et Quinn, d'un air pensif.

– Si elle te voit, Sean, ton plan tombe à l'eau. Et elle a déjà rencontré le sénateur...

– Et Billy aussi. Il faudra donc éviter à tout prix qu'ils ne se croisent. Pour moi, c'est une autre histoire. Attendez...

Il entra dans la cabine et ferma la porte sur lui. Elle se rouvrit quelques instants plus tard sur un homme qui marchait en traînant la jambe, la tête penchée de côté, le bras gauche raidi, l'épaule tombante, les traits du visage bouleversés. Le langage corporel de Dillon était littéralement métamorphosé.

Harry eut un mouvement de recul.

– Incroyable, murmura-t-il.

Dillon redevint lui-même, et dit sèchement :

– Oui, j'ai été une grande perte pour le théâtre national. Maintenant, il y autre chose que vous devez savoir. Pour diverses raisons, ce voyage n'a pas la bénédiction de Ferguson. J'y vais pour mon propre compte. Ce qui veut dire que si tu viens, Billy, tu viens pour moi.

– Mais en ce cas, comment tu vas t'équiper ? demanda Harry. Tu ne peux pas emmener des armes à Belfast.

– J'ai des contacts sur place. Un coup de téléphone suffira.

– Bon. Eh bien... ramène-moi tout de même ce petit salopard en un seul morceau. Ça me fait peine de le dire, Dillon, mais depuis qu'il te connaît il a de plus en plus le goût de ce genre de cabrioles.

Et Billy Salter, gangster londonien, quatre fois condamné à des peines de prison, capable de tuer quand il le fallait – et amoureux de philosophie morale –, sourit avec malice.

– Vous savez ce qu'a dit Heidegger : « Pour vivre vraiment, ce qui est nécessaire c'est une confrontation résolue avec la mort. »

– Tu es complètement fêlé, marmonna Harry.

– Disons simplement que j'ai de meilleures chances de trouver la vraie vie à Belfast qu'au Flamingo Club de Wapping le samedi soir.

Vingt-quatre heures plus tard, Harry déposa Billy à l'aérodrome de Brancaster. Joe Baxter, qui conduisait la Jaguar, se chargea de porter son sac de voyage. Ils marchèrent jusqu'à la terrasse du bâtiment central. Billy, vêtu d'un blouson d'aviateur en cuir noir et d'un jean, s'accouda à la rambarde pour regarder les avions.

– Je me demande lequel est le nôtre ?

Un homme de petite taille se tenait à proximité, un sac de voyage posé à ses pieds. Il portait lui aussi un blouson, des lunettes fumées, et sous sa casquette en tissu on apercevait une chevelure aussi noire que sa moustache.

Il se tourna vers Billy.

– Le vôtre, cher ami, dit-il avec un impeccable accent de la haute société londonienne, c'est celui qui est là-bas. Le Beechcraft rouge et blanc. Un avion remarquable.

– Il m'a l'air bien, en effet, dit Harry.

– Eh bien, dit l'homme en retrouvant la voix de Dillon, je suis content que vous soyez content !

Il se tourna pour saluer Daniel Quinn, qui venait d'arriver.

– Bonjour, sénateur. Si vous êtes prêt, nous nous mettons en route immédiatement.

– Jamais je ne l'aurais cru, si je ne t'avais pas vu de mes propres yeux, dit Harry, médusé.

Dillon saisit son sac de voyage.

– Bien. Messieurs, allons-y.

Il franchit le portillon de sécurité et ouvrit la marche jusqu'au Beechcraft.

Le vol jusqu'à l'aéroport d'Aldergrove, à la périphérie de Belfast, ne posa aucun problème. Ils passèrent la douane et le contrôle de sécurité, puis Dillon prit la direction du parking longue durée.

– Nous cherchons un 4×4 Shogun, quatre portes, vert foncé, dit-il à ses deux compagnons, et il leur précisa le numéro de la plaque minéralogique. Quelque part au quatrième niveau.

Ce fut Billy qui trouva la voiture. Dillon glissa la main sous le pare-chocs et y attrapa une clé magnétique avec laquelle il ouvrit le hayon arrière. Il souleva, au fond du coffre, une trappe qui contenait des outils et divers objets, ainsi qu'une boîte en métal dont il se saisit. À l'intérieur, trois Walther PKK munis de silencieux, et six chargeurs. Il y avait aussi un kit médical dont le couvercle portait l'emblème des services sanitaires de l'armée britannique.

Dillon prit un des Walther.

– Servez-vous, dit-il.

Billy soupesa son arme au creux de sa paume.

– C'est une sensation agréable, hein, sénateur ?

Quinn regardait fixement le Walther qu'il tenait dans sa main.

– Une sensation étrange, Billy. Bien étrange...

Ils montèrent en voiture, Dillon au volant.

– Où est-ce qu'on dort ? demanda le jeune homme.

– Impossible d'aller à l'Europa, à cause de Kate. Il y a un très bon hôtel un peu plus haut dans la même rue, le Townley. Si vous voulez, je vous ferai faire le tour la ville. Mais souvenez-vous, sénateur : ne cessez jamais de jouer le jeu. Vous êtes un brave touriste yankee et rien d'autre, d'accord ? Et toi, Billy, quand on se baladera dans Falls Road, reste bouche cousue. Les Anglais n'y sont pas beaucoup appréciés, tu piges ?

– Vous connaissez bien le quartier ? demanda Quinn.

– Ses égouts, en particulier. J'y ai souvent joué à cache-cache avec les paras britanniques. Il y a tellement longtemps que je ne veux même pas y penser.

– Ça devait être un sacré spectacle, n'empêche, dit Billy d'un air rêveur.

Plus tard, c'est en voiture qu'ils découvrirent finalement Falls Road. Ils avaient mangé dans un petit restaurant d'une rue transversale, avaient pris ensuite un verre dans deux bars différents, et puis Dillon leur avait proposé de leur montrer la ville.

– C'est donc ça, la fameuse Falls Road, dit Quinn. Nom d'un chien, ç'a l'air plutôt normal. On dirait n'importe quelle rue de n'importe quelle ville.

– Ouais, sauf que celle-ci a été peinte et repeinte au sang frais, en son temps, dit Dillon. On ne compte plus les combats entre les hommes de l'IRA Provisoire et les troupes britanniques.

Il marqua une pause, avant d'ajouter :

– C'était une vie difficile, vous pouvez me croire.

– Alors pourquoi vous la viviez ? demanda Quinn. Pourquoi vous participiez à cette guerre ?

Dillon alluma une cigarette, et ne répondit pas.

– Laissez tomber, sénateur, dit doucement Billy.

– Mais... pourquoi ?

Billy se pencha vers lui.

– Imaginez que vous êtes un jeune homme, vous vivez à Londres, vous suivez des cours de théâtre. Un jour on vous téléphone pour vous dire que votre père est mort, pris entre les tirs des paras anglais et ceux de l'IRA. Qu'est-ce que vous faites, à ce moment-là ? Vous rentrez chez vous, vous enterrez votre paternel, et puis vous décidez que la cause de l'IRA c'est aussi la vôtre. C'est le genre de chose qu'on fait quand on a dix-neuf ans.

Il y un silence, puis Quinn dit :

– Je suis désolé.

Avant que la conversation ne puisse reprendre, le Codex de Dillon sonna.

– Qui est-ce ? demanda-t-il en prenant la communication.

– Ferguson. Roper m'a prévenu que vous étiez à Belfast, et je suppose que vous comptiez qu'il le fasse. Où êtes-vous ?

– Falls Road.

– Ça vous va bien, ça, Dillon. OK. À la minute où vous savez ce qu'elle nous mijote, vous me prévenez.

– Pardon, Charles ? Je croyais que je ne pouvais plus compter que sur moi-même. Je pensais que je ne travaillais plus pour vous. N'est-ce pas ce que vous m'avez dit ?

– Ne soyez pas mièvre, Dillon. Vous savez très bien ce que je veux.

– Hmm, et si moi je ne voulais plus travailler pour vous ?

– Ne soyez pas *stupide*, non plus ! Où iriez-vous ?

Ferguson raccrocha sans attendre de réponse.

– C'était qui ? demanda Billy. Le général ?

– Qui m'invite avec douceur et générosité à revenir au bercail, ironisa Dillon.

– Le salaud, dit Billy en riant. L'hypocrite salaud...

– Tu lis trop de philo, Billy. Maintenant, nous allons fêter ça dans un vrai bar irlandais de ma connaissance. Et puis dodo de bonne heure.

Drumcree était un village typique de la côte du comté de Down. Un petit port, des maisons en pierre grise, des bateaux de pêche, et voilà tout. Ils s'arrêtèrent devant le Royal George, une auberge qui existait depuis le dix-huitième siècle, avec pour enseigne un portrait du roi George III qui semblait avoir été récemment repeint.

– Je meurs de faim, dit Dillon en descendant de voiture.

Billy et Quinn l'imitèrent.

– N'oubliez pas, sénateur. Vous êtes le Yankee de service en vacances dans la région.

Une clochette tinta quand ils entrèrent dans le pub. Trois jeunes hommes, l'un vêtu d'un caban, les deux autres en anorak, étaient assis à une table près de la fenêtre, devant un copieux petit-déjeuner. Il n'y avait personne au comptoir.

Dillon prit son accent américain le plus authentique.

– Hé ! Ce que vous avez là m'a l'air drôlement bon, les gars. Comment faut faire pour être servi, par ici ?

Les trois hommes cessèrent de bavarder entre eux ; celui qui avait le caban, un jeune type au visage dur et aux cheveux roux coupés en brosse considéra Dillon et ses amis d'un air méprisant.

– Vous êtes des touristes ?

– C'est exact, dit Dillon, et il désigna Quinn. Le grand-papa de mon ami est né à Belfast. Il a émigré pour les États-Unis d'Amérique dans les années vingt.

– Hmm, tant mieux pour lui, dit le rouquin. Actionnez la sonnette, sur le comptoir.

Dillon pressa le bouton. Quelques instants plus tard apparut le patron du pub – un certain Patrick Murphy dont Dillon se souvenait très bien depuis sa précédente visite. Il ne reconnut absolument pas Dillon, mais paraissait très surpris de la présence de ces trois clients matinaux.

– Je peux vous aider ?

– Vous le pouvez. Un double Bushmills, une pinte de Guinness, et un jus d'orange.

Un des trois hommes, qui avait une longue barbe filandreuse, éclata de rire.

– Du jus d'orange ! Jamais entendu un truc pareil !

Dillon posa une main sur le bras de Billy pour lui faire comprendre de ne rien répondre. Murphy les servit, puis demanda :

– Autre chose ?

– Oui, répondit Dillon. Nous allons prendre le petit-déjeuner. Et où sont les WC ?

– Derrière, au bout du couloir.

Dillon savait très bien où étaient les toilettes – juste à côté de l'arrière-salle. Mais bien sûr, il n'était jamais censé être venu ici. Il apporta les verres jusqu'à leur table.

– Faut que j'aille au petit coin, annonça-t-il. Quelqu'un d'autre a besoin ?

– Ça va, dit Quinn.

Dillon s'engagea dans le couloir, s'arrêta devant la porte des toilettes, écouta un instant les bruits de la cuisine, puis ouvrit la porte de l'arrière-salle et y entra rapidement. Un feu brûlait dans la petite cheminée, devant laquelle avaient été disposés une table basse et trois fauteuils. L'odeur de cire fraîche et l'impression générale de propreté de la pièce prouvaient que Murphy avait fait aujourd'hui un effort particulier. Une rangée de livres meublait le rebord de la fenêtre voisine de la cheminée. Dillon glissa l'enregistreur derrière un épais volume, puis ressortit de la pièce.

Le petit-déjeuner était excellent ; Dillon joua la comédie jusqu'au bout.

– C'était délicieux ! s'exclama-t-il enfin.

– Comme vous dites, acquiesça Quinn. Une sacrément bonne idée, de s'arrêter par ici.

Murphy s'approcha avec une grande théière, du lait, et trois tasses.

– Formidable, dit Dillon. Est-ce qu'il y a quelque chose qui vaut la peine d'être vu, par ici ? Le vieux château en haut de la colline, peut-être... ?

– Y'a pas beaucoup à voir, dans le coin, dit le patron du pub. Par contre, à un kilomètre au nord vous avez Drumcree House. C'est un petit musée géré par le National Trust, et il ouvre à dix heures. Ça vaut le coup, si c'est le genre de chose qui vous plaît.

– Merci du tuyau. Dites, mon ami, vous servez aussi le déjeuner ?

– Oui.

– Bon. Nous allons faire notre petite balade, et puis on reviendra ici ensuite.

Les trois hommes près de la fenêtre, qui se parlaient à voix basse, se levèrent tout à coup. Le barbu paya Murphy au comptoir, avant de rejoindre ses amis à l'extérieur.

– Pas très sympathiques, dit Quinn.

– Normal. Dans ce genre de patelin, on se méfie de tous les étrangers. C'est pour ça qu'il est essentiel de jouer les vrais Amerloques. Je règle la note, et nous continuons notre périple de parfaits touristes.

Ils explorèrent le village, ce qui ne leur prit guère de temps, puis retournèrent au Shogun où Dillon récupéra une paire de jumelles. Ils marchèrent jusqu'au bout de la jetée pour regarder les bateaux de pêche, avant de grimper au château, en haut de la colline. Là non plus il n'y avait pas grand-chose à voir, sinon le paysage de campagne irlandaise verdoyante. Enfin, la Volvo qu'ils attendaient apparut sur la route en contrebas, entra dans le village et se gara devant le pub.

– Les voilà. À l'heure que nous pensions, dit Dillon en regardant dans les jumelles.

Hennessy descendit du véhicule et ouvrit la portière de Kate Rashid ; Rupert fit le tour de la voiture pour la rejoindre.

– Et maintenant ? demanda Billy.

– Attends... On n'a pas encore vu Keenan.

À peine achevait-il sa phrase qu'un vieux break Ford aux vitres cintrées de bois apparut dans une ruelle du fond du village, et vint se garer derrière la Volvo.

– Je les vois, dit Dillon. Barry Keenan, Sean Casey, Jack Kelly.

Ils observèrent les trois hommes se diriger vers la porte du Royal George.

– Et maintenant ? répéta Billy. Qu'est-ce qu'on fait ?

– Ils vont passer trop de temps dans le pub pour que nous restions plantés ici. Ça attirerait l'attention des gens du village. Nous allons nous balader pendant une petite heure, et jeter un coup d'œil au musée, Drumcree House. Nous reviendrons après.

Barry Keenan ressemblait davantage à un professeur d'université qu'à un poseur de bombes de l'IRA qui avait d'innombrables morts à son actif. De taille moyenne, il portait un costume en tweed ; sa barbe brune était piquée de gris. Casey et Kelly, quant à eux, avaient l'air de fantassins typiques de l'IRA – des hommes simples, sans doute anciens fermiers ou ouvriers du bâtiment.

Kate et Rupert avaient déjà été conduits dans l'arrière-salle par Murphy, où les trois Irlandais les rejoignirent. Dehors, Dillon marchait avec ses amis en direction du Shogun. Il pressa le bouton de la télécommande et un minuscule voyant rouge s'alluma sur le côté de l'enregistreur.

– Nous sommes parés, dit-il en souriant, et il monta au volant du 4×4. Allons-y.

Keenan salua Kate Rashid.

– Enchanté de faire votre connaissance. Comment faut-il vous appeler... ?

– Comtesse, si vous voulez.

– Comtesse, c'est entendu. Et votre ami ?

– Mon cousin. Rupert Dauncey.

– Bien, comtesse, mettons-nous au travail. Qu'attendez-vous de moi ?

– Que vous a dit Colum ?

– Uniquement que vous aviez besoin d'un expert en explosifs, et que ça se passerait dans le Hazar. Il n'en savait pas plus... sauf que ça pouvait rapporter gros.

– Il a raison.

Elle posa sur la table basse l'attaché-case qu'elle avait apporté avec elle.

– Cent mille livres sterling, en gage de ma bonne foi.

Keenan ouvrit la mallette, emplie de liasses de billets.

– Seigneur, murmura Sean Casey.

Keenan, lui, ne manifesta aucune émotion ; il referma calmement l'attaché-case.

– C'est une avance, précisa-t-elle. Une avance sur un million de livres.

Kelly et Casey se regardèrent, les yeux écarquillés.

– Et qu'attendez-vous de moi, au juste, pour m'offrir une telle somme ? demanda Keenan.

– Que vous fassiez sauter un pont.

– Dans le Hazar ?

– Non, dans le Quartier Vide. C'est au nord du Hazar. Un territoire litigieux. Même si vous y étiez attrapé, aucun tribunal ne pourrait vous juger. Cela... nous facilite grandement les choses.

– J'ai entendu parler de cet endroit. Je sais aussi que vous et votre frère avez engagé mon oncle, Aidan Bell, l'année dernière, pour faire sauter un convoi qui transportait plusieurs chefs de tribu. Mais le coup a foiré, et les hommes qui l'accompagnaient sont morts. Je sais même qui les a tués : Sean Dillon et ce vieux salopard de Ferguson.

– Un putain de traître, le Sean, dit Kelly. Quand je pense qu'il bosse aujourd'hui pour les Britanniques !

– Dites-moi... J'avais des nouvelles d'Aidan de temps en temps, autrefois, mais maintenant plus rien. Savez-vous où il est passé ?

– Il est passé dans l'au-delà, monsieur Keenan. Dillon l'a tué.

– Mais... Nous l'aurions su ! protesta Kelly.

– Non. Ferguson a une équipe de nettoyeurs. Crémations anonymes, ce genre de choses. Son équipe fait ça tout le temps.

Keenan gardait son calme, mais son visage s'était quelque peu crispé et ses yeux s'assombrissaient.

– Avez-vous d'autres bonnes nouvelles à m'annoncer ?

– Concernant Dillon ? fit Kate Rashid. Oui. Il a également tué mes trois frères.

Un silence prolongé tomba sur la pièce.

– Sera-t-il impliqué dans cette affaire ? demanda Keenan.

– Pas autant que je sache. Cela fait-il la moindre différence, pour vous ?

Il secoua la tête.

– Je m'occuperai de lui plus tard, après avoir travaillé pour vous. Parlez-moi de ce pont, maintenant.

Elle rouvrit l'attaché-case et prit un dossier dans le rabat intérieur du couvercle.

– Tout est là. Photographies, caractéristiques techniques, tout.

– Je verrai le dossier plus tard. Expliquez-moi ça vous-même.

– Le pont de Bacu enjambe une gorge de cent cinquante mètres de profondeur, large de cent vingt mètres. Il a été construit pendant la Seconde Guerre mondiale par les militaires, et n'a jamais réellement servi à cette époque. Il comporte une unique voie ferrée. Le matériel roulant est d'origine indienne, et c'est du matériel ancien. Locomotive à vapeur...

– Mais encore ?

– Un oléoduc court le long du pont. Il vient des champs de pétrole du sud de l'Arabie et mène à la côte. Ce pipeline est contrôlé par ma compagnie, ainsi qu'il est stipulé dans le contrat d'origine signé par les Américains et les Russes. Pour dire les choses simplement, cet oléoduc est à moi. Si le pont saute, ainsi que la canalisation, le marché international sombrera dans le chaos. Le pétrole qui passe par là représente un tiers de l'approvisionnement mondial. J'ai des rapports d'experts qui me disent qu'il faudrait deux ans de travail pour remplacer Bacu.

– Et pourquoi donc voulez-vous détruire votre propre pipeline ?

– Je vous l'ai déjà dit : je veux le chaos. Comprenez bien cela, monsieur Keenan. J'ai aujourd'hui plus d'argent que je ne pourrai jamais en avoir besoin. Mais ce que je n'ai pas, c'est mes trois frères, et ma mère. Je tiens Dillon pour responsable de leur mort, ainsi que Ferguson et quelques autres, mais en particulier j'accuse le président des États-Unis. Je veux me venger de lui, sinon en l'assassinant, du moins en plongeant l'Amérique dans la pire crise économique qu'elle ait connue depuis plusieurs décennies. La présidence de Cazalet ne s'en remettra pas, l'histoire se souviendra de lui comme d'un échec – et *ça*, pour un homme de son acabit, c'est pire que la mort. Je pense que ce sera un très joli coup. Êtes-vous de la partie, oui ou non ?

Keenan siffla entre ses dents.

– Rappelez-moi de ne jamais faire en sorte de vous mettre en rogne contre *moi*. Oui, je suis votre homme.

– T'es sûr, Barry ? intervint Kelly. Ça pourrait être costaud...

– Depuis quand on a peur des coups difficiles ? On est quoi, nous, un tas de vieilles bonnes femmes, comme ceux de l'IRA Provisoire, prêts à faire la paix ?

– Je veux une opération rapide. Pouvez-vous être à l'aéroport de Dublin demain matin à neuf heures ? Mon avion vous y attendra pour vous emmener directement au Hazar.

– Nom de Dieu... Vous ne perdez pas de temps.

– J'aime travailler de cette façon. J'ai aussi appris l'autre jour qu'un train doit bientôt quitter notre entrepôt de matériel d'Al Mukalli, à Oman, pour remonter vers le nord, dans le Quartier Vide. En passant bien sûr par le pont de Bacu. Il transporte quarante tonnes d'explosif puissant destiné aux travaux d'exploration pétrolière gérés par les Américains.

– Bon sang, fit Keenan. Ça ferait un sacré raffut, quarante tonnes... Surtout si le train se trouve sur le pont juste à ce moment-là, et qu'on déclenche l'explosion avec un peu de Semtex. Quand le train part-il ?

– Dans trois jours, le sept. Vous aurez deux pleines journées à Hazar pour vous préparer, et mon hélicoptère vous conduira à Al Mukalli pour que vous embarquiez dans le train. Il partira à quatre heures du matin. Vous aurez quatre heures avant d'atteindre Bacu, c'est-à-dire amplement le temps de faire votre travail. À bord, il n'y aura que le mécanicien et le chauffeur à l'avant, et un garde à l'arrière. Quand vous en aurez terminé, je viendrai vous chercher au pont en hélicoptère.

– Ça me va. Je vais lire le dossier, puis dresser la liste du matériel dont nous aurons besoin.

Il se tourna vers ses hommes.

– Aéroport de Dublin demain matin, donc.

Kate Rashid et Keenan se levèrent.

– Nous décollons d'Aldergrove cet après-midi, faisons le plein à Londres et repartons aussitôt pour le Hazar, précisa-t-elle. Nous vous y attendrons. Dans le dossier, vous trouverez le numéro de mon portable sécurisé.

– Ce fut une rencontre... sensationnelle, comtesse. Je vous raccompagne.

Dehors, un petit moment plus tard, Keenan et ses hommes regardèrent la Volvo s'éloigner sur la route.

– Une bombe, cette femme, dit Casey. Je me la taperais bien...

– Tu sais ce que c'est, ton problème, Sean ? répliqua Keenan. T'as devant toi une Lady, et t'y piges que dalle !

Il lui donna un coup de pied dans le tibia.

– Maintenant, allons causer de cette affaire et nous préparer.

14

Avant de retourner au Royal George, Dillon et ses amis attendirent que le break de Keenan et la Volvo aient quitté le village.

– Allons-y, dit-il. Nous prenons un verre et nous repartons.

Quatre hommes étaient assis à une table d'angle, une pinte de Guinness à la main, riant à gorge déployée. Le jeune homme aux cheveux roux qu'ils avaient vu le matin même en train de petit-déjeuner avec deux amis se trouvait de nouveau installé près de la fenêtre, buvant lui aussi de la Guinness, lisant le journal.

Murphy se tenait derrière le comptoir.

– Qu'y a-t-il pour votre plaisir, messieurs ?

– La même chose que ce matin, dit Dillon. Je reviens dans une minute.

Il s'engagea dans le couloir, ouvrit la porte de l'arrière-salle, et ressortit de là quelques secondes plus tard pour retourner au bar. Ils s'assirent autour d'une table, Murphy leur apporta les boissons.

– Est-ce que vous voulez déjeuner ?

– Non, merci, répondit Dillon. Finalement avons décidé de rentrer dès maintenant à Belfast.

L'homme aux cheveux roux vida sa pinte, se leva et sortit du pub.

– Vous avez l'appareil ? demanda Quinn à voix basse.

– Oui, tout va bien.

– Formidable. Nous allons écouter ça dans la voiture.

– Si on nous en laisse le loisir, marmonna Dillon.

Billy fronça les sourcils.

– Que veux-tu dire ?

– Garde ton pétard à portée de main, voilà ce que je veux dire. C'est aussi valable pour vous, sénateur. Allez, finissons nos verres et partons d'ici.

Il alla payer l'addition au comptoir.

– Merci, mon vieux, dit-il à Murphy. Et à la prochaine.

Dans le Shogun, comme Dillon démarrait, Billy demanda :

– Qu'est-ce qui te fait penser que nous pourrions avoir des ennuis ?

– J'ai un mauvais pressentiment à cause des trois types qui étaient dans le pub ce matin. Je me trompe peut-être, mais comme je vous l'ai déjà dit, nous sommes ici en territoire indien.

Billy était assis à côté de lui ; Quinn avait pris place à l'arrière.

– Que devons-nous faire ? demanda le sénateur.

– Si quelqu'un nous oblige à nous arrêter, je garderai les

mains sur le volant, bien en vue, pour les rassurer. Vous et Billy, cachez vos armes sous vos blousons. Descendez du côté passager, pour avoir la voiture entre vous et eux.

Une Ford noire apparut dans le rétroviseur. Le conducteur n'était autre que l'homme aux cheveux roux.

– Pourquoi est-ce que j'ai toujours raison ? grogna Dillon.

À ce moment-là, une Toyota rouge surgit à toute allure d'un chemin de terre à cinquante mètres sur leur gauche. Elle déboula sur la chaussée et pila devant eux pour leur barrer le passage. Dillon freina mais, délibérément, s'arrêta tout près de la Toyota. Le barbu du pub, au volant, descendit de la voiture. Son passager, l'homme au caban, l'imita en braquant sur eux un Smith & Wesson calibre 38.

Dillon baissa la vitre de la portière.

– Je peux vous aider ?

– Ouais, tu vas nous aider en retournant tes poches et en nous offrant un portefeuille bien garni. Ici, garçon, c'est le territoire de l'IRA. Et nous qui sommes membres de cette noble organisation, nous sommes toujours à la recherche de bienfaiteurs...

– À mon avis vous n'êtes rien d'autre que des bandits.

– Si tu veux. Sors de la voiture.

L'homme aux cheveux roux était descendu de la Ford et tenait Dillon en joue avec un vieux Webley.

– Dépêchez ! cria-t-il. Tous les trois !

Billy et Quinn descendirent du Shogun, chacun tenant son arme dissimulée sous son blouson.

– Les mains sur la tête, ordonna le barbu.

– Maintenant ! cria Dillon.

En un éclair, il attrapa le Walther logé sous sa ceinture au creux des reins, en plaqua le canon contre l'oreille du barbu et tira.

Billy brandit son arme pour faire feu à son tour : il toucha la main gauche de l'homme au caban, qui poussa un hurlement de douleur et laissa tomber le Smith & Wesson. Celui qui avait les cheveux roux, stupéfait, tenu en joue par Quinn, recula avec précipitation en baissant son arme. C'est alors que l'Américain se pétrifia ; le Walther se mit à trembler entre ses doigts. Saisissant sa chance, le rouquin tira : il atteignit l'épaule gauche de Quinn qui bascula en arrière contre le Shogun. Billy pivota, le Walther au poing, et logea une balle dans la cuisse de l'homme, qui s'effondra sur la chaussée.

Dillon se précipita vers Quinn, lui glissa un bras autour des hanches pour l'aider à s'asseoir à l'arrière du Shogun, puis ramassa le Walther qu'il avait laissé tomber.

– Tu prends le volant, Billy. Je m'occupe du sénateur.

Il ouvrit la portière passager du 4×4, attrapa le kit médical militaire et le posa à côté de Quinn, qui se tenait l'épaule en grimaçant.

Dillon s'accroupit à côté du barbu. Celui-ci, le visage tordu par la douleur, tenait un mouchoir contre son oreille.

– À mon avis, vous et vos copains avez besoin de consulter un médecin, vieux frère, dit-il sans cesser de jouer l'Américain. Je pourrais appeler la police de Sa Majesté, mais je ne suis pas sûr que ça vous plairait. Débrouillez-vous !

Il prit place à côté de Quinn.

– En route, Billy ! Et ne t'arrête pas avant qu'on soit arrivés à Belfast.

Il retira sa veste à Quinn, déboutonna sa chemise pour dégager l'épaule, et examina la blessure.

– Qu'est-ce que ça donne ? demanda le sénateur.

– La balle est à l'intérieur. Elle n'a pas traversé. Ne vous inquiétez pas, nous avons un kit médical. Là-dedans il y a tout ce qu'il faut pour traiter une blessure par balle.

– Ce qu'il lui faut, dit Billy, c'est un putain d'hôpital !

– Non. Ce qu'il lui faut c'est ficher le camp d'Irlande du Nord.

Il trouva un scalpel dans le kit, coupa la manche de chemise. Curieusement, la plaie saignait très peu. Il sortit une ampoule d'antibiotique et la ficha dans le bras de Quinn, puis fit de même avec une ampoule de morphine. Ensuite, seulement, il appliqua un pansement ouaté sur la blessure et retira à l'ancien sénateur ce qui restait de sa chemise.

Dieu merci, se dit-il, ils avaient déjà payé la note de leur hôtel de Belfast et embarqué les bagages dans le coffre. Il se pencha par-dessus le dossier de la banquette, ouvrit la valise de Quinn et en tira une chemise de sport en flanelle qu'il l'aida à enfiler.

Après quoi il trouva une écharpe dans le kit médical. Quinn y glissa le bras droit, puis Dillon l'aida à mettre son blouson. La déchirure causée dans le tissu par la balle se voyait à peine. Et si nécessaire, il pourrait toujours lui glisser son imperméable autour des épaules le temps de marcher jusqu'à l'avion.

Il installa enfin Quinn le plus confortablement possible sur le siège.

– Ça va, sénateur ?

– Je vous ai laissé tomber, marmonna Quinn. Je n'arrive pas

à le croire. J'ai tout simplement été incapable de tirer. C'est insensé... Un homme comme moi.

– Je vous l'ai déjà dit, le Vietnam c'était il y a très longtemps. Ne prenez pas ça mal.

Il sortit son Codex et appela Ferguson au ministère.

– Que de malheurs j'ai à vous conter !

– Dites-moi tout.

Dillon lui expliqua rapidement ce qui s'était passé.

– Qu'attendez-vous de moi ? demanda ensuite le général.

– Faites-nous avoir un créneau de décollage à Aldergrove. Nous devrions être là-bas dans une heure. Le Beechcraft est enregistré à mon nom. Il y aura ensuite deux heures de vol jusqu'à Brancaster... Donc vous envoyez une ambulance là-bas dans trois heures pour embarquer Quinn et l'emmener à Rosedene. Je contacterais aussi Henry Bellamy, si j'étais vous.

– Je vous rappelle.

– Rosedene ? fit Quinn.

– Un petit hôpital privé qui nous rend parfois de grands services.

– Et Henry Bellamy ?

– Professeur en chirurgie au Guy's Hospital. L'un des meilleurs praticiens de Londres, d'après beaucoup de gens.

Quinn ferma les yeux quelques instants, puis regarda de nouveau Dillon.

– Et l'enregistrement ?

– Bonne idée. Écoutons-le maintenant.

Il alluma l'appareil ; la voix de Barry Keenan s'éleva du haut-parleur, claire et nette : « Enchanté de faire votre connaissance. Comment faut-il vous appeler... ? »

Quand ils eurent écouté toute la conversation, Quinn dit d'une voix faible :

– Elle est folle.

– Cinglée comme c'est pas permis, renchérit Billy. Y'a pas d'autre explication.

Dillon hocha la tête.

– Elle a toujours été un peu limite, mais là...

Le Codex sonna. C'était Ferguson.

– Vous pouvez décoller quand vous voulez, l'ambulance vous attendra à Brancaster et j'ai arrangé le coup avec Henry Bellamy. Êtes-vous certain que le sénateur est d'attaque pour un voyage en avion ?

– Pas le choix. Si je l'emmène au Royal Victoria Hospital de Belfast, ils appelleront la police. A-t-il besoin de ce genre de publicité ? Je pense que non, et les trois marlous que nous avons laissés salement amochés au bord de la route seraient sûrement du même avis.

– D'accord. Nous croiserons les doigts pour le sénateur. Ceci dit... Kate Rashid avait donc rendez-vous avec Barry Keenan ? Comment avez-vous découvert ça ?

– Grâce au flair de Roper, qui sait toujours où se promener dans les réseaux informatiques. Je ne vais pas vous ennuyer avec les détails de l'histoire. La seule chose importante à retenir, c'est que je savais qu'elle allait au Royal George, à Drumcree. Roper a découvert que le comté est maintenant aux mains de l'IRA Véritable – et que c'est Keenan qui mène la barque. Vous souvenez-vous pourquoi ce monsieur est célèbre ? C'est l'un des meilleurs spécialistes en explosifs du marché. Par simple déduction logique, j'ai pensé que Kate voulait recommencer le même genre de coup que l'autre fois.

– Et c'est le cas ?

– Absolument. Nous avons caché un enregistreur dans l'arrière-salle du pub, et l'avons récupéré ensuite. Nous avons toute leur conversation dans la boîte. Mais je dois vous laisser. Nous arrivons bientôt à Aldergrove.

– Dites-moi juste quelle est la cible de Rashid.

– Le pont de Bacu dans le Quartier Vide. Il traverse un immense précipice. Il y passe une vieille ligne ferroviaire, ainsi que le principal oléoduc qui fait le lien entre les champs de pétrole de l'intérieur du pays et la côte. Keenan a accepté de le faire sauter pour le compte de la comtesse.

Ferguson était horrifié.

– Elle ne peut pas faire une chose pareille ! Ça déclencherait un séisme dans le marché mondial du pétrole.

– Charles, répondit Dillon d'un ton désabusé, je crois que c'est exactement le but recherché.

Le vol de retour se passa sans histoire. Quinn, abruti par la morphine, dormit la plus grande partie du voyage et arriva sain et sauf à Brancaster. Dillon et Billy montèrent avec lui dans l'ambulance qui l'emmena à Rosedene. Henry Bellamy les attendait à la réception ; il buvait du thé en compagnie de Martha, la surveillante générale, une agréable femme d'âge mûr vêtue d'une blouse blanche.

Dillon, qui avait retiré sa moustache et ses lunettes fumées, l'embrassa sur la joue.

– Vos cheveux sont affreux, dit-elle avec un fort accent de l'Ulster. J'imagine que vous avez encore été jouer au vilain garçon ?

– Tout à fait, Martha.

Les ambulanciers poussèrent le brancard à travers les portes.

– Prenez bien soin de lui, professeur, dit-il à Bellamy. Cet homme a la médaille du Congrès. Il a été blessé par balle à l'épaule droite il y a à peu près quatre heures.

– Quels soins a-t-il reçu ?

Dillon lui expliqua ce qu'il avait fait ; Bellamy hocha la tête.

– Préparez-le pour le bloc opératoire, Martha. Vous et votre ami, Dillon, laissez-nous et repassez plus tard prendre des nouvelles.

Le chirurgien sourit.

– Et je vous en prie, faites-moi plaisir : allez vite débarrasser vos cheveux de cette horrible teinture.

Ils montèrent dans un taxi qui prit d'abord la direction de la maison de Dillon, à Stable Mews.

– Il faut l'arrêter, tu crois pas ? grogna Billy. Kate Rashid, je veux dire.

– Je pense que oui.

– Et ça veut dire que c'est à nous de nous en occuper, n'est-ce pas ?

– C'est aussi mon avis, Billy. Si tu es de la partie.

– Tu sais bien que je suis avec toi à cent pour cent. Mais je ne le dirai à Harry qu'à la dernière minute. Je ne veux pas l'inquiéter. Quand penses-tu qu'il faudra intervenir ?

– Eh bien... Elle a dit à Keenan et à ses gars d'être à Dublin demain matin. L'opération elle-même est prévue dans trois jours. Nous devons nous dépêcher, nous aussi.

Billy hocha la tête.

– Tant mieux. J'ai envie d'action.

Le taxi s'arrêta devant chez Dillon.

– Billy..., murmura l'Irlandais en descendant de voiture, le sac de voyage à la main. À ta place j'éviterais aussi de dire à Harry que j'ai joué du pétard aujourd'hui. Comme tu dis, c'est le genre de choses qui le tracassent.

– Ouais, répondit le jeune homme d'un air sombre. Mais je crois qu'il saura, de toute façon.

Le taxi s'éloigna. Quelques minutes plus tard Dillon était dans la salle de bains. Il se shampouina vigoureusement les cheveux, les gouttes de teinture noire aspergeant toute la cabine de douche. Ce ne fut que lorsqu'il eut retrouvé sa couleur naturelle, un blond presque neige, qu'il éteignit le jet et se sécha la tête avec une serviette.

Il enfila un pantalon en velours noir, une chemise Armani – noire elle aussi –, puis sa vieille veste d'aviateur. Il se peigna en se regardant dans le miroir.

– Pas trop moche, mon vieux. Ça va, dit-il doucement.

Le Codex sonna.

– Où êtes-vous ? demanda Ferguson.

– Stable Mews. Je m'apprêtais à sortir.

– Venez chez Roper. Je vous y retrouve. Je lui ai demandé de rassembler des informations sur Bacu. Et n'oubliez pas l'enregistreur.

Dillon glissa l'appareil dans sa poche, quitta la maison, marcha jusqu'au bout de la rue où il héla un taxi.

Il trouva Roper devant ses ordinateurs ; Ferguson n'était pas encore arrivé. Le commandant était en train de télécharger un important volume de données. Il s'arrêta de pianoter sur le clavier et regarda Dillon de la tête aux pieds.

– Vous avez l'air en forme, mais il est vrai que c'est dans l'action que vous êtes au meilleur de vous-même. Ferguson m'a mis au courant de votre escarmouche avec les garnements de l'IRA. Comment va Quinn ?

– Il est sur le billard en ce moment même, à Rosedene, entre les mains d'Henry Bellamy. Touché à l'épaule droite, une balle de Webley calibre 38.

– Un Webley ? Nom de Dieu, ils doivent être sacrément dans la dèche pour avoir des armes aussi vieillottes ! Qu'est-ce qui a cloché ?

– Quinn s'est paralysé quand il s'est retrouvé face à face avec l'un des types. Il aurait pu l'abattre, mais il a été incapable de presser la détente. Billy a dû intervenir à sa place.

– J'imagine qu'il prend mal la chose...

– C'est le cas de le dire. Il la prend d'autant plus mal que nous n'étions pas vraiment en danger. Ils n'étaient que trois, et pas très doués. Billy en a eu deux, je me suis chargé du dernier. Des amateurs plutôt qu'autre chose. Nous les avons blessés, mais pas tués.

– Dans l'ensemble, donc, le voyage a été un succès ?

– Grâce à vous, répondit Dillon en sortant l'enregistreur.

Nous avons là-dedans tout ce que Kate Rashid et Keenan se sont dit.

– J'ai hâte d'entendre ça. Ferguson m'a parlé de la cible. Je me suis déjà renseigné au cœur du système informatique de Rashid Investments, en fouinant dans leurs dossiers sur le Hazar et le Quartier Vide.

La sonnette de la rue retentit. Roper appuya sur le déclencheur, et quelques instants plus tard Ferguson et Hannah entrèrent dans le salon.

– Ah vous êtes là, Sean, dit le général d'un air approbateur.

– Comme toujours, Charles, répondit l'Irlandais avec un large sourire, puis il embrassa Hannah sur la joue. Dieu te bénisse, ma chère.

– Une fois de plus tu as déclenché une guerre sur ton passage, marmonna-t-elle.

– C'est pour la bonne cause.

Il montra l'enregistreur qu'il tenait à la main.

– Vous voulez entendre ça maintenant ?

– Et comment !

Ferguson s'assit dans un fauteuil. Dillon leur fit écouter la conversation entre Kate Rashid et l'Irlandais.

Après quoi le général dit :

– C'est pire que ce que j'imaginais. Comment diable allons-nous gérer ça ?

– Vous pourriez toujours passer un coup de fil à Kate, dit Dillon d'un ton ironique. « Bonjour, comtesse, j'ai sur cassette votre discussion avec un célèbre terroriste de l'IRA. Nous savons ce que vous avez l'intention de faire. »

– Hmm... Oui, mais quelle est son intention, au juste ? intervint Roper. Faire exploser un pont ferroviaire – un pont qui lui appartient – au cœur d'un territoire litigieux où aucune loi internationale n'est en vigueur ! Et puisqu'on en parle, sachez qu'elle est aussi propriétaire du matériel roulant d'origine indienne, aussi vieux soit-il, et de la voie ferrée, y compris au-delà du Quartier Vide, jusqu'à la côte d'Oman. Elle possède même l'oléoduc, sur toute sa longueur.

Ferguson s'adressa à Hannah.

– Sur le plan juridique, commissaire, qu'est-ce que nous pourrions faire ?

– Pas grand-chose. D'autant que le Quartier Vide échappe totalement aux lois internationales.

– Au fait, général, dit Dillon, même si vous en aviez l'intention vous ne pourriez pas lui téléphoner maintenant. D'après ce qu'elle dit, elle est déjà en route pour le Hazar. Keenan et ses gars y vont demain. La bombe doit exploser le sept. Ça ne vous laisse même pas le temps d'envoyer les SAS ou les Marines.

– Alors ? Quelle est la solution ?

– Donnez-moi quelques minutes.

Dillon se tourna vers Roper.

– Montrez-moi ce que vous avez récupéré comme infos sur le pont lui-même et ses environs.

– Tout de suite.

Il entra quelques commandes au clavier. Dillon examina la carte qui s'afficha à l'écran, et tendit l'index pour désigner un point situé à une vingtaine de kilomètres au sud de Bacu.

– Réservoir Cinq. Qu'est-ce que c'est que ça ? Il y a un petit symbole à côté du nom...

– Souvenez-vous, c'est un train à vapeur. Avec la chaleur

qu'il fait dans cette partie du monde, il a besoin de beaucoup d'eau. Je pense qu'il doit s'arrêter plusieurs fois en chemin pour refaire le plein. D'après la carte, ce réservoir est au sommet d'une forte pente, précisa Roper.

– Nous y sommes, fit Dillon, hochant la tête. C'est l'endroit idéal pour monter dans le train.

– Qui ? Qui donc monte dans le train ? demanda Ferguson, perplexe.

– Moi. C'est la seule solution. Je grimpe dans le train pendant qu'il fait halte au Réservoir Cinq, et je dispose de Keenan et de ses deux amis.

– Tout seul ? Vous avez perdu la tête !

– Billy s'est déjà porté volontaire pour m'aider. Bien sûr, ça veut dire que vous allez devoir vous remuer les fesses, général de mon cœur. Et tout de suite ! Appelez immédiatement Lacey et Parry et dites-leur de préparer l'avion pour un vol jusqu'au Hazar.

– Mais Dillon, intervint Roper, comment diable allez-vous atteindre le Réservoir Cinq ? Il y a des Bédouins partout, dans ce coin, avec des troupeaux de chèvres, des caravanes et Dieu sait quoi encore.

– Billy et moi sauterons en parachute, juste avant le lever du jour. Nous l'avons déjà fait.

– Sean, tu es sûr de toi ? demanda Hannah d'un air inquiet.

– Nous n'avons pas le temps d'envisager quoi que ce soit d'autre. Je le répète, c'est la seule solution. Maintenant, rendez-moi service. Après Lacey et Parry, prévenez l'intendant militaire de Farley Field, dites-lui ce que je vais faire, et que j'aurai besoin de l'équipement habituel.

Elle se tourna vers Ferguson.

– Monsieur ?

– Faites ce qu'il dit, commissaire.

– Parfait, approuva Dillon. Une dernière chose. Prévenez Tony Villiers. Il pourrait jouer un rôle crucial, dans cette affaire. Moi je vais à la maison faire mes bagages.

Il sourit à Roper.

– Si j'ai besoin de vous, je vous appelle.

– Je vous dépose chez vous, dit Ferguson, et ils sortirent tous les trois de l'appartement.

Billy était assis à sa table habituelle, au Dark Man, lorsque son portable sonna.

– Écoute-moi, dit Dillon.

Il lui expliqua son projet, puis demanda :

– Tu viens, ou tu ne viens pas ?

– Il n'y a pas une minute à perdre. Je vais préparer mon sac. Je te retrouve à Farley.

– Farley ? Sac ? répéta Harry, assis en face de son neveu. Qu'est-ce qui se passe, nom de Dieu ?

Billy lui raconta tout.

Dans le Hazar, Villiers campait à l'oasis d'El Hajiz, là même où Bobby Hawk avait été tué. Il était avec dix-neuf Scouts, et cinq Land Rover. La frontière du Quartier Vide n'était qu'à mille cinq cents mètres ; il avait l'intention de la franchir et de rouler de nuit jusqu'à Fuad. Ahmed, qui se révélait un excellent sergent, s'était porté volontaire pour l'accompagner. Leur objectif était de faire exploser au Semtex les armes et les stocks de munitions entreposés au camp de Kate Rashid.

Son Codex sonna ; il répondit et trouva Ferguson au bout du fil.

– Charles, qu'est-ce que je peux faire pour vous ?

– Écoutez-moi.

Le général lui raconta tout ce qu'ils avaient appris depuis vingt-quatre heures.

– Qu'attendez-vous de moi ? demanda ensuite Villiers.

– Que vous agissiez comme vous le jugerez nécessaire. Mais, Tony... Vous n'avez pas l'air surpris...

Le commandant des Hazar Scouts soupira.

– Venant de Kate Rashid, rien ne me surprend plus. Quant à envisager une action, l'idée de Dillon de sauter en parachute au Réservoir Cinq me paraît judicieuse, d'autant que lui et le jeune Salter l'ont déjà fait. Cependant, imaginons que ça fonctionne, qu'ils éliminent Keenan et ses hommes et fassent échouer le plan de Rashid, il reste quand même un problème important.

– Quoi donc ?

– Comment vont-ils repartir de là en un seul morceau ? Ils seront en terrain hostile, cernés par les Bédouins – les Bédouins *Rashid* par-dessus le marché, le peuple de Kate ! Je suppose que son hélicoptère sera aussi dans le secteur, attendant de récupérer Keenan et ses hommes.

– Que suggérerez-vous ?

– Je vais devoir aller chercher Dillon et Billy moi-même. Et de ce point de vue, c'est une bonne chose que vous m'ayez téléphoné tout de suite.

– Pourquoi ?

– Je m'apprêtais à me rendre à Fuad, cette nuit, avec mon sergent, pour faire sauter leurs armes et leurs munitions. Mais je ne peux plus le faire, maintenant que nous avons un autre objectif en vue. Ça mettrait Kate et les Bédouins en état d'alerte.

– Vous avez raison.

– Je vais voir ce qu'elle fait en ce moment. L'autre problème qui se pose, c'est d'éviter que Dillon et le jeune Salter ne soient vus à Hazar. Ils sont venus l'année dernière, ils risquent d'être reconnus. Kate serait aussitôt prévenue. Mais elle est peut-être déjà partie dans le Quartier Vide. Je vous rappelle.

– Et si elle n'a pas quitté Hazar ?

– Eh bien... La RAF a maintenant une zone réservée à l'aéroport d'Hazar. Secteur militaire protégé. Veillez à ce que votre avion porte les cocardes de la RAF, et que le personnel soit en uniforme. J'irai moi-même chercher Dillon et Salter là-bas. Vêtus à l'arabe, avec un foulard autour du visage, ils feront des Scouts acceptables. Est-ce que vous venez ?

– Je n'y avais pas songé.

– Pour vous, il me faudra une djellaba grande taille ! On se reparle bientôt, Charles.

À Farley Field, Dillon arriva au moment où le Gulfstream s'arrêtait sur son aire de stationnement. Il remarqua aussitôt les cocardes de la RAF sur le fuselage de l'appareil. Les moteurs s'arrêtèrent, la porte-escalier s'ouvrit, et un sergent-chef en uniforme descendit de l'avion. Il s'appelait Pound. Dillon, qui le connaissait bien, marcha à sa rencontre.

– Monsieur Dillon, bonjour. Nous repartons donc une fois de plus pour de lointaines contrées ?

– Lointaines et brûlantes, renchérit Dillon en souriant.

Lacey sortit du Gulfstream. Lui aussi portait l'uniforme.

– Impressionnant, dit Dillon. C'est la première fois que je vous vois avec le ruban de l'Air Force Cross.

– Le général veut que nous arrivions à Hazar en mission militaire officielle. Le but, c'est de vous faire entrer sur le territoire, vous et Billy, sans que vous soyez vus. Le colonel Villiers vous habillera en Scouts dès votre arrivée.

– Monsieur Dillon ! appela une voix.

Dillon se retourna pour voir l'intendant militaire devant la porte du bâtiment administratif.

– Je vous ai préparé le matériel qu'il vous faut.

Dillon le suivit. Sur une table à tréteaux, deux AK47 munis de silencieux, deux Browning avec silencieux Carswell, des gilets pare-balles en titane, et, enfin et surtout, les parachutes.

– Autre chose, monsieur Dillon ?

– Non, je crois que ce petit paquetage nous permettra de démarrer gentiment la troisième guerre mondiale.

– Sergent ! appela l'intendant par la porte ouverte. Donnez-moi un coup de main.

Pound entra dans la pièce. Les deux hommes mirent tout le matériel dans des fourre-tout estampillés RAF qu'ils portèrent ensuite à l'avion.

La Daimler du général arriva à ce moment-là. Son chauffeur sortit un sac de voyage du coffre.

– Mettez ça dans l'avion, dit Ferguson.

– Qu'est-ce qui se passe ? demanda Dillon.

– Je vais avec vous. Pas de discussion.

– Vous serez beau, en tenue de bédouin !

La Jaguar d'Harry Salter, conduite par Baxter, s'arrêta à côté de la Daimler. Harry et Billy en descendirent, Baxter ouvrit le coffre et y prit deux bagages.

– Tu sais quoi, Dillon ? fit Harry. Si Billy y va, j'y vais aussi.

Dillon regarda Ferguson avec un large sourire.

– Ça vous pose un problème ?

– Mais non ! grogna le général. Que tout le monde embarque, et allons-y !

Ils s'installèrent dans l'avion. Lacey et Parry étaient déjà dans le cockpit ; Pound verrouilla la porte. Les moteurs ronronnèrent, le Gulfstream roula vers la piste, s'élança et décolla. Il grimpa rapidement dans le ciel pour se stabiliser à quinze mille mètres d'altitude.

– J'ai eu Tony Villiers au téléphone, dit Ferguson, et il leur raconta ce que le commandant des Scouts lui avait dit.

– C'est agréable de savoir qu'il est dans le coup avec nous, dit Dillon en allumant une cigarette. Et Quinn ?

– Ça ira. La convalescence sera longue, d'après Bellamy, mais il est hors de danger. Oh, et puis j'ai appelé la Maison-Blanche. Le président est en visite officielle en Argentine, donc j'ai parlé à Blake Johnson. Il a été horrifié d'apprendre ce qui était arrivé à Quinn, et d'apprendre les intentions de Kate Rashid.

– Qu'a-t-il dit, au juste ?

– Qu'il mettrait le président au courant.

– Mais... Il a réagi comment ?

– Si vous voulez tout savoir, ses mots exacts ont été : « Dites à Dillon et à Billy de leur casser la gueule une fois pour toutes. »

Dillon se tourna vers Billy.

– Ça c'est du compliment ! Et voilà, c'est reparti pour un tour !

– Pour sauver le monde libre, une fois de plus. Pourquoi est-ce que c'est toujours sur nous que ça tombe ?

– Nous sommes trop doués, Billy. Le voilà, le problème, répondit Dillon, et il fit signe au sergent Pound. Maintenant, je vais fêter ça avec un double Bushmills.

Hazar

15

Quand l'avion de Kate Rashid atterrit à l'aéroport de Haman, Ben Carver l'y attendait déjà avec le Scorpion qu'il avait posé en bout de piste. Deux porteurs transférèrent les bagages d'un appareil à l'autre, puis la comtesse, Rupert Dauncey et les trois Irlandais embarquèrent dans l'hélicoptère qui décolla aussitôt. Une heure plus tard, juste avant le crépuscule, ils arrivaient au camp de Fuad.

Comme d'habitude, guerriers bédouins, femmes, enfants et jeunes recrues arabes, curieux de voir ce qui se passait, affluèrent en masse autour du Scorpion. Colum McGee vint à la rencontre du groupe et les salua les uns après les autres. Il prit les mains de Keenan dans les siennes.

– Ça fait plaisir de te voir, Barry.

– Toi aussi, vieux salaud.

McGee regarda Casey et Kelly.

– Bon sang, ironisa-t-il, Barry doit être dans une bien mauvaise passe, s'il n'a pas pu trouver mieux que vous.

– Va te faire foutre, répliqua Casey.

McGee se tourna vers Kate.

– Le repas est prêt.

– Allez-y. Je veux dire un mot à Ben.

Les Irlandais s'éloignèrent ; elle s'approcha de Carver.

– Vous retournez à Hazar dès maintenant. Nous, nous restons ici. Demain soir vous emmènerez nos amis irlandais à Al Mukalli. Combien de temps le vol prendra-t-il ?

– Une heure et quart.

– Bien. Vous revenez donc ici demain en fin de journée, vous décollez à une heure et demie du matin, vous les déposez à la gare d'Al Mukalli, puis vous revenez encore une fois ici. Plus tard dans la matinée, vous nous emmènerez, moi, le commandant et trois hommes, au pont de Bacu, où nous retrouverons monsieur Keenan et ses amis. Combien de temps, ce vol-là ?

– À peu près pareil que l'autre. La différence, c'est qu'il faut aller dans la direction opposée.

– Bien. Nous décollerons à six heures et demie.

– Pour l'essence, est-ce que je dois prévoir à l'avance ?

– Ne vous tracassez pas. Nous avons des réserves, ici, dans des barils.

Carver se sentait mal à l'aise. La sueur lui perlait au front. Il avait fermé les yeux sur ce qu'il voyait à Fuad et ailleurs, mais là... La présence de Keenan et de ses gars l'inquiétait plus qu'il n'osait se l'avouer.

– Écoutez... Est-ce que je vais être mêlé à quelque chose qui risque de m'attirer des ennuis ? demanda-t-il maladroitement.

– Peut-être, répondit-elle d'un ton très calme. Mais votre boulot, pour lequel vous êtes grassement rémunéré, c'est de piloter mon hélicoptère quand je le veux, où je le veux. Bien sûr, si vous avez la moindre arrière-pensée en ce qui concerne nos relations, je peux faire en sorte que la licence commerciale de Carver Air Transports dans le Hazar soit transférée au nom de quelqu'un d'autre.

– Là, mon ami, enchaîna Rupert, je crois qu'elle a trouvé l'argument qui tue. Ça vous pose problème, vraiment ?

– Aucun problème. Je... je posais la question juste comme ça.

– En ce cas, Ben, dit-elle gentiment, mettez-vous en route.

Elle tourna les talons et se dirigea vers les tentes bédouines ; Dauncey la suivit.

Carver s'épongea le front avec un mouchoir.

– Je suis trop vieux pour ça, dit-il en grimpant dans le Scorpion, et il décolla aussitôt.

Kate Rashid et son cousin rejoignirent les Irlandais, qui avaient déjà pris place sous la tente principale, assis en tailleur pour prendre le repas. Cette fois il n'y avait qu'eux six à manger. Les femmes apportèrent un plat de ragoût de chèvre, des fruits, des dattes et du pain sans levain.

Casey et Kelly lorgnèrent le ragoût d'un air dubitatif.

– C'est quoi ? demanda le premier.

– C'est de la nourriture, répondit Keenan. Fais avec.

– Mais où sont les couverts ?

– Ici, ni couteau ni fourchette. Vous mangez avec la main,

expliqua Colum McGee, et en guise de démonstration il prit un morceau de pain et le trempa dans la sauce du plat.

– Est-ce que le matériel dont monsieur Keenan a besoin est prêt ? demanda Kate Rashid.

– Bien sûr. Un bon gros paquet de Semtex, des minuteurs, des crayons détonateurs, et plusieurs longueurs de cordon détonateur. Couplez ça aux quarante tonnes d'explosifs qui sont à bord du train, et ce sera le grand feu d'artifice.

– Excellent, dit-elle. Qu'en penses-tu, Rupert ?

– La grande qualité de ce projet, c'est sa simplicité.

Elle sourit.

– Tu sais quoi ? J'ai toujours aimé les choses simples.

– Il y a une question que je me pose, tout de même, dit Keenan. Que se passe-t-il ensuite, comtesse ? Comment allez-vous expliquer cette explosion ?

– Hmm... Est-ce ma faute si des terroristes arabes ont décidé de faire sauter le pont de Bacu ?

– Certes non, convint Keenan, et il sourit. Je me demande pourquoi je n'y avais pas pensé moi-même.

À bord du Gulfstream de la RAF, à peu près à mi-voyage, Ferguson appela Villiers sur son Codex pour faire un point de la situation.

– Harry Salter et moi avons décidé d'être de la balade. Donc nous sommes quatre. Cela vous pose-t-il le moindre problème ?

– À moi ? Aucun. Kate Rashid est arrivée. Avec Dauncey et les trois Irlandais. Un de mes Scouts était à l'aéroport pour guetter leur avion. Ils ont embarqué dans le Scorpion, Ben Carver aux commandes, et se sont envolés vers le Quartier Vide.

– Shabwa ?

– Je dirais plutôt Fuad, où Keenan pourra récupérer le matériel dont il a besoin.

– Cela signifie-t-il que nous pouvons descendre à l'Excelsior ?

– Je ne vous le recommande pas. Le barman, le directeur de l'hôtel, tous les employés sont à la solde de Kate. J'ai installé mon campement à une vingtaine de kilomètres de la ville. Je passerai vous accueillir dans le secteur RAF de l'aéroport avec les vêtements qu'il vous faut.

Le général raccrocha, et Dillon demanda :

– Qu'est-ce qui se passe, là-bas ?

Ferguson leur rapporta sa conversation avec Villiers.

– Si je comprends bien, fit Harry Salter, nous allons avoir la dégaine de la troupe du Palladium quand ils jouent *Ali Baba et les quarante voleurs.*

– Tu vas adorer, Harry ! dit Dillon. Toi et le général entourés par les Scouts, assis autour d'un feu de crottes de chameau séchées, dormant à la belle étoile...

– Ouais. Eh ben si ça te plaît, à toi, tant mieux. Moi je serrerai les dents en attendant que ça passe.

Quelques heures plus tard le Gulfstream atterrit et, piloté par Lacey, roula jusqu'au secteur RAF de l'aéroport pour entrer finalement dans un hangar dont les portes se refermèrent aussitôt. Villiers était adossé à une Land Rover qu'il avait conduite lui-même jusqu'ici, fumant une cigarette. Ahmed avait pris le volant du second véhicule dont ils avaient besoin pour transporter leurs visiteurs.

– Content de vous revoir, dit Villiers.

Il serra la main de chaque homme.

– Vous êtes joliment bronzé, colonel, dit Billy. Vous étiez en vacances, ces temps-ci, c'est ça ?

– Petit voyou impertinent, dit Villiers en riant. Vous trouverez des djellabas et des keffiehs à l'arrière de la voiture. Habillez-vous, et nous nous mettrons aussitôt en route.

Les quatre voyageurs se transformèrent en bédouins.

– Nom de Dieu, grogna Harry, est-ce que j'ai l'air aussi ridicule que vous tous ?

– Beaucoup plus ridicule, répondit Dillon. Crois-moi, Harry, tu es affreux !

– Le général et Harry montent avec moi, dit Villiers. Billy et Dillon vont avec Ahmed. Fichons le camp d'ici.

Le camp des Scouts se trouvait près d'un bassin protégé par un escarpement rocheux d'un côté, une petite palmeraie de l'autre. Il y avait là trois tentes de bivouac autour d'un grand feu, et cinq Land Rover stationnées en demi-cercle.

Ils s'assirent d'abord pour manger. De la soupe en conserve, des haricots à la tomate Heinz et des pommes de terre nouvelles, le tout mélangé en une sorte de ragoût. Et, bien sûr, du pain sans levain de fabrication locale.

Billy essuya son assiette avec un morceau de pain.

– C'était bon. Je pensais que vous alliez encore nous servir de la chèvre.

– Pas cette fois, Billy, répondit Villiers, et il appela Ahmed. Apporte du whisky, une de mes propres bouteilles, et les tasses en fer-blanc.

Il sourit à Dillon.

– Du scotch, à mon grand regret.

– Ça fera l'affaire.

La bouteille arriva, Villiers la déboucha et servit une généreuse rasade d'alcool dans chaque tasse. Billy refusa, comme d'habitude. Villiers rendit la bouteille à Ahmed.

– La nuit est froide. Si tu veux en boire quelques gorgées, fais-le sous ma tente, que les autres ne te voient pas.

– Allah est miséricordieux, et vous aussi, *sahib*.

Le sergent s'éclipsa. Villiers s'adressa à tout le groupe.

– Revoyons ensemble toute l'affaire. Barry Keenan le grand poseur de bombes et ses comparses, Kelly et Casey, vont être déposés à Al Mukalli pour embarquer dans le train de marchandises qui part à quatre heures du matin. Le convoi remonte vers le nord et sera dans le Quartier Vide vers huit heures. Je présume que Keenan, à ce moment-là, aura déjà fait son boulot. Tout sera prêt pour le feu d'artifice.

– Je suis du même avis, dit Dillon.

– Maintenant, nous sommes donc au Réservoir Cinq, Billy et vous montez à bord du train et vous avez une vingtaine de kilomètres, jusqu'à Bacu, pour intervenir. Après quoi le train continue de rouler, le pont est intact, mais le Scorpion de Kate Rashid survole le secteur, attendant de ramasser Keenan et compagnie.

– Et d'un bout à l'autre du désert, enchaîna Dillon, de Bacu à Hazar et même jusque dans l'aéroport, il y a des Bédouins Rashid...

– Tout juste. C'est pour ça que je dois venir vous chercher avec mes Scouts. Ça devrait nous prendre environ quatre heures. Mais attention, je ne peux rien promettre avec certitude. La route est parfois infernale, et le désert est imprévisible.

– Eh bien... Tu vois, Billy, ça nous fait une belle aventure en perspective ! dit Dillon avec un large sourire.

À Londres, le lendemain après-midi, Hannah se rendit à Rosedene. Elle discuta un moment avec Martha à la réception, puis le professeur Bellamy les rejoignit.

– Comment va-t-il ? demanda Hannah.

– Il est mal en point. Il a de la fièvre, et surtout il est très malheureux. Écoutez, je ne sais pas exactement ce qui s'est passé, et je ne veux pas le savoir, mais son accident en Irlande lui a fichu un sacré coup au moral.

– Puis-je le voir ?

– Bien sûr, mais ne restez pas trop longtemps.

Quinn était étendu sur le lit, des coussins derrière la tête, un tissu recouvrant ses pansements. Il paraissait endormi, mais il ouvrit les yeux quand Hannah tira une chaise près de lui.

– Commissaire. C'est gentil à vous d'être venue.

– Comment vous sentez-vous ?

– Mal. Très mal.

– Je sais ce que c'est. J'ai déjà été blessée, moi aussi. Trois balles dans le thorax. Ça fait un mal de chien, mais ça finit par passer.

– Ce qui ne passe pas c'est ce que j'ai dans la tête. J'ai laissé tomber Dillon et Billy. J'étais en face de ce type, et au lieu de tirer j'ai perdu les pédales. Le pistolet tremblait dans ma main, j'étais incapable de réagir ! Si Billy ne l'avait pas amoché le premier, il m'aurait sans doute tué...

– Eh bien, dites-vous pour commencer que ce n'est pas étonnant de la part de Billy. Dillon et lui ont au moins ça en commun. Ce sont des tueurs par nature.

– Et moi pas ?

– Non. En dépit des prouesses que vous avez accomplies pendant la guerre, vous n'êtes pas un tueur. Dans cette histoire, sénateur, vous n'avez à avoir honte de rien.

Quinn soupira doucement.

– Je n'ai pas vu Dillon. Est-ce qu'il va venir ?

– Non, il est au Hazar.

– Mince ! Je devrais être là-bas, moi aussi, avec lui. Racontez-moi ce qui se passe.

À Fuad, Keenan et ses hommes passèrent la journée à vérifier avec soin tout le matériel que Colum McGee leur avait fourni. Keenan leur fit même démonter les armes plusieurs fois, pour s'assurer de leur bon fonctionnement.

– Nom de Dieu, protesta Casey. C'est vraiment nécessaire, ça, Barry ?

– Ça nous permet d'avoir l'air occupés. Je veux que la comtesse se dise qu'elle en a pour son argent. J'ai revu encore une fois les spécifications techniques du pont. Ça va être du gâteau. Avec les quarante tonnes d'explosifs qui sont dans le train, il nous suffit d'un gros bloc de Semtex pour déclencher l'explosion initiale. Et du cordon détonateur pour le relier au reste du matos, bien sûr...

– À l'ancienne, si je comprends bien, observa Kelly.

– À l'ancienne, et en toute simplicité, répondit Keenan en souriant. C'est ma méthode préférée.

En début de soirée, Villiers revint au campement des Scouts avec Lacey et Parry qu'il était allé chercher à l'aéroport. Tout le monde s'assit autour du feu.

– J'ai calculé que nous pouvions atteindre le Réservoir Cinq en trente minutes de vol, dit Lacey. Je propose de décoller à six heures. Ça vous laissera le temps, arrivés là-bas, de prendre vos marques, et même d'aller en reconnaissance aux alentours.

– Ça me paraît bien, dit Dillon.

– Le seul petit problème, intervint Villiers, c'est que je dois partir avec mes hommes à trois heures et demie. Nous vous déposerons au hangar RAF de l'aéroport, vous devrez patienter jusqu'à six heures...

– Ça ne m'ennuie pas, assura Dillon, et il se tourna vers Lacey. On se revoit donc cette nuit.

– Comptez deux passagers en plus de Dillon et de Billy, commandant, dit Ferguson. Monsieur Salter et moi serons de la balade.

Lacey sourit.

– Bien sûr, mon général.

Parry et Lacey montèrent dans la Land Rover avec Villiers qui les ramena à l'aéroport.

Après minuit, à Fuad, Carver fit un check-up approfondi du Scorpion, puis se fit aider de deux Bédouins pour remplir les réservoirs à partir des barils de réserve. Keenan et ses hommes mirent le Semtex, les minuteurs, tout leur matériel dans des fourre-tout qu'ils chargèrent dans l'appareil ; ensuite ils retournèrent dans le blockhaus, seul bâtiment en dur du camp, qui servait à la fois de salle des communications et d'entrepôt pour les armes et les explosifs.

– Qu'est-ce qui vous ferait plaisir ? demanda Colum McGee.

Keenan examina les râteliers des armes.

– Un AK47 pour chacun de nous, ça sera parfait. Et un grand sac de chargeurs.

– Des pistolets ?

– OK. Des Browning.

McGee posa les armes sur la table à tréteaux. Les trois hommes se les répartirent, puis retournèrent au Scorpion. Kate Rashid et Rupert Dauncey les y attendaient, bavardant avec Carver.

– Une heure dix, dit celui-ci en consultant sa montre. Allons-y maintenant, si vous êtes prêts. La météo est bonne. Aucun vent contraire. Un voyage sans difficulté.

– En route, alors, dit Kate Rashid. Faites-nous entrer dans l'histoire, messieurs.

– Ça, non merci, répliqua Keenan. J'ai passé des années et des années, en Irlande, à essayer d'entrer dans l'histoire... Ici j'ai l'intention de me faire de l'argent, et rien d'autre. On se revoit à Bacu.

Carver était déjà assis aux commandes. Keenan monta à bord

derrière Casey, suivi de Kelly qui tira la portière. Quelques instants plus tard ils s'élevaient dans les airs.

Le vol fut aussi paisible que Carver l'avait annoncé, sous un ciel illuminé par une demi-lune entourée d'une myriade d'étoiles semblables à des éclats de diamant. Du village d'Al Mukalli, il n'y avait pas grand-chose à dire. Quelques maisons serrées les unes contre les autres, et puis la gare : deux longs bâtiments à toit plat, un petit entrelacs de rails et d'aiguillages, des wagons isolés dont certains abandonnés sur le côté des voies, deux locomotives à vapeur. L'une d'elles était attachée à un long convoi de wagons de marchandises, certains fermés, d'autres à ciel ouvert.

Comme le Scorpion amorçait sa descente, deux hommes sautèrent de la locomotive en regardant en l'air, et un troisième homme jaillit de la cabine du garde, en bout de convoi. L'hélicoptère se posa, Keenan ouvrit la portière et descendit avec Casey ; Kelly leur passa les fourre-tout et les armes.

– Je m'en vais, maintenant, annonça Carver. Je vous retrouve à Bacu.

Keenan hocha la tête et s'éloigna. L'appareil décolla.

Les trois Arabes du train se rassemblèrent près de la machine tandis que Keenan et ses hommes marchaient à leur rencontre. Ils avaient tous le keffieh autour du cou, mais seul le garde portait la djellaba. Les deux autres étaient vêtus d'une salopette blanche maculée de taches de graisse et de charbon.

– Vous nous attendiez, déclara Keenan.

L'homme en djellaba répondit :

– Oui, *sahib*. Je suis Youssouf, le garde.

Il désigna le plus âgé de ses collègues, qui avait une barbe très fournie.

– Lui c'est Ali, le conducteur du train.

Son anglais était bon. Keenan désigna le troisième homme, un grand costaud.

– Et lui, qui est-ce ?

– Halim, le chauffeur. Ils ne parlent pas anglais.

– Vous êtes tous des Rashid, si je comprends bien ?

Le visage de Youssouf s'illumina d'un fier sourire.

– Oui, *sahib*, nous sommes tous les trois des Bédouins Rashid.

– Et la comtesse ?

– Notre chef à tous, notre leader ! Qu'elle soit bénie, et qu'Allah en soit loué !

– Vous savez donc ce que nous attendons de vous ?

– Mais bien sûr, *sahib*.

– Parfait.

Keenan s'approcha de la locomotive. L'échappement de vapeur produisait un sifflement discret, et une odeur caractéristique émanait de l'engin. Il jeta un coup d'œil à l'intérieur.

– Mon grand-père conduisait un de ces monstres, autrefois, au pays. Quand j'avais cinq ans, une fois, il m'a fait monter ici, sur la plate-forme. En ce moment ils sont en train de faire chauffer la machine, pour la préparer au départ.

– Ça se sent, marmonna Kelly en se pinçant le nez.

– Tu n'as aucune sensibilité pour les belles choses, répliqua Keenan, et il se tourna vers Youssouf. Montrez-nous votre cabine.

Ils se rendirent à l'autre bout du train. À l'arrière du dernier wagon, le garde grimpa trois marches en métal menant à une petite plate-forme ceinte d'une rambarde. Il ouvrit une porte et entra le premier dans la cabine. Deux lampes à huile pendaient du plafond. L'ameublement se composait d'une table, de deux longues banquettes tendues de cuir, et d'un poêle sur lequel était posée une bouilloire, avec une bonbonne de gaz en dessous. Au fond de la cabine, à gauche, un lavabo et une porte étroite gravée de l'inscription *WC*, une autre porte à droite. Casey et Kelly posèrent les fourre-tout.

– Quelque chose à manger ? demanda Casey.

– Nous avons des dattes, de la viande séchée et du pain, *sahib*.

– Nom de Dieu, marmonna Casey.

– Il y a du thé dans le placard, *sahib*, ajouta Youssouf. Du thé anglais.

Kelly sortit une bouteille de whiskey de l'un des sacs.

– Je vais m'en enfiler une rasade, ça me fera du bien.

Ayant bu, il tendit la bouteille à Keenan, qui avala à son tour une longue gorgée d'alcool, et puis ce fut le tour de Casey.

– Départ à quatre heures, comme prévu ? demanda Keenan à Youssouf.

– Oui, *sahib*.

– Dans quarante-cinq minutes, dit Keenan en consultant sa montre. Bien, nous allons jeter un œil sur les wagons de marchandises. Vous nous montrerez où sont les explosifs.

Les wagons à ciel ouvert transportaient des tubes d'oléoduc. Les explosifs se trouvaient dans des caisses en bois dans les deux wagons fermés, à l'avant du train. Dans chaque voiture,

Keenan remarqua une trappe dans le plafond, et à chaque extrémité, des échelles permettant d'accéder au toit.

– Impeccable, dit-il. Nous pourrons aller et venir entre les wagons pendant que le train roulera.

Il se tourna vers Youssouf.

– Qu'est-ce que vous deviendrez, vous autres, quand nous serons au pont ? Après l'explosion, je veux dire ?

– Nous avons beaucoup d'amis dans le désert, *sahib*. Nous ne risquons rien.

– C'est parfait. Maintenant, retournons à la cabine boire de ce thé anglais dont vous nous avez parlé.

À six heures, quand le Gulfstream sortit du hangar de la zone RAF de l'aéroport, Dillon et Billy étaient parés pour leur mission. Ils portaient une combinaison de saut noire et un gilet pare-balles en titane. Les parachutes et les armes étaient par terre devant leurs pieds. Parry verrouilla la porte, puis retourna dans le cockpit.

Dillon et Billy étaient assis en face d'Harry et de Ferguson. Le Gulfstream fit demi-tour au bout de la piste et attendit l'autorisation de décollage. Les premières lueurs de l'aube teintaient déjà le ciel, mais la lune offrait encore un beau spectacle.

Harry avait du mal à cacher sa nervosité.

– Vous êtes cinglés, tout de même ! Comment pouvez-vous sauter dans ces conditions ? C'est du suicide.

– On l'a déjà fait en Cornouailles il y a deux ans, dit Billy. C'était mon premier saut. Et je suis encore là, non ? Tu te tracasses pour rien !

À l'aéroport, à six heures et demie, Kate Rashid, Dauncey, Abu et deux Bédouins, tous armés d'AK, embarquèrent dans le Scorpion. Carver, aux commandes, lança par-dessus son épaule :

– La météo a changé. Il y a un léger vent de face. Le vol prendra peut-être un peu plus longtemps que prévu.

– Alors décollez immédiatement, dit Dauncey, puis il se tourna vers Kate. Et voilà, cousine, c'est parti ! C'était quoi ton expression, déjà ? Entrer dans l'histoire ?

Par-dessus sa combinaison noire, elle avait enfilé un burnous, le manteau à capuchon bédouin.

– Entrer dans l'histoire, en effet, mon chéri. C'est mon objectif. Donne-moi une cigarette.

Il en alluma deux et lui en passa une, tandis que l'hélicoptère commençait à prendre de l'altitude.

Au même instant, le Gulfstream de la RAF descendit de mille cinq cents à trois cents mètres d'altitude. Ils approchaient de la cible. Parry sortit du cockpit, écarta de son oreille l'écouteur gauche de son casque-micro, et annonça :

– Quatre minutes, messieurs !

Dillon et Billy enfilèrent les parachutes, puis accrochèrent les AK en travers de leur poitrine. Dillon passa la sangle d'une paire de jumelles Nightstalkers autour de son cou. Ils restèrent debout, attendant l'ordre de sauter.

Lacey ralentit l'allure.

– Ouvre la porte, dit-il à Parry dans le casque.

Parry s'exécuta. Une puissante bourrasque s'engouffra dans

l'appareil ; Lacey ralentit encore, presque au point d'arrêter l'avion qui continuait de perdre de l'altitude.

– Maintenant ! cria-t-il. Trois cents mètres !

Parry fit un signe à Dillon, qui s'avança et sauta dans le vide sans aucune hésitation. Billy l'imita une seconde plus tard. Ferguson se leva pour aider Parry à refermer la porte. Aussitôt, Lacey relança les réacteurs à fond pour reprendre de l'altitude, et vira dans le direction de Hazar.

Le calme revint dans l'avion. Ferguson se rassit à côté de Harry, qui soupira.

– Dieu les protège, murmura-t-il.

Les premières lueurs de l'aube caressaient l'horizon, et la lune brillait encore. Le désert et son océan de dunes de sable, sous les deux hommes, était clairement visible – tout comme la ligne noire de la voie ferrée et les énormes canalisations de l'oléoduc qui la bordaient de part et d'autre. Le vent avait forci, et Dillon s'aperçut qu'il dérivait malgré lui. Billy était tout près, un peu au-dessus de lui.

Dillon prit les Nightstalkers et regarda la voie ferrée sur la droite : rien. C'est sur sa gauche qu'il aperçut le Réservoir Cinq, à environ mille cinq cents mètres de là – une grosse citerne montée sur pilotis, et une cabane en dur.

Le sol approchait à toute allure. Dillon atterrit dans le sable mou entre deux énormes dunes, et roula sur lui-même pour se réceptionner. En deux minutes il se débarrassa du parachute. Il commençait à l'enfouir dans le sable, lorsqu'une voix l'apostropha : il se tourna pour voir Billy au-dessus de lui, à mi-pente de la dune la plus proche.

Il acheva d'enterrer son parachute. Billy fit la même chose. Dillon l'attendit en allumant une cigarette.

– C'était du gâteau, dit le jeune homme quand il le rejoignit. Mais je n'ai pas vu la cible.

– Je l'ai aperçue, avec les Nightstalkers. À un kilomètre et demi, de ce côté-là, dit-il en pointant un doigt, puis il consulta sa montre. Sept heures moins le quart. Nous ferions bien d'y aller.

Ils se dirigèrent vers la voie ferrée.

Il faisait déjà jour quand ils atteignirent le Réservoir Cinq. Le trajet leur avait pris une bonne demi-heure, car le sable profond et mou rendait la marche difficile, et le vent qui s'était levé un moment plus tôt freinait encore leur progression.

La cabane que Dillon avait aperçue était une piètre construction en parpaings de béton trop rapidement assemblés. Elle possédait deux fenêtres dont les montants avaient depuis longtemps disparu, et une porte en bois qui, bloquée par le sable, s'ouvrit avec difficulté. À l'intérieur, le mécanisme de pompage de l'eau était dévoré par la rouille.

– Ce truc n'a pas fonctionné depuis des années, dit Billy. D'où est-ce qu'ils tirent l'eau, en ce cas ? Peut-être qu'on s'est gourés, Dillon ! Peut-être que les trains ne s'arrêtent plus ici pour faire le plein ?

Ils ressortirent de la cabane et examinèrent la citerne, hissée sur quatre piliers d'acier rouillé. Une échelle en métal permettait d'y grimper, et il y avait aussi, attaché au-dessous du réservoir, un tuyau en toile qui pendouillait contre l'un des piliers.

À son extrémité était fixé une sorte de goulot en cuivre, que Dillon saisit.

– C'est humide. Il y a un petit écoulement d'eau. Je vais jeter un œil là-haut.

Il monta l'échelle et atteignit le haut de la citerne. Elle était couverte d'un toit en planches, mais il y avait une trappe d'inspection qui s'ouvrit sans problème. À l'intérieur, Dillon put constater que la citerne était remplie presque à ras bord. Il redescendit auprès de Billy.

– C'est plein. Manifestement, le système de pompage est hors service. Peut-être le puits est-il à sec ? Je suppose qu'une fois de temps en temps ils fixent un wagon-réservoir au train, et quand ils s'arrêtent ici ils alimentent la citerne...

– Donc le Réservoir Cinq est toujours utilisé. Dieu merci. Et maintenant ?

– Rentrons nous abriter dans la cabane. Et je vais voir où en est Tony Villiers.

Villiers se trouvait dans la voiture de tête d'un convoi de cinq Land Rover qui avançait aussi vite que possible à travers le désert. Une petite tempête de sable s'était levée, qui ne les contraignait pas à s'arrêter mais freinait leur progression et les obligeait, lui et ses hommes, à se couvrir complètement le visage avec leur keffieh Le vent et le moteur produisaient ensemble un tel vacarme qu'il eut de la chance d'entendre le Codex sonner, et de le sortir de la poche de sa saharienne avant que Dillon ne renonce.

– Dillon à l'appareil. Je viens aux nouvelles. Billy et moi sommes au Réservoir Cinq. Où êtes-vous ?

– Nous réussirons peut-être à arriver au pont de Bacu à huit heures et demie, mais je ne peux rien garantir. En ce moment nous essuyons une tempête de sable.

– Oui, par ici aussi le vent souffle fort. Faites votre possible. Je vous rappellerai pour confirmer l'arrivée du train.

– Bonne chasse.

Dillon essaya ensuite de joindre Ferguson, mais sans succès.

– Qu'est-ce qui se passe, quand le train arrive ? demanda Billy. On reste là-dedans ?

– Il vaut mieux pas. Quelqu'un risque d'entrer, on ne sait jamais.

Dillon sortit de la cabane et inspecta le terrain derrière la citerne. Il y avait là une pente rocheuse, et des blocs de pierre épars – certains assez gros pour dissimuler un homme.

– Nous irons nous cacher là-bas, expliqua Dillon en revenant auprès de Billy. Quand le train se remettra en marche, la cabane et la citerne nous cacheront le temps que nous nous rapprochions...

– Il faudra qu'on soit foutrement rapides. Et comment on embarque ?

– Par l'arrière. Par la cabine du garde.

– Et s'il n'y en a pas ?

– Il y en a toujours une, assura Dillon, et il consulta sa montre. Huit heures moins le quart. Le moment de vérité approche.

Ils entendirent bientôt un bruit dans le lointain, comme un étrange ronronnement, puis un long sifflement aigu.

– Voilà la bête, Billy. Allons nous planquer.

Ils sortirent de la cabane, grimpèrent la pente et s'accroupirent derrière un énorme rocher.

La porte voisine de celle des toilettes, dans la cabine du gardien, ouvrait sur une étroite coursive qui courait au flanc du wagon. Celui-ci était relié par un attelage et une passerelle en planche aux quatre wagons ouverts du convois – ceux qui transportaient des tuyaux d'oléoduc. Venaient ensuite les wagons fermés contenant les explosifs, puis le tender à eau et à charbon, et enfin la locomotive. L'important, c'était qu'on pouvait circuler sans difficulté d'un bout à l'autre du train, et notamment dans les wagons fermés qui possédaient, outre les habituelles portes coulissantes latérales, des petites portes à chacune de leurs extrémités.

Keenan était pleinement satisfait. Depuis que le train avait quitté Al Mukalli, Casey, Kelly et lui-même avaient travaillé avec application. D'abord ils avaient relié les caisses d'explosifs entre elles, à l'intérieur de chaque wagon et de wagon à wagon, par du cordon détonateur, puis ils avaient installé le pain de Semtex au bout du wagon du tête, en y plantant plusieurs détonateurs chimiques et en les reliant à la caisse d'explosifs la plus proche.

Tout cela n'avait pas pris longtemps. Keenan avait opté, en définitive, pour des crayons détonateurs de dix minutes qu'il leur suffirait de casser au moment voulu, quand le train serait arrêté sur le pont.

Et depuis une bonne heure, pour tout dire, Keenan s'amusait comme ça ne lui était pas arrivé depuis très longtemps. Casey et Kelly étaient retournés retrouver leur bouteille de whiskey dans la cabine du gardien, mais lui était allé à l'avant, à la locomotive, rejoindre Ali et Halim sur la plate-forme.

Ali lui avait permis de prendre les commandes et de conduire la vieille locomotive. Il savourait la caresse du vent sur son visage, l'odeur de vapeur et de graisse ; il adorait ce voyage. Comme le train s'engageait sur la forte pente menant au Réservoir Cinq, il actionna le sifflet. Youssouf lui avait expliqué qu'ils devaient s'arrêter pour faire le plein d'eau.

Soudain, Ali lui tapota le bras et lui fit comprendre par gestes qu'il prenait le relais. L'Arabe commença à ralentir le train tandis qu'apparaissait, plusieurs centaines de mètres en avant, la citerne du Réservoir Cinq.

Dillon et Billy patientaient, accroupis derrière le rocher, lorsque le Codex sonna.

Dillon prit la communication machinalement.

– Qui est-ce ?

– Ferguson. Je me demandais où vous en étiez ?

– Nous sommes au Réservoir Cinq, le train arrive, voilà où nous en sommes. Donc à votre place je libérerais la ligne, général.

La locomotive ralentit et s'arrêta devant la citerne en poussant d'énormes soupirs de vapeur. Ali et Halim sautèrent de la plate-forme, suivis de Keenan.

Dillon murmura :

– Voilà le grand chef, Billy. Lui c'est Barry Keenan. Et là-bas, derrière, tu as Kelly, et puis Casey, précisa-t-il comme les deux hommes sortaient de la cabine du garde pour rejoindre Keenan, chacun un AK en travers de l'épaule.

Youssouf resta à l'arrière du train.

Les hommes se parlèrent, mais Dillon et Billy n'entendaient

pas ce qui se disait. Halim déroula un tuyau en toile attaché au tender, le coupla au tuyau de la citerne et commença à actionner un levier au niveau du tender – manifestement une pompe à main. Dillon se demanda s'il devait appeler Villiers, puis décida d'attendre d'avoir embarqué sur le train. Kelly et Casey bavardaient en riant à gorge déployée.

– Nous pourrions les abattre maintenant, murmura Billy. Pourquoi pas ?

– Parce que nous ne savons pas exactement ce que Keenan a fabriqué dans le train. Il doit déjà avoir préparé le feu d'artifice, sans doute avec des minuteurs, et je suppose que les explosifs sont dans les wagons fermés, mais il faut qu'un de ces salopards nous montre ça.

– Je comprends.

À ce moment-là, Halim sépara les deux tuyaux d'alimentation en eau, les remit à leur place, puis remonta sur la locomotive avec Ali. Keenan les accompagna. Kelly grimpa sur le toit du premier wagon fermé, et s'assit là. Casey l'imita, sur le second wagon. Youssouf retourna vers l'arrière du train.

– Lui c'est le garde, dit Dillon.

Ils le virent entrer dans sa cabine et en refermer la porte. Keenan, sous la surveillance d'Ali, prenait les commandes du train pour le redémarrage. Il actionna le sifflet, le convoi s'ébranla, un gros nuage de fumée s'échappa de la locomotive.

– On se bouge, Billy ! dit Dillon, et il descendit la pente en veillant à rester caché derrière les rochers.

Le train commençait à rouler dans un grand bruit de ferraille. Comme il accélérait, ils coururent jusqu'à la voie, agrippèrent la rambarde de la plate-forme arrière et s'y hissèrent. Keenan, heureux comme un enfant, continuait de tirer sur le cordon du sifflet. Billy et Dillon, l'AK au poing, se placèrent de part et d'autre de la porte de la cabine du garde.

Dillon sortit le Codex et appela Villiers, qui répondit aussitôt.

– C'est vous, Dillon ?

– Moi-même et personne d'autre. Ils ont fait le plein d'eau. Billy et moi sommes dans le train. Nous allons agir maintenant. Faites de votre mieux, et prévenez Ferguson.

Il raccrocha, glissa le Codex dans sa poche, et regarda Billy avec un large sourire.

– Je suis l'aîné, donc à toi l'honneur...

– Salopard ! répondit le jeune homme en riant.

Dillon tourna la clenche en cuivre et poussa la porte, Billy se précipita à l'intérieur, brandissant son AK. Debout près de la table, Youssouf se tourna et eut une grimace d'effroi en voyant les deux démons vêtus de noir qui faisaient irruption dans sa cabine. Billy l'empoigna et le poussa contre la table, lui plantant le canon de son arme sous le menton.

– Il te flinguera sans hésitation, dit Dillon en arabe. Et l'AK a un silencieux. Personne n'entendra rien.

Youssouf tremblait de terreur.

– *Sahib*, je vous en prie, ne me tuez pas !

– Tu parles anglais ? s'étonna Dillon.

– Oui.

– Alors continue dans cette langue, mon ami ne parle pas l'arabe. Si tu réponds à mes questions, tu auras la vie sauve. Où sont les explosifs ?

– Dans les deux wagons fermés, à l'avant.

– Les trois hommes, les Irlandais, qu'est-ce qu'ils ont fait depuis que vous avez quitté Al Mukalli ?

– Je ne sais pas, *sahib*.

– Tu mens. Tue-le, Billy.

Billy recula d'un pas, visa – et Youssouf poussa un cri de panique.

– Non, *sahib*, je dis la vérité !

– Tu mens encore. Tu es un Bédouin Rashid, comme le machiniste et le conducteur. Je le sais, parce que la comtesse s'est vantée que vous lui apparteniez. Et puisque c'est le cas, tu dois savoir que le train va s'arrêter sur le pont de Bacu, où les Irlandais doivent le faire sauter. Je dis des bêtises ?

– Non, *sahib*.

– Alors toi, cesse de mentir. Qu'ont-ils fait, les Irlandais, depuis le départ d'Al Mukalli ?

Youssouf était désespéré.

– Je sais seulement qu'ils ont travaillé dans les wagons des explosifs, mais j'avais l'ordre de rester ici, *sahib*. Je n'ai pas vu ce qu'ils ont fait.

C'était manifestement la vérité. Dillon alluma une cigarette et la lui tendit.

– Est-ce que c'est facile d'atteindre ces wagons ?

– Oui, *sahib*. En passant par cette porte, répondit Youssouf en désignant la porte droite au fond de la cabine. Ensuite, il y a des passages tout le long des wagons.

– On peut aller jusqu'à la locomotive ?

– Sans problème, *sahib*.

Dillon prit un ton plus menaçant.

– Y a-t-il autre chose, ou tu m'as déjà tout dit ?

– Je jure que j'ai tout dit, sur la vie de mon fils aîné.

La sueur qui inondait maintenant son visage attestait de sa bonne volonté.

– Ils ont travaillé dans les wagons pendant une heure et demie, environ. Ensuite, deux d'entre eux sont venus s'asseoir ici, et boire du whiskey. Le chef a rejoint Ali et Halim sur la plate-forme. Il a conduit le train.

– Conduit le train ? répéta Dillon, étonné.

– Oui, *sahib*. Pendant que nous prenions de l'eau, Ali m'a dit que l'Irlandais était comme un gamin. Il adore les trains.

– Est-ce qu'il l'a dit *lui-même* à Ali ?

– Non, *sahib*, il ne parle pas l'arabe, et Ali ne connaît pas l'anglais. C'est juste... sa façon de se comporter.

Billy regarda Dillon.

– On s'en fiche, nous, qu'il aime les trains, dit-il en haussant les épaules.

– C'est important parce que ça veut dire qu'il a l'esprit occupé. Et ça, c'est bon pour nous.

Dillon prit Youssouf par le bras, ouvrit la porte donnant sur la plate-forme arrière. À ce moment-là, le train roulait à une quarantaine de kilomètres à l'heure.

– Je tiens parole, dit-il à Youssouf. J'ai promis que si tu me disais la vérité, je te laisserais la vie sauve.

Il le poussa vers la plate-forme.

– Mais, *sahib*, je...

– *Sahib* rien du tout. Descends ici, et tu vivras peut-être. Reste, et tu meurs à coup sûr.

Youssouf descendit les marches en métal et sauta sur le côté de la voie. À cet endroit le sable recouvrait l'oléoduc. L'Arabe roula sur lui-même plusieurs fois, puis Dillon et Billy le perdirent de vue car la ligne prenait un virage.

– Et maintenant ? demanda Billy.

– Nous avons besoin de Kelly ou de Casey, l'un des deux suffira. C'est pour ça, aussi, qu'il est appréciable que Keenan soit occupé à la locomotive. Allons-y.

Il ouvrit la porte et scruta les wagons ouverts, puis au-delà – apercevant Kelly sur le toit du premier wagon d'explosifs, Casey sur la voiture de derrière. Le train roulait avec fracas, soulevant des nuages de sable de part et d'autre de la voie.

– Et maintenant ? répéta Billy d'un ton plus pressant.

– Je vais jusqu'au wagon fermé le plus proche, toi tu restes ici. Quand j'arrive là-bas, abats Casey d'une balle dans la tête. Qu'il bascule du toit et disparaisse. Kelly regarde vers l'avant. Il ne s'apercevra de rien.

– Et ensuite ?

– J'attire l'attention de Kelly. Nous devons prendre le risque qu'il se comporte bien, je veux dire qu'il obéisse.

– D'accord, c'est toi le patron.

Dillon s'avança sur la coursive et commença à longer les wagons, qui tanguaient fortement. Enfin il atteignit la porte du wagon d'explosifs et, agrippant l'échelle menant au toit, se tourna pour faire signe à Billy. Casey, l'AK posé en travers des genoux, essayait de s'allumer une cigarette malgré le vent. Billy visa avec soin et l'atteignit en pleine tête. Le bruit du train couvrit la détonation sourde du silencieux de l'AK. L'Irlandais s'effondra sur le flanc, glissa sur le toit légèrement incurvé du wagon, et tomba du train avec son arme.

Dillon jeta un coup d'œil au cadavre échoué dans le sable,

attendit que la voie ait pris une nouvelle courbe, puis grimpa l'échelle et regarda par-dessus le rebord du toit. Kelly était toujours assis sur le wagon avant, ignorant que son collègue avait disparu.

Billy était retourné dans la cabine du garde, dont il avait à moitié refermé la porte. Dillon baissa la tête et cria :

– Kelly, viens m'aider !

Il redescendit au bas de l'échelle et patienta, l'AK au poing.

Kelly entendit une voix l'apostropher. Perplexe, il se retourna et chercha Casey des yeux. Billy, dans la cabine du garde, le tenait en joue, prêt à l'abattre si nécessaire. Kelly se leva, mit l'AK en bandoulière en travers de sa poitrine, traversa le toit du premier wagon et sauta sur le suivant. Il resta là quelques instants, titubant, luttant pour retrouver son équilibre, puis avança de nouveau.

– Casey, où es-tu ? cria-t-il en arrivant au bout du toit.

– Il est mort, et il est déjà loin derrière. Mais à sa place tu m'as, moi, ton vieux copain Sean Dillon, répondit Dillon en braquant son arme sur lui. Descends ici sans faire d'histoire, ou bien tu meurs, toi aussi. Et si ce n'est pas moi qui te descends, ce sera mon ami.

Billy sortit à ce moment-là de la cabine.

– Sainte Mère de Dieu ! s'exclama Kelly. Toi, Dillon ? ! C'est pas possible !

– Je te dis de descendre par ici !

Kelly obéit. Dillon lui prit son AK et le jeta sur le côté de la voie. Il ouvrit la porte du wagon tandis que Billy le rejoignait.

– Entre là-dedans, dit-il en le poussant par l'épaule. Billy, tire la porte latérale.

Le jeune homme s'exécuta ; un flot de lumière entra dans le wagon.

– Bien, dit Dillon. Montre-moi ce que Keenan a fait ici.

– Seigneur, non ! Il me tuerait !

La réaction de Kelly était stupide, mais elle avait l'excuse d'être instinctive. Billy décida d'entrer dans le jeu en jouant le rôle du méchant.

– On perd notre temps, Dillon. Laisse-moi le balancer par-dessus bord.

– Il se casserait le cou, objecta Dillon. En ce moment le train marche au moins à soixante kilomètres à l'heure.

– Et alors ?

Billy planta le canon de son AK dans le ventre de Kelly, le forçant à reculer vers la porte ouverte. L'Irlandais craqua.

– Non ! Je vais vous montrer.

– OK. Grouille-toi.

Kelly désigna les caisses d'explosifs.

– Barry a placé des amorces chimiques dans chaque caisse, et du cordon détonateur pour les relier entre elles. Et ce wagon est relié au wagon d'à-côté.

– Et là-bas, qu'est-ce qu'il y a ?

– La même chose, et aussi un gros pain de Semtex pour l'explosion initiale. Avec des crayons détonateurs de dix minutes.

– Bien. Arrache-moi le cordon détonateur et les amorces. Dans toutes les caisses.

Kelly s'exécuta. Ça ne lui prit que trois minutes.

– Et voilà, fit Dillon. C'était facile, non ? Maintenant, on passe dans l'autre wagon, où tu vas aussi t'occuper du Semtex.

C'est à ce moment précis que Keenan se retourna sur la plate-forme de la locomotive et constata, à son plus grand étonnement, que ses hommes avaient disparu. Ils étaient maintenant tout près du pont : Keenan l'avait aperçu mille ou mille cinq cents mètres en avant, au bout du large défilé dans lequel le train venait de s'engager. Troublé, il grimpa l'échelle du tender, le traversa et atteignit le premier wagon fermé. La trappe du toit était ouverte. Il l'avait laissée ainsi pour aérer la voiture et essayer de faire tomber la température à l'intérieur : en cas de chaleur excessive le Semtex pouvait devenir instable. Il entendit des voix et regarda à l'intérieur.

Billy avait ouvert la porte coulissante latérale, et Kelly, qui avait arraché les amorces chimiques et le cordon détonateur des caisses d'explosifs, était en train de retirer les crayons minuteurs du Semtex. Il se tourna pour les jeter à l'extérieur. Keenan, pris de fureur, tira un Browning de sa poche.

– Connard ! Imbécile !

Il lui tira deux balles dans le dos ; Kelly tomba du wagon par la porte ouverte.

Billy répliqua immédiatement avec son AK ; Keenan battit en retraite.

– Continue de tirer, Billy ! ordonna Dillon.

Il sortit par la porte du bout du wagon et grimpa l'échelle menant au toit.

À cause des trépidations du train, Keenan avait du mal à garder son équilibre sur le toit. Il tira avec frénésie sur l'homme qui était apparu en haut de l'échelle, mais les balles passaient largement à l'écart de sa cible. Il se concentra pour viser – et puis tout à coup il poussa un cri de stupéfaction.

– Nom de Dieu ! Dillon ! C'est vraiment toi ?

– Dieu nous bénisse tous, Barry, répondit Dillon, et il tira une salve d'AK en automatique.

Les balles propulsèrent Keenan vers l'avant du wagon, puis il tomba sur la voie. Billy rejoignit Dillon quelques instants plus tard.

– On a réussi.

– Ouais. Une fois de plus, on a sauvé le monde.

Dillon sortit le Codex et appela Villiers.

– Mission accomplie. Keenan et ses copains sont refroidis et toutes les charges explosives sont désamorcées. Nous sommes presque au pont. Et vous ?

– À trois kilomètres, de l'autre côté. Essayez de continuer à rouler le plus longtemps possible. Vous allez peut-être avoir des problèmes. Le Scorpion de Rashid vient de passer au-dessus de ma tête.

– Ah oui ? Merci de me prévenir. J'attends que nous ayons le contact visuel, vous et nous, et j'arrête le train à ce moment-là.

Dillon raccrocha.

– Alors ? demanda Billy.

– Tony me dit qu'il vient de voir l'hélicoptère de Rashid. Nous faisons en sorte que le train avance jusqu'à ce que nous le retrouvions. Tu viens avec moi rendre visite au chauffeur et au conducteur, et tu les tiens en joue. Je leur parlerai. Allons-y !

Ils surgirent sur la plate-forme de la locomotive, prenant Ali et Halim complètement par surprise. Dillon les apostropha dans son mauvais arabe :

– Tous les autres sont morts. Si vous voulez vivre, faites rouler le train et obéissez, sinon mon copain vous descend.

Ali paraissait terrifié, mais Halim, comprenant ce qui s'était passé, était davantage en colère qu'intimidé. Dillon remonta sur le toit du premier wagon, prit le Codex et appela le général, qui répondit aussitôt.

– Ferguson.

– Dillon. Je suis dans un train qui va traverser le pont de Bacu d'une minute à l'autre. Nulle explosion n'est à déplorer, ce qui veut dire que le pétrole pourra continuer de couler pour le bénéfice d'un monde ingrat qui ne saura jamais à quel point il est passé près du désastre.

– Keenan et compagnie ?

– Morts, je le crains, partis pour la grande maison de retraite de l'IRA dans le firmament.

– Comme d'habitude, vous me stupéfiez.

– Dieu nous garde, général ! Je me stupéfie moi-même certains jours, mais là je dois y aller. Je crois que j'entends l'hélicoptère de Kate Rashid approcher...

Ils arrivaient près du pont, le Scorpion volant à basse altitude, lorsque Rupert Dauncey aperçut la colonne de Land Rover sur leur gauche. Il fit signe à Kate, qui prit des jumelles pour scruter la route.

– C'est Tony Villiers et les Scouts. Qu'est-ce qu'il fiche ici ?

– Demandons-nous surtout comment il a su qu'il se passait quelque chose par ici...

Le pont de Bacu se profilait devant eux, impressionnant monstre de métal. Le train s'y engagea à pleine allure.

– Qu'est-ce qui se passe, bon sang ! cria-t-elle. Il ne s'arrête pas !

Dauncey lui prit les jumelles, les régla à sa vue. Il les lui rendit un instant plus tard.

– De plus en plus intéressant. Comment se fait-il qu'un vieil ami à toi soit debout sur le toit d'un wagon, en tenue de combat des Forces Spéciales ?

Elle regarda dans les jumelles.

– Mon Dieu, murmura-t-elle. Dillon ! Mais... pourquoi ?

Comme le Scorpion passait au-dessus du train, Dillon agita joyeusement la main en l'air.

– Salopard, murmura-t-elle. Je vous maudis.

Le train traversa complètement le pont, Dillon continuant de leur faire signe, et poursuivit sa route de l'autre côté du précipice de Bacu.

– Abu, dit-elle. Tue-le !

– Impossible, *sweetie,* dit Rupert. D'ici, ça ne peut pas marcher...

Abu tira la portière de l'hélicoptère, se pencha en avant et tira vers Dillon. Mais au même moment l'appareil fit une embardée : l'Arabe lâcha son arme et agrippa une ceinture de sécurité, manquant de justesse de basculer dans le vide la tête la première.

Sur la plate-forme de la locomotive, Billy entendit le coup de feu et leva les yeux. Halim saisit l'occasion : il agrippa l'AK du jeune homme par le canon et le poussa en arrière. Billy pressa la détente pour alerter Dillon, mais il était trop tard – le chauffeur, qui possédait une force étonnante, l'éjecta littéralement de la locomotive.

Dillon tua Halim d'une balle dans le dos et poussa un juron en voyant Billy rouler dans le sable sur le côté de la voie. Dans l'hélicoptère, Rupert porta de nouveau les jumelles à ses yeux.

– C'est le jeune Salter.

Kate Rashid se tourna vers Carver.

– Posez-vous à côté de lui ! Immédiatement ! cria-t-elle, puis elle s'adressa à son cousin. Passe-moi ton Walther.

– Écoute, Kate... Villiers va arriver d'une minute à l'autre. Fichons le camp d'ici.

– Donne le Walther !

Abu fusilla Dauncey du regard et arma son AK. Soupirant, l'Américain sortit l'arme de sa poche pour la tendre à Kate.

– Comme tu voudras.

Le Scorpion, qui avait déjà viré, se stabilisa et descendit vers Billy.

Dillon, lui, avait sauté sur la plate-forme et planté le canon de son AK dans le dos d'Ali.

– Arrête le train en urgence, dit-il en arabe. Tout de suite !

Ali obtempéra. Dès qu'ils eurent suffisamment ralenti, Dillon sauta à terre, se retourna et se mit à courir le long de la voie ferrée.

Abu et deux Bédouins redressèrent Billy, qui était complètement étourdi par sa chute du train. Il avait au visage une méchante coupure qui saignait abondamment.

– Petit salopard, dit Kate. Petit fumier de gangster ! Je vous ai prévenus, tous, que je vous tuerais quand le voudrais. Eh bien aujourd'hui c'est votre tour. Allez, courez !

Elle se tourna vers Abu, lui parla en arabe :

– Fais-le courir.

Abu donna une bourrade à Billy, qui partit en trébuchant. Elle ne le laissa s'éloigner que de quelques mètres avant de lui tirer plusieurs balles dans le dos. La plupart atteignirent le gilet pare-balles en titane, mais deux d'entre elles se fichèrent dans le haut de sa cuisse droite, et une lui percuta la nuque, du côté gauche.

Dillon mit un genou à terre et tira ; il toucha l'un des Bédouins, puis visa de nouveau tandis que Rupert entraînait Kate vers l'hélicoptère – et tua Abu d'une balle en pleine tête. L'autre Bédouin prit la fuite en direction des dunes.

Tandis que Carver décollait, Dillon se précipita vers Billy et s'agenouilla près de lui. C'est à ce moment que Tony Villiers et les Scouts arrivèrent.

Ils allongèrent Billy sur la banquette arrière d'une Land Rover, puis Villiers examina ses blessures tandis que Dillon ouvrait un kit médical militaire sur le siège conducteur. Ils avaient retiré le gilet pare-balles en titane, dans lequel étaient fichées quatre balles.

– Est-ce que c'est très grave ? demanda Dillon.

– Hmm, je ne suis pas médecin, mais j'ai déjà vu des tas de blessures de ce genre. Ici, la balle a traversé le cou de part en part. Si elle avait touché une artère le sang coulerait à flots. Or ce n'est pas le cas, donc nous pouvons soigner provisoirement la blessure avec des pansements. Passez-m'en un.

Villiers appliqua rapidement une compresse sur le cou de Billy. Celui-ci, les yeux grands ouverts, gémissait doucement.

– Dieu soit loué pour l'invention du gilet en titane, dit Dillon.

– Oui. Mais il y a maintenant à voir sa cuisse. Il a été touché deux fois.

Villiers prit un scalpel et découpa le pantalon, mettant les deux plaies au jour. Il y avait très peu de sang ; il glissa la main autour de la cuisse.

– Les balles sont encore à l'intérieur. Dieu seul sait les dégâts qu'elles ont causés. Tout ce que je peux faire, c'est lui mettre un pansement, et puis lui donner de la morphine. Il y a un goutte-à-goutte dans le kit médical. Quelqu'un devra rester à côté de lui pour le tenir pendant le voyage.

– Je m'en charge, dit Dillon.

Ils redressèrent Billy en position assise, puis Villiers pansa les blessures de sa cuisse. Ensuite il couvrit d'une large compresse l'entaille que le jeune homme avait au visage, et lui piqua l'aiguille d'une perfusion dans le bras gauche. Les Scouts observaient la scène en silence, impassibles. Ahmed s'avança et se proposa pour tenir le goutte-à-goutte en hauteur.

– Quatre heures de voyage jusqu'à l'hôpital de Hazar, et la route est mauvaise, observa Dillon. Est-ce qu'il va s'en tirer ?

– Je ne sais pas, répondit Villiers, mais je peux essayer d'améliorer ses chances de survie. Je vais appeler Ferguson.

Il trouva le général à l'Excelsior. Ferguson savourait le confort de ce luxueux hôtel où il venait de prendre ses quartiers, puisque maintenant ils n'avaient plus aucune raison de cacher leur présence à Hazar.

– Où êtes-vous ? demanda Villiers.

– Au bar, avec Harry, pour fêter notre succès. J'ai déjà téléphoné à Blake Johnson. Il est aux anges.

– Eh bien... attendez un peu pour faire la fête. Billy est grièvement blessé. Kate Rashid lui a tiré plusieurs balles dans le dos.

– Mon Dieu.

– Nous devons l'emmener à l'hôpital le plus vite possible. Le train ne nous est d'aucune utilité, car il va vers le nord, dans le Quartier Vide. Ce qui nous impose quatre heures de route.

– Le garçon survivra-t-il à un tel voyage ?

– Il aura de meilleures chances de s'en sortir si vous vous débrouillez pour qu'une ambulance vienne à notre rencontre. Le chirurgien en chef de l'hôpital s'appelle Daz. Il m'a souvent rendu de grands services, par le passé. Contactez-le, et arrangez ça avec lui. Ils ne peuvent pas nous rater, puisqu'il n'y a qu'une route.

– Je m'en occupe.

Villiers raccrocha et dit :

– En route. Tout de suite. Dillon, vous restez à côté de Billy, je passe devant avec Ahmed. Mes hommes se serreront dans les autres voitures.

Il se tourna vers les Scouts et parla en arabe :

– Nous partons. Marche forcée jusqu'à Hazar.

Dans le Scorpion, Kate Rashid appela le capitaine Black sur son portable, et le trouva à l'aéroport.

– Qu'y a-t-il pour votre service, comtesse ?

– Nous serons avec vous d'ici une heure. Je veux un départ immédiat pour l'Angleterre. Faites le nécessaire.

– Entendu. Il y a un message, pour vous, du domestique de la villa. Je dois vous prévenir que le général Ferguson et un certain Harry Salter se sont installés à l'Excelsior.

– Merci.

Elle coupa la communication et rapporta à Dauncey ce qu'elle venait d'apprendre.

– C'est une bonne chose que nous ayons déjà nos bagages avec nous. Nous pouvons partir directement.

– Est-ce que nous prenons la fuite, Kate ?

– Ne dis pas de bêtises. Qu'est-ce que nous avons donc à fuir ? Le pont de Bacu est encore debout, le train est intact, et tous les témoins sont morts. Personne ne peut rien prouver.

– Intéressant, n'empêche, de penser qu'ils étaient là-bas. Je me demande comment ils ont appris notre projet.

– C'est à cause de Dillon, une fois de plus ! Dieu seul sait comment et pourquoi il a été prévenu. Mais maintenant ça n'a plus d'importance. J'ai au moins réglé mes comptes avec l'un d'entre eux.

– Mais pas avec Dillon.

– Ça viendra un jour ou l'autre, mon chéri. Sois patient.

Une heure et demie après avoir quitté le pont, Villiers reçut un appel de Daz.

– Le général m'a expliqué votre fâcheuse situation, Tony. Décrivez-moi les symptômes du jeune homme.

Villiers lui expliqua ce qui s'était passé, et comment il avait soigné Billy.

– Comment est-il, maintenant ?

– Inconscient, mais vivant. Le voyage est rude.

– Je sais. J'ai décidé de venir moi-même. Ça pourrait faire une grande différence. Ce ne sera plus très long.

Villiers rapporta sa conversation à Dillon.

– Pourvu qu'il tienne le coup, dit l'Irlandais. Regardez-le. Il est blanc comme un linge, maintenant.

– Gardez la foi. Nous ne pouvons rien faire de plus.

Le vent se leva de nouveau, fouettant le sable qui s'infiltrait jusque dans la voiture. Dillon se pencha sur Billy, essayant de le protéger. Le désespoir l'envahissait. « "Mon petit frère", pensa-t-il. C'était comme ça qu'il aimait parler de nous... »

– Dieu vous maudisse, Kate, murmura-t-il. S'il meurt, vous ne pourrez vous cacher nulle part. Où que vous soyez je vous trouverai !

Un moment plus tard, une grosse ambulance apparut devant eux sur la route au milieu des tourbillons de sable. Les véhicules s'arrêtèrent. Daz, un homme très grand, d'origine indienne, au teint cadavéreux, était vêtu d'un burnous dont il avait tiré la capuche sur sa tête ; il sortit de la voiture suivi de deux ambulanciers qui portaient un brancard. En quelques instants ils y allongèrent Billy et retournèrent vers l'ambulance.

– Nous repartons immédiatement, dit Daz. Je ne veux pas perdre une minute.

– Allez avec lui, Dillon, proposa Villiers. On se revoit bientôt.

Dillon grimpa à l'arrière de l'ambulance. Tout à coup, il retrouva un monde plus calme, plus ordonné. Ici les bruits du vent et de la tempête de sable étaient atténués, étouffés. Il s'assit en observant Daz et les ambulanciers s'occuper de son ami.

Trois heures plus tard, Dillon et Harry Salter étaient assis côte à côte dans la salle d'attente de l'hôpital, buvant du whiskey acheté au bar de l'Excelsior.

– Saloperie, marmonna Harry.

Dillon hocha la tête.

– Tu n'as pas idée à quel point je suis désolé.

– Oh, si, je sais bien ! Ce n'est pas de ta faute, Sean, dit Harry, et il secoua la tête. Mais... Je n'aimerais pas ce garçon davantage s'il était mon propre fils, tu comprends ?

Il tendit son gobelet. Sa main tremblait légèrement.

– Sers-m'en un autre. J'ai peur, parce qu'il risque de nous claquer entre les doigts. Et aussi je suis fou de rage quand je pense que cette salope lui a tiré dans le dos !

– Tu sais ce qu'on dit, Harry. Le pouvoir absolu corrompt absolument. Certaines personnes, trop puissantes, s'imaginent qu'elles peuvent faire n'importe quoi et toujours s'en sortir indemnes. Kate Rashid est comme ça. Mais que se passe-t-il quand tu découvres que non, les choses ne vont pas toujours comme tu le veux, quand tu t'aperçois que tu ne peux pas ne faire que tes quatre volontés ? Si tu n'es pas déjà cinglé, ça te rend dingue !

– Elle, en tout cas, elle est folle à lier. Si jamais je lui mets la main dessus...

Il n'acheva pas sa phrase, car Ferguson et Tony Villiers venaient d'entrer dans la pièce.

– Des nouvelles ? demanda le général.

Dillon secoua la tête.

– Pas encore.

– Eh bien, moi j'en ai. Lacey, à l'aéroport, vient de m'appeler. Kate Rashid et son cousin ont décollé pour Londres il y a un peu plus de deux heures.

– Ils se défilent, dit Dillon.

– On peut dire ça, répliqua Ferguson. Mais voyez les choses sous un autre angle. Qu'est-ce que nous avons réellement contre elle ? La destruction du pont de Bacu ne s'est pas produite. Et elle est toujours le chef des Bédouins Rashid, c'est-à-dire une des personnes les plus puissantes du sud de l'Arabie.

– Et l'enregistrement – sa conversation avec Keenan ?

– Il ne nous est d'aucune utilité, car il ne s'est rien passé. Qu'est-ce que nous pourrions demander au procureur général ? Pour quel motif pourrait-il inculper la femme la plus riche du monde ? C'est une histoire à dormir debout ! Le procureur ne s'y frotterait jamais. Et s'il osait quand même, les meilleurs avocats de Londres feraient des confettis de son dossier.

– Donc, elle s'en sort indemne ? demanda Harry.

Daz apparut à cet instant à la porte, en tenue de bloc opératoire. Salter se leva d'un bond.

– Comment il va ?

– J'ai fait tout mon possible. Il a de la chance que la balle qui a atteint le cou n'ait pas touché une artère, sinon il aurait perdu tout son sang. Les dix-huit points de suture que nous lui avons faits au visage donneront une cicatrice intéressante, mais le problème c'est plutôt les deux autres balles. Elles ont fracturé la ceinture pelvienne. Quand il sera de retour à Londres, il lui faudra le meilleur chirurgien orthopédiste de la place. Cependant, à mon avis il peut s'en sortir sans séquelle.

– Où est-il, maintenant ? demanda Harry. Je peux le voir ?

– Je ne préfère pas. Il est en réanimation. Demain matin, ce serait mieux.

– Quand sera-t-il en état d'être ramené à Londres ? demanda Ferguson.

– Je dirais dans quatre jours – s'il n'y a aucune complication.

– Excellent, dit le général, et il se tourna vers Harry. Vous voudrez rester avec lui, je présume ?

– Et comment, nom d'un chien !

– Bien. Je dois rentrer à Londres, mais nous garderons le contact. Je vous enverrai le Gulfstream dans quatre jours, et je parlerai de cette affaire à Henry Bellamy. Si quelqu'un connaît le meilleur chirurgien orthopédiste de Londres, c'est lui.

– Formidable, dit Harry.

– Dillon, reprit Ferguson, nous décollerons tôt demain matin. À moins que vous ne vouliez rester avec Harry.

– Non. Autant que je rentre avec vous. J'ai à faire à Londres.

– Parfait. Maintenant, allons prendre un bon dîner à l'Excelsior. Vous venez avec nous, colonel ?

– Non merci, mon général, répondit Villiers. Moi aussi j'ai quelque chose à faire.

Le lendemain matin, avant de prendre l'avion, Ferguson et Dillon se rendirent à l'hôpital. Harry, qui avait passé la nuit dans une chambre de l'établissement, était déjà dans la salle d'attente.

Une infirmière alla demander s'il était possible qu'ils entrent dans la chambre de Billy. Comme ils patientaient, Tony Villiers s'avança dans la pièce. Il portait une saharienne et un keffieh noué autour du cou, avec le Browning à la ceinture. Il paraissait épuisé, et il était couvert de sable et de poussière.

– Seigneur, dit Ferguson en le regardant des pieds à la tête. D'où venez-vous, Tony ?

– Je viens du chaos, répondit Villiers d'un air énigmatique. Avez-vous déjà vu Billy ?

– Nous espérons être autorisés à lui rendre visite d'une minute à l'autre.

L'infirmière reparut et leur demanda de la suivre. Salter entra le premier dans la chambre. Billy, allongé sur le lit, avait une sorte de cage métallique par-dessus les jambes et des tubes en plastique partout autour du corps. Manifestement très faible, il esquissa un sourire en les voyant. Salter se pencha pour l'embrasser sur le front.

– C'est moche, ce qui t'arrive, mon petit.

Billy leva les yeux vers Dillon.

– On les a bien eus, hein ? Elle a essayé, la salope, mais elle n'a pas réussi à m'avoir.

– Hmm... Grâce à la Wilkinson Sword Company et à ses gilets pare-balles en titane.

– Ouais. Faudra investir, Harry, acheter quelques actions.

Dillon se pencha vers le jeune homme.

– Elle est partie. Avec Dauncey. Ils se sont envolés pour Londres.

– Bon débarras, fit le jeune homme, et il grimaça de douleur. Laisse tomber, Dillon, elle n'en vaut pas la peine.

L'infirmière, qui se tenait près de la porte, dit :

– Maintenant, messieurs, je crois que vous feriez mieux de le laisser se reposer.

– Juste une minute, dit Villiers, et il s'approcha de Billy. J'ai un cadeau pour vous.

– Ah ? Et quoi donc ?

– J'ai raté le dîner, hier soir, parce que je suis remonté vers le nord avec mes Scouts. Nous avons campé à El Hajiz. J'ai pris quelques pains de Semtex, laissé mes hommes, et je suis passé dans le Quartier Vide avec mon sergent, Ahmed. C'était très dur, à cause de la tempête de sable, mais nous avons atteint le camp de terroristes de Kate Rashid à une heure du matin. Nous avons posé du Semtex un peu partout, avec des crayons détonateurs de dix minutes, et tout détruit – véhicules, munitions, stocks d'explosifs, tout le bazar !

– Salopard, dit Billy. Génial ! J'ai envie de rire de joie, mais ça me ferait mal aux cicatrices. Ça, ça va donner à réfléchir à madame la Comtesse !

Plus tard, tandis que la Gulfstream se stabilisait à quinze mille mètres, Dillon demanda une tasse de thé au sergent Pound. Pendant un moment ils gardèrent le silence, puis Ferguson se tourna vers lui.

– Vous aviez raison, sur ce coup. Mille fois raison.

– Que voulez-vous dire ?

– Quand vous disiez que nous n'avions pas le temps d'envoyer les Marines ou les SAS. Pour cette affaire, il nous fallait le coup de main d'un Dillon.

– Oui, ça a marché, mais nous avons eu de la chance. Une autre fois ça pourrait ne pas fonctionner.

– Comme vous voudrez, Sean. Maintenant, rendez-moi un service...

– Dieu me garde, quand vous m'appelez Sean ! De quel service s'agit-il ?

– Laissez tomber. J'ai vu votre mine, à l'hôpital, quand nous étions avec Billy. Je ne veux pas de représailles. Ce serait stupide. Nous n'en tirerions aucun profit.

– Vous parlez par énigmes, et moi je ne suis qu'un homme simple, un Irlandais...

Dillon sourit, puis appela Pound :

– Un Bushmills, je vous prie, sergent, que je puisse boire à la santé de la Diablesse en personne !

Londres
Dauncey Place

16

Le Gulfstream atterrit à Farley Field à dix-neuf heures, heure de Londres. La Daimler les y attendait. Ils firent leurs adieux à Lacey et Parry, puis montèrent en voiture.

– Je vous dépose chez vous ? demanda Ferguson.

– Oui. Ensuite j'aimerais passer voir Daniel Quinn.

– Je vous retrouverai là-bas après avoir fait le point avec Hannah.

Dillon consulta sa montre.

– Entendu. Disons... dans deux heures ?

– Ça me va.

À Stable Mews, Dillon descendit de la Daimler et entra rapidement dans la maison. La camionnette des télécoms garée un peu plus loin dans la rue n'avait pas échappé à son attention.

Il prit une paire de Nightstalkers, monta dans la chambre et, par la fenêtre de la rue, fit le point sur le pare-brise du véhicule. Newton et Cook y étaient clairement visibles.

– Les imbéciles, dit-il doucement. Ils n'apprendront jamais rien ! Et vous, Kate, vous ne renoncerez donc jamais ?

L'un de ses hommes, à Hazar, l'avait prévenue par téléphone de l'attaque sur le camp de Fuad, puis du départ de l'avion de Ferguson. Elle était dans le salon avec Rupert et venait de lui expliquer ce qu'elle voulait faire dans les prochaines heures. Il réfléchit quelques instants, puis dit :

– Es-tu certaine que c'est la bonne solution ? Ne crois-tu pas qu'il vaudrait mieux laisser les choses se tasser pendant un petit moment ?

– Au contraire ! J'ai tué Billy Salter, et Dillon m'a vue le faire. Il va venir s'en prendre à moi, tôt ou tard il tentera quelque chose. Alors je préfère m'attaquer à lui la première. Il ne s'attend sûrement pas à ce que nous lui réglions son compte quasiment à la minute où il rentre à Londres. Il sera pris complètement au dépourvu !

– Prendre Dillon au dépourvu ? répéta Rupert, et il éclata de rire. Ça, cousine, ça m'étonnerait beaucoup.

Kate le fusilla du regard. Il détourna la tête. Il ne s'étonnait plus de la voir en colère. Depuis le fiasco de Bacu, elle avait changé. Elle avait perdu cette maîtrise d'elle-même, ce calme parfois glaçant qui la caractérisait. À présent elle était comme un animal sauvage. Et il y avait dans ses yeux un éclat étrange qui le mettait mal à l'aise.

– Es-tu avec moi, dans cette histoire, oui ou non ? demanda-t-elle d'un ton implacable.

– Bien sûr que je suis avec toi. Tu veux qu'il meure. Je vais t'aider.

– Oui je veux qu'il meure, mais à condition de m'en occuper moi-même. Il a tué mes frères, il a détruit tout ce qui était important pour moi. Il est temps qu'il paie. Nous irons à Dauncey ce soir, rien que toi et moi. Tu conduiras la voiture. J'appellerai les employés de la propriété pour leur donner leur soirée. Ces deux crétins que tu as recrutés pour le surveiller, les soi-disant agents de sécurité – ce sont d'anciens SAS, non ?

– Oui.

– Je présume qu'ils devraient être capables de mener à bien une simple opération de kidnapping.

– Ils n'ont pas été brillants, à Hyde Park, marmonna-t-il.

Le visage de Kate se tordit de colère.

– Eh bien tu n'as qu'à leur dire qu'ils ont intérêt à réussir leur coup, cette fois, ou je les mets à la rue ! Tu comprends ? Ils ne travailleront plus jamais pour personne. J'ai ce pouvoir, Rupert, tu sais que j'ai ce pouvoir !

Curieusement, c'était comme si elle lui demandait de confirmer ce qu'elle disait. Il leva une main en signe d'apaisement.

– Bien sûr, que je le sais. Je vais faire le nécessaire.

– Parfait. Maintenant, sers-moi à boire.

Dillon se doucha, puis enfila un pantalon de velours noir, une chemise assortie, sa vieille veste d'aviateur, et une paire de bottes. Un couteau à cran d'arrêt doté d'une lame de huit centimètres était glissé dans une poche à l'intérieur de la botte droite. Il le prit et vérifia le bon fonctionnement du mécanisme. La lame était tranchante comme un scalpel. Il remit le couteau à sa place.

Dans le vestibule, sous l'escalier, il ouvrit un tiroir secret qui renfermait un assortiment de pistolets : un Browning, deux Walther, et un Colt calibre 25 à canon court avec son étui de cheville. Il prit un des Walther – celui qui était muni d'un silencieux –, le glissa dans la poche spéciale de sa veste, sous son bras gauche, puis passa au garage par la porte de communication de la cuisine. Il monta dans la Mini Cooper, ouvrit la porte de la rue avec la télécommande, démarra.

L'électronique se chargerait de refermer automatiquement la porte du garage. Il s'engagea sur la chaussée et accéléra. Dans le rétroviseur il vit s'allumer les phares de la camionnette des télécoms. Tout allait bien. Il avait fait ce qu'il fallait pour éviter une confrontation immédiate. Elle aurait lieu plus tard – au moment qu'il choisirait lui-même.

Lorsque Dillon arriva à Rosedene, Ferguson et Hannah se trouvaient déjà à la réception, bavardant avec Martha.

– Comment va Quinn ? demanda Dillon.

– Pas si bien que ça. La blessure s'est infectée, ça ralentit le processus de guérison.

– Je l'ai vu ce matin, dit Hannah. Il parlait déjà de rentrer chez lui.

– Est-il au courant de l'affaire de Bacu ? demanda Dillon.

– Pas encore. Même moi, je viens tout juste d'apprendre par

le général ce qui s'était passé. Comme je savais que tu voulais voir le sénateur, j'ai préféré te laisser lui expliquer ça toi-même.

– Très bien, dit Ferguson. Allons-y.

Quinn était redressé dans le lit, des oreillers derrière le dos, le bras en écharpe. Il était en train de lire un livre.

– Ah, vous voilà revenu, dit-il en voyant Dillon. Que s'est-il passé ? Vous avez de bonnes nouvelles, j'espère ?

– Des bonnes, oui, et des mauvaises, répondit Dillon, et il lui raconta tout ce qui s'était passé.

Après quoi Quinn dit :

– Je suis vraiment désolé pour Billy. Mais là, les gars, bravo. Vous avez fait là un sacré travail. Kate Rashid doit être verte de rage.

– Je suppose, acquiesça Dillon. Ses grands projets de terrorisme en ont pris un coup dans l'aile. Et vous ? Comment vous sentez-vous ?

– Le corps, ou la tête ?

– Les deux, dit Ferguson.

– Bellamy est un excellent chirurgien. Je vais me rétablir complètement, je ne m'inquiète pas. Mais depuis que je suis allongé sur ce lit, j'ai beaucoup réfléchi, et je suis arrivé à la conclusion que... les bagarres et compagnie, ce n'est plus pour moi.

– Et où en êtes-vous, côté désir de vengeance ? demanda Dillon.

Quinn secoua la tête.

– J'ai passé beaucoup de temps à méditer ce problème. J'ai décidé qu'Helen valait beaucoup plus que cela. Sa mémoire compte davantage que toute autre chose.

Hannah ajouta d'une voix douce :

– Et Kate Rashid ? Rupert Dauncey ?

– Oh... Leur heure viendra. D'après ce que j'entends, ils sont déjà cuits. Ils sont sur la mauvaise pente. Ils se détruiront eux-mêmes. Tout comme j'ai failli me détruire. C'est une drogue puissante que le désir de vengeance. Puissante, et fatale.

– Je suis heureux de vous l'entendre dire, souligna Ferguson. Maintenant, essayez de vous reposer.

– Une dernière chose. Je n'aimerais pas avoir à me dire que mes amis croient me rendre service en donnant suite à cette affaire. Je veux dire, en essayant de me venger...

Il regarda Dillon, qui répondit en souriant :

– Allons, est-ce que j'ai l'air de ce genre de garçon, moi ? D'un autre côté... Kate Rashid a bel et bien tiré sept balles dans le dos de Billy. Si le gilet en titane n'avait pas arrêté quatre d'entre elles, il serait à la morgue à l'heure qu'il est.

– Donc c'est vous qui criez vengeance, maintenant ?

– Non. C'est moi qui suis menacé de mort par Kate Rashid, tout comme le général et Harry Salter. Disons que je n'ai aucune envie d'avoir à porter mon gilet pare-balles nuit et jour. Bonne nuit, sénateur.

Ferguson et Hannah le suivirent dans le couloir.

– Sean, dit-elle, j'espère que tu ne vas pas faire de bêtise ?

– Est-ce que j'ai l'habitude de faire des bêtises ? Allez, fichez le camp, tous les deux.

– Je veux vous voir demain matin au bureau, à neuf heures tapantes. Entre-temps, pas de cirque. C'est un ordre formel, dit Ferguson, et il s'éloigna avec la commissaire.

Ils descendirent les marches du perron et marchèrent jusqu'à la Daimler.

– Pourquoi Dillon se comporte-t-il de la sorte ? marmonna Ferguson. C'est comme s'il cherchait toujours à aller au-devant de la mort.

– Non, monsieur, ce n'est pas ça. En réalité, il se fiche éperdument de vivre ou de mourir.

– Que Dieu lui vienne en aide, en ce cas.

Dillon s'immobilisa sur le perron et les regarda s'éloigner. La camionnette des télécoms était garée devant le portail de la clinique, de l'autre côté de la rue. Il attendit quelques minutes, puis s'assit au volant de la Mini Cooper et quitta rapidement le parking de Rosedene.

Cook conduisait. Newton était sur le siège passager ; il tira un fusil à canon scié de sous le siège, l'ouvrit pour vérifier les cartouches, puis le referma d'un geste ferme.

– Quand est-ce qu'on intervient ? demanda Cook.

– Il finira bien par rentrer chez lui. On l'attrapera quand il descendra de voiture, répondit Newton, et il tapota le fusil. C'est peut-être un dur à cuire, mais quand il aura ce joujou entre les yeux il ne fera sûrement pas le fier. C'est dans ce genre de situation qu'on reconnaît les hommes, les vrais.

À Stable Mews, de l'autre côté de la place par rapport à la maison de Dillon, se trouvait le Black Horse – le pub du quartier. Il se gara au bout de la longue file de voitures qui, à cette heure de la soirée, étaient stationnés devant l'établissement, et entra dans le bar. Il ne commanda pas à boire, mais s'approcha de la fenêtre et observa la camionnette des télécoms, qui était en train de faire un créneau dans la rue.

Il quitta le bar, passa dans l'autre salle – le *lounge* –, où se pressait une foule nombreuse, et ressortit du pub par une porte latérale. Il se baissa pour longer les voitures en stationnement, jusqu'à atteindre l'arrière de la camionnette. Newton avait descendu sa vitre, et fumait une cigarette.

– Peut-être qu'on devrait aller voir ce qu'il fait ? suggéra Cook.

– Ne dis pas de connerie ! Il nous reconnaîtrait. Et je sais très bien ce qu'il fait. Il est en train de boire une bière.

– Hélas non, mon ami, répondit Dillon en s'approchant de la portière.

Il posa le canon du Walther contre la tempe de Newton.

– Ce qu'il fait, c'est qu'il se demande s'il va devoir vous exploser la cervelle à tous les deux. Il y a un silencieux au pistolet. Vous resteriez enfermés ici un bon moment, les cadavres, avant que quelqu'un ne s'aperçoive que vous avez quitté votre enveloppe charnelle. C'est de la poésie, je sais, mais n'oubliez pas que je suis irlandais.

– Qu'est-ce que vous voulez ? demanda Newton d'une voix agressive.

– Ça, pour commencer.

Dillon tendit le bras et saisit le fusil à canon scié, qu'il posa sur le toit de la camionnette.

– Et maintenant, le tien, dit-il à Cook. Tu dois bien avoir quelque chose ?

Cook hésita, puis sortit de sa poche un Smith & Wesson calibre 38 qu'il lui passa en le tenant par le canon.

– C'est drôle, les gens n'arrêtent pas de me confier leurs armes, observa Dillon d'un ton narquois.

– On peut y aller, maintenant ? demanda Newton.

– Pas avant de m'avoir dit ce que Dauncey attendait de vous. Qu'est-ce qui devait m'arriver ? Une balle dans la tête et hop, à la Tamise ?

– Non, ce n'est pas ça. Allez vous faire voir !

Dillon ouvrit tout à coup la portière et planta le Walther dans le genou de Newton.

– Je t'ai déjà dit qu'il y a un silencieux à ce pistolet. Donc personne n'entendra rien si je t'éclate la rotule. Comme tu le sais sans doute, j'ai travaillé avec l'IRA pendant des années, alors l'idée de te mettre sur béquilles pour le restant de tes jours ne me pose aucun problème.

– Non, pas ça ! Je vais vous répondre. Dauncey et la comtesse voulaient qu'on vous attrape, qu'on vous enferme dans la camionnette et qu'on vous conduise à Dauncey Place. Il a été très précis. Il vous voulait vivant, et pas amoché.

– Eh ben voilà ! C'était pas difficile, tu vois ?

Dillon referma la portière et recula d'un pas, sans cesser de les tenir en joue.

– Si vous avez réellement été dans les SAS, vous deux, Dieu vienne en aide à ce pays. À mon avis, vous avez besoin d'une réorientation professionnelle radicale.

Il tira dans le pneu avant, qui s'aplatit en un instant.

– Une seule roue, ça suffit. Ça vous occupera un peu, le temps de la changer. Ensuite, ayez l'obligeance de saluer Dauncey pour moi. Dites-lui que nous nous verrons bientôt.

Il prit le fusil et le revolver sur le toit de la camionnette, marcha jusqu'à la Mini et démarra.

Newton descendit du véhicule.

– OK. Changeons cette putain de roue.

– Et pour Dauncey, qu'est-ce qu'on fait ?

– Qu'il aille se faire voir. Mais je l'appellerai, tout de même. Si ce fumier de Dillon va vraiment lui rendre visite, je préfère me dire que Dauncey l'attendra pour lui régler son compte.

– Et après, on fait quoi ?

– T'as entendu ce qu'il a dit. On change de boulot.

Ayant garé la Mini devant le garage, Dillon entra dans la maison. Il n'était pas en colère – au contraire, il se sentait remarquablement calme. Mais il n'était plus question de fermer les yeux comme Ferguson et les autres, Billy y compris, le souhaitaient. Il avait la certitude absolue que Kate Rashid ne poserait jamais les armes – en tout cas pas en ce qui le concernait.

Pour le moment, cependant, il était claqué. La fatigue accumulée depuis plusieurs jours lui tombait brutalement dessus, et ce n'était pas bon du tout. Il avait besoin de récupérer, pour être au meilleur de sa forme. Il pianota le code de l'alarme près de la porte d'entrée, monta à sa chambre et se déshabilla. Posant le Walther sur la table de chevet, il se mit au lit sans éteindre la lumière. Il sombra en quelques secondes dans un profond sommeil.

Plus tard, il se réveilla en sursaut et consulta sa montre : trois heures et demie du matin. Il se sentait reposé, l'esprit clair, tous les sens en alerte. Il se leva, enfila son velours noir, puis un gilet pare-balles en titane et une chemise, et enfin son habituelle veste d'aviateur. Il saisit la vieille écharpe blanche qu'il aimait tant, avant de descendre au rez-de-chaussée où il ouvrit le tiroir secret sous l'escalier. Il prit le Colt calibre 25 et l'examina. Une arme légère, mais terriblement efficace quand elle était chargée avec les balles à tête creuse qu'il y avait mises.

Il souleva la jambe gauche de son pantalon pour attacher l'étui du Colt juste au-dessus de sa botte. Il avait déjà sous le bras gauche le Walther muni du silencieux, il prit aussi le second Walther dans le tiroir et le glissa derrière son dos, sous la ceinture.

Il trouva son étui à cigarettes en argent dans le salon, le remplit et le mit dans la poche intérieure de sa veste, avec son vieux briquet Zippo. Chacun de ces gestes était effectué avec calme, méticuleusement – comme s'il se préparait pour la guerre.

Il y avait un miroir dans le vestibule, près de la porte. Il sortit une cigarette, l'alluma et sourit à son reflet dans la glace.

– Et voilà. C'est parti, mon vieux, dit-il, puis il quitta la maison.

À Dauncey Place, Kate Rashid était assise dans la bibliothèque, près de la cheminée, vêtue d'une combinaison noire. Un doberman noir répondant au nom de Carl sommeillait à ses pieds. Un bon feu crépitait dans l'âtre, les flammes faisant scintiller les bijoux qui ornaient le cou de la jeune femme. Elle et Rupert ne s'étaient pas couchés ; ils étaient restés là, ensemble, à attendre. La porte du couloir s'ouvrit sur son cousin. Il portait un plateau en argent – cafetière, tasses, sucrier – qu'il posa sur le guéridon près de Kate.

– Je crois qu'il ne viendra plus, *sweetie*.

– Newton a dit qu'il avait l'intention de venir, objecta-t-elle, et elle servit le café.

– Pas tout à fait, rectifia Rupert. En réalité, Newton a dit que Dillon lui avait dit que nous nous verrions bientôt. Qu'est-ce qui te fait penser qu'il viendra cette nuit ?

– J'en suis certaine. Je connais Dillon, je le connais par cœur, affirma-t-elle d'un ton calme. Il va venir.

– Quand ? Pour le petit-déjeuner ?

Il ouvrit le buffet, en sortit une bouteille de Rémy-Martin.

– Tu en veux ?

– Je n'en ai pas besoin. Toi oui, par contre, j'ai l'impression...

– Vilaine remarque, *sweetie*. Très vilaine.

Il se servit un double cognac, revint près du guéridon où il avait posé le plateau, versa une partie de l'alcool dans son café.

– Ta rivière de diamants est éblouissante. Pourquoi la portes-tu, au juste ?

– Parce que... je veux qu'il soit ébloui ! répondit-elle avec ce demi-sourire – et cette étrange lueur dans les yeux – que Rupert lui avait souvent vus ces temps derniers.

« Mon Dieu, pensa-t-il, elle est vraiment folle. » Il avala le café, puis le cognac, et consulta sa montre.

– Presque six heures. On peut dire qu'il sait se faire attendre.

Il alla à la porte-fenêtre, l'ouvrit, scruta la terrasse et, au-delà de la balustrade, les arbres du parc. Il faisait encore nuit, mais l'aube s'annonçait.

Et il pleuvait des cordes.

– Saleté de météo.

Allumant une cigarette, il retourna près du feu.

Dillon mit tout juste deux heures pour atteindre le village de Dauncey. Il passa devant l'immense grille de Dauncey Place et continua de rouler jusqu'au parking de l'église, trois cents mètres plus loin. Il y avait là une dizaine de véhicules, sans doute ceux des habitants des maisons alentour. Dans le coffre de la Mini il prit un vieux trench-coat Burberry et une casquette en laine, les enfila, puis se mit en marche sous la pluie.

Il n'avait aucun plan précis en tête. La mécanique était lancée, et il se contentait de suivre le mouvement. Il se remémora la citation de Heidegger : « Pour vivre vraiment, ce qui est nécessaire c'est une confrontation résolue avec la mort. » Était-ce cela qui le motivait depuis toujours ? Un jeu de fou, la recherche permanente de la mort ? N'importe quel psy à la noix aurait pu lui dire ce genre de chose. Franchissant la grille de la propriété, il suivit l'allée menant au perron. La pluie était infernale. Les premières lueurs de l'aube perçaient le ciel à l'est. À mi-chemin de la maison, il aperçut quelque chose qui l'intrigua, sur sa droite, derrière une rangée de hêtres... Il hésita, puis alla voir de plus près. Il n'avait pas rêvé. Il y avait bien là, au bout d'une longue piste herbeuse, le Black Eagle de Kate Rashid – celui qu'il avait déjà vu à l'aérodrome de Dauncey.

– En voilà une surprise, dit-il doucement, puis il tourna les talons.

Il repartit en direction de la maison. La lumière brillait derrière les hautes fenêtres de la bibliothèque. Au lieu de retourner sur l'allée centrale, il marcha entre les arbres, restant à couvert jusqu'à ce qu'il atteigne la pelouse qui précédait la terrasse.

Au même moment, Rupert Dauncey ouvrit la porte-fenêtre et resta là un petit moment, à scruter les ténèbres, avant de rentrer dans la pièce. Dillon attendit qu'il ait poussé le battant, et se remit en marche.

Dans la bibliothèque, Carl redressa tout à coup la tête en poussant un grognement menaçant.

– Cherche, mon beau, dit Kate Rashid. Cherche-le !

Le chien disparut par la porte-fenêtre entrouverte.

– Rupert, ajouta-t-elle, maintenant tu sais ce que tu dois faire.

Il sortit un Walther de sa poche, puis écarta la lourde tenture murale, à droite de la cheminée, qui dissimulait la porte d'un petit cabinet de toilette. Il y entra et referma le battant à demi, en laissant la tenture retomber en place.

Le doberman courut à travers la pelouse en poussant des aboiements féroces. Dillon, immobile, émit avec sa bouche un son étrange et sinistre, à mi-chemin entre le sifflement et le cri : le doberman arrêta brusquement sa course. Dillon siffla de nouveau, mais cette fois c'était un sifflement différent, à la fois amical et triste. Le chien gémit doucement, puis s'approcha de lui en marchant de biais, la tête baissée.

– Tu vois, au fond tu as un cœur d'artichaut, dit Dillon en le caressant. Tu ne savais pas que j'avais ce don, n'est-ce pas ? Et ta maîtresse l'ignore, elle aussi. Sois un bon garçon, maintenant, et accompagne-moi. Nous allons la voir.

Il traversa la pelouse. Le chien le suivit docilement.

Dans la bibliothèque, Rupert apostropha sa cousine à travers la tenture :

– Qu'est-ce qui est arrivé à Carl, nom de Dieu ?

– Je ne sais pas.

Dillon franchit à cet instant la porte-fenêtre avec le doberman.

– Dieu bénisse cette demeure et tous ses habitants. Seigneur, que la nuit est humide !

Il retira le Burberry et la casquette.

– Comment s'appelle-t-il ? demanda-t-il en montrant le chien.

– Carl, répondit-elle calmement.

– Ne lui en veuillez pas, Kate. J'ai un don unique, avec les chiens. Je l'ai toujours eu. Est-ce que vous m'offrez à boire ?

– Dans le buffet. Notez que je ne peux vous promettre du whiskey irlandais.

– Je comprends. Je vais bien trouver quelque chose.

Il se servit un scotch. Carl l'avait suivi, et s'était assis à ses pieds.

– Extraordinaire, dit-elle. Ces dobermans sont censés être les chiens de garde les plus féroces du monde.

– Je suis du côté des gagnants. Où est le bon Rupert ?

– Pas loin.

– Lamentables, les types qu'il emploie, dit Dillon, et il haussa les épaules. Newton et Cook ! Des minables de chez minable.

– Je suis de votre avis.

– J'ai vu que l'Eagle est ici...

– Vous connaissez cet avion ? s'étonna-t-elle.

– D'habitude il est à l'aérodrome de Dauncey, à dix kilomètres du village. Mais quand ça vous arrange vous utilisez votre piste d'atterrissage personnelle, ici même à la propriété.

– Oui. J'ai demandé hier à un membre du club de me l'amener.

– Pour aller où ? L'île de Wight, une fois de plus ?

– Vous savez donc absolument tout ! Avez-vous aussi idée où se trouve Rupert ?

– Ça, je suis certain qu'il saura se montrer le moment venu.

La tenture s'écarta sur Dauncey qui s'avança, l'arme au poing.

– Eh bien, disons que le moment est venu...

Carl se redressa et poussa un grognement sourd, très menaçant. Dauncey tourna le Walther vers lui. Dillon leva la main.

– Tuez le chien et je vous descends aussitôt.

– Laisse tomber, Rupert, ordonna Kate.

Dillon caressa la tête du doberman.

– Gentil garçon, dit-il, et Carl se frotta avec affection contre sa jambe. Maintenant, va retrouver ta maîtresse.

Il pointa l'index ; Carl alla s'asseoir auprès de la jeune femme.

– Et maintenant ? demanda Dillon.

– Oh, je pense qu'il nous faut quelque chose d'unique. Vous tuer d'une balle de revolver serait trop facile. Ça, c'est pour les gens comme Billy Salter, conclut-elle avec un sourire satisfait.

– Si je puis me permettre, objecta gentiment Dillon, apprenez que Billy est toujours en vie. Désolé, Kate. Décidément tout va de travers, n'est-ce pas ?

Un éclair de fureur brilla dans les yeux de Rashid, puis elle se ressaisit.

– Tant pis. Je l'abattrai une seconde fois, voilà tout.

Elle glissa la main sous le coussin de son fauteuil, en tira un vieux Luger allemand.

– Cette arme est dans la famille depuis la Première Guerre mondiale. C'est Paul qui m'a appris à m'en servir, dans les bois, quand j'étais gamine.

Dillon mit les mains sur les hanches. Il aurait pu attraper le Walther sous sa ceinture, tuer Rupert Dauncey en une seconde – et Kate dans la foulée, car il voyait qu'elle n'avait pas retiré le cran de sûreté de son arme. Mais quelque chose le retenait. D'une certaine façon, c'était hypnotisant de se retrouver en un tel face-à-face avec la plus belle femme qu'il eût jamais connue ; une femme dont il comprenait à présent qu'elle était totalement folle. Et puis, comme dans un mauvais rêve, il avait un rôle à jouer, un rôle à tenir jusqu'au bout, aussi étrange fût-il...

– Vous avez une dette envers moi, Dillon. Vous me devez les trois frères que vous avez tués.

– Ah oui ? Eh bien je paie toujours mes dettes.

Dillon sourit. Il se sentait lui-même un peu fou, à présent.

– Le cran de sûreté du Luger est engagé, dit-il gentiment.

Elle examina l'arme et remédia au problème.

– On en finit comme ça ? demanda-t-il.

– Pas question. Rupert ?

Elle tint Dillon en joue tandis que son cousin posait le Walther sur le guéridon, puis ouvrait un tiroir pour en sortir un large rouleau de ruban adhésif.

– Tournez-vous.

Dillon obtempéra ; Rupert lui attacha les poignets derrière le dos.

– Prends-lui son arme, dit Kate.

Dauncey trouva l'arme que Dillon avait sous le bras gauche, la posa sur le guéridon.

– Comme ça c'est bien, dit-elle.

– Il doit en avoir une autre, dit Dauncey. Et je parie que je sais où elle est.

Il glissa la main sous la veste de Dillon, derrière son dos, et trouva le second Walther.

– Voilà, *sweetie*.

– Qu'est-ce qui se passe, maintenant ? demanda Dillon.

– J'ai envie de vous emmener faire un petit tour en avion, répondit-elle. Histoire de vous montrer que je suis une excellente pilote.

– Très intéressant, approuva Dillon en hochant la tête. Moi aussi, je suis un excellent pilote. Mais je ne demande pas mieux que de compléter ma formation. Allons-nous en France pour le déjeuner ?

– Rupert et moi, peut-être. Mais pour vous la balade sera quelque peu écourtée.

– Ah... C'est donc ça.

– Absolument. En route.

Elle laissa le Luger sur le guéridon. Rupert donna une bourrade à Dillon.

– Faites ce qu'on vous dit, et je vous promets que vous ne souffrirez pas.

Ils sortirent par la porte-fenêtre. Kate Rashid passa le Burberry de Dillon autour de ses épaules, se coiffa de sa casquette, referma le battant sur Carl et suivit les deux hommes.

Le jour se levait, mais de lourds nuages assombrissaient le ciel, et la pluie qui tombait à seaux réduisait encore plus la visibilité tandis qu'ils se frayaient un chemin entre les hêtres. Enfin, ils débouchèrent sur la prairie où était stationné le Black Eagle.

– Sale temps pour une promenade en avion, observa Dillon. Vous êtes sûre de vouloir faire ça ?

– Certaine.

Elle sortit un trousseau de clés de sa poche, ouvrit la porte de l'appareil et y monta la première. Rupert tapota l'épaule de Dillon.

– À vous.

Comme il avait les mains attachées derrière le dos, Dillon se déplaçait gauchement. Rupert le poussa dans l'avion jusqu'aux derniers sièges, et le fit asseoir près du hublot. Derrière, il y avait le cabinet de toilette, un espace pour les bagages et un radeau de survie gonflable.

– Soyez sage, maintenant, dit Dauncey.

Il retourna à la porte qu'il ferma d'une seule main, sans cesser de tenir l'Irlandais en joue avec son pistolet. Le moteur gauche démarra, imité un instant plus tard par celui de droite. L'avion commença à rouler, Kate Rashid accéléra et décolla sous l'averse, frôlant la cime des arbres qui barraient l'extrémité de la piste d'envol.

Elle grimpa rapidement à mille mètres d'altitude. Autour de l'avion s'amoncelaient des nuages gris, noirs en certains endroits, lourds de pluie. Ils survolèrent pâturages et marais, arrivèrent à la mer.

Dillon faisait mine d'observer le paysage par le hublot. En réalité il se concentrait pour tirer le couteau de l'intérieur de sa botte. Il referma enfin les doigts sur la poignée, fit jaillir la lame qui trancha en un éclair le ruban adhésif. Ayant remis le couteau à sa place, il arracha le ruban autour de ses poignets, et resta assis, patient.

Kate Rashid, aux commandes, lança par-dessus son épaule :

– Maintenant, Rupert !

Elle descendit à six cents mètres d'altitude et ralentit.

Dauncey actionna la mannette de déverrouillage de la porte. Une bourrasque de vent s'engouffra dans l'avion. Le Walther en main, il s'approcha de Dillon et le tira par l'épaule pour qu'il se lève.

Kate Rashid se tourna pour le regarder ; elle éclata de rire.

– Allez pourrir en enfer, Dillon !

– Pour l'amour de Dieu, sûrement pas, répondit-il calmement, et il fit mine de se laisser tomber à genoux sur le sol.

– Allez, mon vieux, ne faites pas l'idiot, dit Rupert. Facilitez-vous la tâche. Debout !

Dillon obtempéra. Mais en se redressant il tira le Colt de son étui de cheville. Il en plaqua le canon contre la tempe de Dauncey et pressa la détente.

La balle à tête creuse eut l'effet dévastateur pour lequel elle était conçue. Fragments d'os et sang giclèrent à travers l'avion. Dauncey lâcha son arme, commença à s'écrouler contre un siège. Dillon l'agrippa et le poussa dans le vide. Puis il referma aussitôt la porte.

Il se tourna pour constater que Kate avait mis l'Eagle en pilote automatique et se précipitait vers son sac à main. Elle en sortit un petit pistolet, mais il fondit sur elle, le lui arracha des mains et le jeta à l'arrière de l'avion. Folle de rage, elle se débattit et le griffa furieusement à la joue.

Dillon lui donna une paire de claques.

– Stop ! Maîtrisez-vous ! C'est terminé, maintenant.

L'avion pouvait se piloter de chacun des deux sièges du cockpit. Dillon s'assit à côté de la jeune femme.

– Demi-tour, dit-il. On rentre.

– Allez au diable !

– D'accord. Je m'en occupe.

Il coupa le pilote automatique et, prenant les commandes, vira à gauche et repartit vers la côte, qui n'était distante que de quatre ou cinq kilomètres.

Contrairement à la plupart des avions, le Black Eagle possédait une clé de contact. Kate tendit la main, tourna cette clé et la retira. Les moteurs s'arrêtèrent, l'appareil fut secoué par un tremblement. Elle ouvrit le déflecteur de son hublot pour jeter la clé à la mer.

– Et voilà, Dillon. Nous irons ensemble en enfer !

– C'est stupide d'avoir fait ça, Kate. Vous serez surprise de voir comme on peut planer longtemps, avec ce genre d'avion.

Elle regarda la mer, le brouillard, et le rivage encore lointain. L'avion perdait rapidement de l'altitude.

– Nous n'y arriverons jamais. Nous allons tomber à l'eau. Et même si vous arriviez à vous poser sur la mer, un appareil léger comme celui-ci ne flottera pas plus d'une minute. Une minute et demie au maximum.

– Tout à fait exact, mais il y a un radeau, là derrière. Et il se trouve que je sais amerrir. Pas vous ?

– Soyez maudit, Dillon !

Ils étaient déjà descendus à moins de deux cents mètres.

– Permettez-moi de vous expliquer comment on s'y prend, dit-il. Ne sortez pas le train d'atterrissage, et restez tous volets ouverts. Avec un vent léger et de petites vagues, amerrissez contre le vent. Si le vent est fort et que les vagues sont grosses, amerrissez parallèlement aux crêtes.

Le mer se rapprochait très vite. Les vagues étaient peu importantes. Dillon amerrit contre le vent. Ils rebondirent sur l'eau une fois, puis l'avion se stabilisa.

– Venez, ordonna-t-il.

Il quitta son siège et ouvrit la porte, puis alla jusqu'au compartiment à bagages, y prit le radeau et le poussa dehors par l'ouverture. Au contact de l'eau le radeau se gonfla automatiquement.

Comme il se tournait pour appeler de nouveau Kate, il la vit se pencher et ramasser le Walther de Rupert Dauncey, qui avait glissé jusqu'à elle du fait de l'inclinaison de l'appareil.

– Je vous ai dit que je vous reverrais en enfer ! cria-t-elle.

Dillon se baissa à l'instant où elle tirait sur lui. La balle écorcha sa manche droite. Il se jeta dans l'eau – une eau glaciale qui lui engourdit instantanément le corps –, remonta à la surface et attrapa la corde du radeau. Il l'attacha à son poignet, puis se tourna. L'Eagle continuait de plonger le nez dans l'eau. La queue se dressait en l'air ; l'aile gauche était déjà engloutie.

Kate Rashid se tenait encore debout dans le cockpit, hurlant comme une damnée. Soudain la queue de l'appareil se dressa subitement vers le ciel et l'Eagle disparut en deux secondes sous la surface de l'eau.

Dillon se hissa dans le radeau. Il y avait là deux rames, ainsi que des kits de survie qu'il ne se donna pas la peine d'ouvrir. Il glissa les rames dans les dames de nage. Il n'éprouvait aucune émotion, sinon un désir tenace de survivre.

Il se mit à ramer vers la côte, qu'il distinguait confusément à travers le brouillard et la pluie. Le rivage était loin, mais pas aussi loin que celui vers lequel Kate Rashid était partie.

Composition par Nord Compo à Villeneuve-d'Ascq
et impression Société Nouvelle Firmin-Didot
en février 2004
pour le compte des Éditions Albin Michel

N° d'édition : 22277 – N° d'impression : 67159
Dépôt légal : mars 2004

Imprimé en France